El Bosque Sin Luz es una obra original registrada en el Registro de Propiedad Intelectual.

@2013 , El Bosque Sin Luz
@Texto: Kristina Rybosova
@Ilustración de portada: Iuri Lioi
http://www.iurilioi.com/

ISBN: 978-84-616-77-00-9

«No es valiente aquel que no tiene miedo, sino el que sabe conquistarlo».

Nelson Mandela (1918-2013) Abogado y político sudafricano.

«El cobarde muere muchas veces. El valiente solo una».

William Shakespeare (1564-1616) Poeta y dramaturgo inglés.

CAPÍTULO 01

No entendía por qué llevaba años sin poder salir a la luz. Aunque no eran de mi raza, los pequeños duendes me habían criado igual que al resto de sus hijos. La diferencia radicaba en que ellos podían hacer vida normal, mientras que yo tan solo podía salir por las noches. Siempre buscando la sombra de la luna. Me habían contado que los humanos estábamos a punto de desaparecer. Por una parte me daba miedo, pero por otra ¿estaría ocultándome el resto de mi vida? Tanto es **así que, incluso, nuestra** casa estaba alejada del resto del pueblo. No entendía nada; nunca nadie me quiso explicar nada. Estaba confuso.

Sabía que mis padres me querían, pero también sabía que no me decían toda la verdad. Guardaban demasiados secretos. Me sentía como si mis años de vida fuesen parte de una mentira. Cada vez que intentaba reprocharles algo, les miraba y no me sentía capaz. El amor con el que me habían cuidado me lo impedía. Crecí feliz, pero **tenía clavada** en mi corazón una pequeña espina. Aquella que lleva **tallada el** dolor de la incertidumbre de tu propio origen. Mi distracción principal era jugar con mis hermanos. Todos eran más pequeños que yo. Sabían que era diferente, pero justo eso era lo enriquecedor. Podía hacer cosas que ellos no, y viceversa. Nos complementábamos. Por otro lado, las mañanas las dedicaba al aprendizaje.

Mi padre había sido maestro. Tenía más conocimientos que la mayoría de los habitantes de la aldea. Como complemento a ello, por las noches investigaba la realidad del paisaje. Había sido un buen alumno, todos los pequeños animales y plantas que había a nuestro alrededor me eran conocidos.

Después de caminar, una noche más entre las sombras, intenté aventurarme un poco más lejos de lo que me estaba permitido. Hasta entonces, había reprimido mi curiosidad. Ya no podía. Por primera vez, quería visitar el pueblo del que me estaban ocultando. Con mucha precaución, me adentré. Observé cada rincón. Había multitud de flores pequeñas, que comprendían todas las tonalidades posibles de grises. Siempre me había imaginado que las flores de allí serían de colores vivos, pero era todo tan triste como donde yo vivía. Necesitaba **saber por qué era todo** así, deseaba saber el origen verdadero de las cosas. Una vez, conseguí un libro interesante de historia. Allí se hablaba de un mundo totalmente diferente al que yo conocía, lleno de vida, colores y felicidad. Ahora, no había luz. Todos los días, cuando me levantaba por la mañana, una neblina gris lo cubría, hasta los recovecos más pequeños. Hacía tiempo que no se había escuchado una risa. Las aguas del río habían dejado de cantar con sus suaves movimientos, y el silbar de los árboles se había vuelto mudo.

Iba dando tumbos por la aldea. Era tal y como me la había imaginado. Multitud de casas pequeñas poblaban las explanadas. Me recordaba a las setas que había visto por el camino. El horizonte era muy triste. Tenía que hacer un esfuerzo muy grande para imaginarme el paisaje. La neblina gris lo cubría todo. Parecía un pueblo abandonado a su suerte. Si no me esforzaba en ser positivo, la melancolía invadiría todos mis sentidos. Había árboles pequeños por todas partes. Sus hojas eran cortantes. Parecían cuchillos dispuestos a desafiar a cualquier intruso. Me acerqué para mirarlos más de cerca. Eran fascinantes a la par que temerosos. Mi mano fue automáticamente a su encuentro. No quería tocarlas. Tan solo con sentir el peligro de tenerlas cerca, la adrenalina recorría mi cuerpo. Cuando estaba a escasa distancia de aquella hoja, esta empezó a girar con rapidez. Una punzada de dolor recorrió todo mi cuerpo. Quería gritar con todas mis fuerzas. Tenía un corte que me atravesaba toda la mano. Intenté respirar profundamente. No podía ser descubierto. Aguanté las lágrimas sin derramar en los ojos. Cuando me calmé, observé mi mano. Estaba llena de sangre. Miré al suelo. Algo inusual había. Acerqué la cara para verlo más de cerca, estaba lleno de gotas amarillas. Negué con la cabeza para mí mismo. Aquello no podía pertenecerme. Me senté. Tenía que calmarme el dolor de alguna manera, los gritos silenciosos se perdían en mi garganta. Las lágrimas corrieron por mis mejillas.

Perdí demasiado tiempo en esa posición. Aquello cambió todos mis planes. Al final, no pude visitar la aldea. Tampoco es que fuese muy grande, pero no me quedaba tiempo. Sin más demora, con mucho esfuerzo me levanté. El malestar invadía todo mi cuerpo. En el camino de vuelta, vi una pequeña luz en una casa cercana. La curiosidad me poseyó por completo. Me acerqué y asomé la cabeza a la ventana. Miré adentro con mucha cautela, con miedo a ser descubierto. Cuando conseguí aclarar mi visión, algo sorprendente ocurrió. Apareció la imagen de un niño pequeño jugando cerca de unas llamas. Hasta aquel momento, creía que era el único humano. Un nuevo sentimiento floreció en mi pecho. Una mezcla entre alegría por lo visto, y miedo a la verdad de lo que estaba ocurriendo. Esta visión cambiaba todos mis pensamientos, tenía que investigar más sobre el pueblo.

Miré a mi alrededor, el amanecer pronto llegaría. Tenía que volver a casa antes de que los demás se despertasen. Pensaba volver la noche siguiente. No podía dejar que aquella visión se marchitase en el recuerdo. Volví sobre mis pasos. Quería asegurarme de que las manchas de sangre no me delatarían. Cuando llegué al lugar, estaba limpio. No había resquicios ni de una pequeña gota. Era de lo más extraño. Miré al árbol. Estaba quieto en su sitio, no se movía. En esta ocasión, no quise arriesgarme y me alejé del lugar. A pesar de que faltaban escasos minutos para el amanecer, el paisaje no cambiaba. Todo oscuro, tétrico. El pesimismo y la amargura eran los únicos sentimientos capaces de florecer allí. Me di la vuelta. Apuré el paso. Apreté la mano herida sobre mi pecho. Tenía que curarla cuanto antes. Solo de pensar en aquellas hojas afiladas, me estremecía entero.

Las horas del día siguiente se me hicieron eternas. El descubrimiento de aquel niño había florecido en mí, la esperanza de no sentirme un extraño en aquel mundo. Mi familia adoptiva era tan diferente de mí… con gustos tan diferentes… aspecto… todo. Mi estado de ánimo cambió totalmente cuando las luces de día empezaron a esconderse. La espera era interminable. Los segundos rozaban la eternidad. Procuré no mostrarme nervioso. No quería levantar las sospechas de que algo no iba bien. Cuando llegó al fin la noche, esperé pacientemente hasta que la familia entera se fue a dormir. Sin más demora, salí a hurtadillas. Volví a la misma casa que la noche anterior. El niño estaba allí, no había sido un sueño. Me acerqué a otras casas, e imágenes parecidas se mostraron ante mí. Lo que no llegaba a entender es por qué solo había niños. Ninguno tenía más de diez años; ¿era yo el único que había llegado a los diecisiete años? Me quedé tan absorto en esos pensamientos que perdí la noción del tiempo. Poco a poco, un nuevo amanecer aparecía. Debía darme prisa o acabaría llegando a casa con el tiempo justo.

Empecé a caminar. Me paré de inmediato. Un escalofrío recorrió mi cuerpo cuando me di cuenta de que algo resplandeciente se había movido entre las sombras; rápidamente me adentré entre los árboles Por mi mente se cruzó una frase: «He sido descubierto». Se quedó impresa en mi rostro y el corazón comenzó a acelerarse.

Me quedé escondido entre los árboles unos minutos. Tenía todos los sentidos alerta, por si escuchaba o sentía algo. No estaba acostumbrado a este tipo de situaciones. Pasaba la mayor parte del tiempo en casa con mis hermanos. Aquello estaba fuera de todo esquema. Cuando encontré el valor necesario, asomé la cabeza por detrás del árbol. Tanteé la situación. Había algo brillante a lo lejos. Me estaba observando, o por lo menos esa era mi percepción. Me tiré al suelo. Recé a los dioses del bosque para que me ayudasen. Quizás, tan solo fuese producto de mi imaginación. Estaba cansado. Aquella podría ser la razón de mi espejismo.

No pude dormir ni un segundo en toda la noche. La preocupación de haber sido descubierto me envenenaba por dentro. Durante la comida noté que algo pasaba. Mi padre me llamó al despacho nada más terminar. Tardé tiempo en decidirme a aparecer. Intentaba pensar en alguna buena excusa para explicar mi indiscreción, pero tenía tantas preguntas en la cabeza que no era capaz de pensar. Por fin, encontré la valentía necesaria para entrar en aquel lugar, lleno de viejos libros polvorientos. Probablemente, tenía más libros que todo el conjunto de habitantes del pueblo. Miré al frente. Allí estaba él, detrás de una gran mesa de caoba, con sus intimidantes gafas apoyadas en la punta de la nariz. No me miró hasta que no tomé asiento. Ahí fue cuando por segunda vez en mi vida, sentí cómo sus ojos verdes me traspasaban el alma y alcanzaban a ver todo mi ser.

—Te has expuesto —me dijo serio, a lo que yo solo pude bajar la cabeza—. No sé qué consecuencias tendrá esto —prosiguió lentamente—; tendremos que esperar.

—¿De dónde tienes tanta información? —me atreví a preguntar tartamudeando. Hubo una pausa entre los dos; pasados unos minutos chasqueó los dedos y apareció una pequeña libélula plateada.

—Me lo ha dicho un mensajero —señaló al pequeño animal.

La pequeña libélula se posó sobre su hombro. Empezó a brillar con tal intensidad que tuve que cerrar los ojos para que no me cegase. Miles de partículas estallaron en pedazos. Hubo un momento de confusión. Mi padre tampoco sabía qué iba a pasar y apartó la silla por precaución. El calor que desprendían las partículas era demasiado incómodo. Pasaron unos segundos hasta que el ardor se disipó. Empezaron a aparecer diversas imágenes. Me reconocí en ellas. Era la reproducción de mi salida. Me sentí muy incómodo. Cuando mostraron las hojas afiladas del árbol, mi padre se estremeció. Enseguida corrió hacia mí. Me cogió la mano. La giró para mirar la herida. Se quedó helado cuando comprobó que había sanado por completo. Tan solo había una pequeña cicatriz. Me miró aterrorizado. Le miré sorprendido. Mientras tanto, la libélula volvió a su estado original. Dejó de brillar y se posó sobre su hombro.

Mi padre se sentó en su sillón otra vez pensativo. No dijo ni una palabra. No me atrevía a preguntar. La situación se volvió muy tensa. Intentó abrir la boca para decirme algo, pero no le salían las palabras. Miró a la libélula, la cual captó el mensaje y desapareció del panorama. Volvió a levantarse y dio vueltas alrededor de la mesa. Me volvió a coger la mano. Se acercó a su escritorio. Cogió una aguja y me pinchó con suavidad en la mano. Una gota de sangre surgió de aquella minúscula herida. La estudió con atención, pero no encontró nada. Sin más explicaciones, hizo una señal para que saliese de allí. No sabía qué pensar de todo aquello. Era la primera vez que le veía tan serio y preocupado. Salí en busca de mi madre. Cuando la encontré me hizo gestos negativos con la cabeza. Sus orejas puntiagudas se pusieron tiesas. Levantó la mano señalándome mi habitación. Al igual que mi padre, no abrió la boca. Noté toda la tensión acumulada en el ambiente.

Estuve encerrado en casa y en penumbra los dos días siguientes. Me sentía como en una jaula de oro. No me faltaba de nada, a excepción de la libertad. Mi padre salía más que de costumbre. Procuraba aparentar serenidad, pero pequeños detalles delataban su nerviosismo. De esta manera, al menos, mientras él no estaba, yo me sentaba en su despacho y devoraba los ejemplares de la biblioteca. Intentaba encontrar la razón de la oscuridad y la neblina de nuestro bosque. Algunos hablaban de la era anterior, donde todo eran colores y melodías. Otros hablaban de la era actual, de la oscuridad, de los sacrificios, de los maleficios y de los espíritus de la noche. Ninguno de la transición. Sin darme cuenta, la noche llegó y mi padre todavía no aparecía. Fui a preguntar por él, pero no obtuve respuesta. Deseaba con toda mi alma que no le hubiese pasado nada. Me sentía culpable por toda la inquietud que nos rodeaba. Cuando ya estaba preparándome para cenar, escuché su voz en el despacho. No sabía cuándo había vuelto, pero me alegraba que estuviese en el hogar. Escuché atentamente. No estaba solo, un suave susurro le contestaba. Me acerqué despacio para averiguar más, pero fui descubierto. Me invitaron a entrar. Mi padre estaba apoyado en el alféizar de la ventana y la silla del despacho estaba girada hacia la ventana. Cuando me adentré, un resplandor empezó a envolver la habitación mientras un dulce canto se instalaba en mis oídos.

Me sentía totalmente embrujado. Aquella voz me llevó a otra dimensión. Se extendió por toda la casa. Parecía que había invadido las paredes. Intenté despertarme del trance. Era complicado. Todo me parecía exageradamente bonito. A mi padre no le afectaba. Estaba muy sereno en todo momento. No se dejó influenciar por nada. Por un lado, sus facciones mostraban preocupación; por otro, miedo.

La silla se giró lentamente y ante mis ojos apareció la mujer más bella jamás vista. Parecía un hada, salida de alguno de los cuentos que había leído en la biblioteca. Tenía el cabello dorado y muy largo, y una tez blanca y delicada, como la porcelana más fina. Sus ojos parecían un profundo océano. Se acercó a mí y empezó a desprender una intensa luz. Puso su mano sobre mi hombro y dio una vuelta a mi alrededor. Después, se paró en seco y miró a mi padre.

—Después de estar ocultándolo tantos años —hizo una breve pausa para mirarme otra vez— no nos podemos arriesgar a que lo encuentren aquí —dijo con su aterciopelada voz.

—¿Qué estás proponiendo? —masculló mi padre con terror en los ojos.

—Debe irse de aquí —respondió la dama con calma.

—¿Irme? —pregunté confuso.

—Imposible. Si se tiene que ir, me iré con él —indicó mi padre con firmeza.

—Se debe marchar solo y esconderse; si vas tú, se levantarán sospechas de que algo extraño pasa. Todo nuestro esfuerzo habrá sido en vano —le replicó la dama a mi padre.

—Es un niño —refutó mi padre, mientras una enorme lágrima le resbalaba por la mejilla.

—Es el único que no es un niño, por eso debe huir, para salvarlos a todos… —concluyó la dama, y formando una bruma blanquecina a su alrededor desapareció, dejándonos a los dos sin palabras.

Mi padre se quedó totalmente abatido. Se sentó en su butaca pensativo. No tenía fuerzas ni para mirarme. Tuvieron que pasar largos minutos para que se recompusiese. Levantó la mano y me dijo que fuese a buscar a mi madre. Con pies de plomo me acerqué a la otra estancia. La encontré sentada en la cocina. Al parecer, había oído la conversación. Estaba igual de pálida que mi padre. Sabía que estábamos viviendo una situación grave. Lo había adivinado mirando sus caras. En aquel momento me di cuenta de la gravedad de mis actos. Pensé que sería como una especie de excursión. No fue así. Sabía que los habitantes de la aldea no salían de los límites establecidos. Nos rodeaba un extenso bosque. Las leyendas que existían sobre los vastos terrenos eran varias, cada cual más terrorífica. Siempre pensé que tan solo eran cuentos. Al ver las caras de mis padres, comprendí que algo de aquello era cierto. Me había arriesgado al desobedecer sus órdenes de no alejarme de casa. Ahora estaba viendo las consecuencias.

Cuando llegó mi madre al despacho, los dos se encerraron. Escuché varios susurros y luego los sollozos de mi madre. No sabía qué pensar de todo aquello. Estaba tan asustado como intrigado. Estuve esperando en las escaleras, pero la puerta no se abrió en toda la noche. Presentía lo peor. No me atrevía a moverme de mi posición. Eran como un refugio seguro donde esconderse. En aquel momento, todo me parecía oscuro. Me quedé dormido apoyado en la barandilla. Mi mente viajó a lugares extraños. Muy peligrosos e inquietantes. No sabría distinguirlos. Nunca había estado allí

14

personalmente. Veía sombras por todas partes. Intentaba huir de ellas. Cuando logré despistarlas, me encontré en el borde de un acantilado. No podía volver. Tampoco quería tirarme al vacío. No sabía qué hacer. Las sombras se acercaban a mucha velocidad. Con un ruido ensordecedor me desperté. Estaba empapado en sudor. La angustia del sueño me había afectado. Me recompuse enseguida. Sabía que aquel ruido no había sido producto de mi imaginación.

Miré a mi alrededor. Todo estaba en calma. Me levanté despacio. Anduve hasta el despacho. Unas luces salían de debajo de la puerta. Cogí con fuerza el pomo dispuesto a abrir la puerta. No podía, estaba demasiado duro. Pegué la oreja. No podía distinguir lo que decían mis padres. Mi madre entonó un ligero cántico que se escuchó en toda la casa. Debía de ser algún tipo de ritual. Intenté abrir la puerta otra vez. Imposible. Estaba desesperado. Aquello no me gustaba. La perenne espera estaba matando todos mis nervios. Horas después, y cuando estaba a punto de amanecer, la puerta se abrió. Una neblina blanca salió de allí. Se extendió por toda la casa. No me atreví a entrar. Esperé paciente. La neblina se empezó a remover. Alguien estaba saliendo. Era mi madre. Me quedé conmocionado. Parecía que había envejecido unos cuantos años. La siguió mi padre. Le pasó lo mismo. Ninguno de los dos me miró. Parecían exhaustos. Se fueron directamente a descansar. Durmieron el resto de la mañana.

Cuando se despertaron no dijeron ni una palabra del asunto. Mis hermanos correteaban por la casa. No querían que ellos supiesen nada. El resto del día transcurrió normal a excepción del silencio. Era penetrante. Cuando llegó la noche nos reunimos en el salón. Mis padres me querían decir algo importante, pero no sabían cómo. Buscaban las palabras adecuadas, pero ningún sonido salía de su boca. Estaban asustados. Eso se podía leer en sus caras. Yo tampoco les ponía las cosas más fáciles. No sabía qué estaba sucediendo, con lo cual, tampoco como ayudarles.

—Hemos consultado a nuestros ancestros —comenzó mi madre.

—La neblina blanca que viste ayer formaba parte de un ritual —continuó mi padre—. Hemos estado toda la noche llamando a nuestros antepasados. Queríamos consultarles la decisión de la Dama Blanca.

—Nuestros temores se han cumplido —mi madre comenzó a mirar al suelo—. Debes marcharte de aquí.

—Corres peligro si te descubren —mi padre intentó mirarme a los ojos—; están al acecho. No sabemos quiénes exactamente, pero pronto llegarán. No pueden descubrirte. Por eso tienes que huir.

—El bosque es una zona muy peligrosa. La esencia del mal se extiende por todo el terreno —suspiró ella—; aun así, debes ocultarte allí —y con mucho pesar, prosiguió—. Nuestros antepasados nos han dicho que te espera un duro camino, pero es el único lugar donde puedes ocultarte. No tenemos opción. —Y dicho esto se puso a llorar. Pasaron unos segundos de tensión en los que el cortante silencio lo invadió todo. Mi padre se levantó y me acompaño a mi habitación. Debía irme cuanto antes.

Minutos después, allí me encontraba, preparando el equipaje para abandonar mi hogar. Mi madre se encontraba en un rincón sollozando. Mi padre, al lado de la ventana, tenía la mirada perdida. Mis hermanos, en cambio, ajenos a todo, dormían profundamente, emanando tranquilidad. Estuve estudiando el mapa de la región junto con mi padre. Era complicado decidir dónde ir. Hacía más de trescientos años que los habitantes de la aldea no habían cruzado sus fronteras, desde que la oscuridad se adueñó de todo. Los rincones que se encontraban más allá eran leyenda. Hablaban de grandes desiertos de arena, de glaciares de hielo y de mares revueltos. Tan solo me podía imaginar la apariencia de todo aquello gracias a las imágenes de los libros. Mi madre me señaló la zona peligrosa, la más profunda y negra, donde nadie se atrevía a ir. Mi sorpresa fue mayúscula cuando me di cuenta de que esa zona rodeaba todo el centro del bosque. Se decía que allí vivían seres aterradores. Nadie los conocía. Quien los había intentado ver, jamás regresó para contarlo. Alguna vez algún pájaro gris traía algún hueso perteneciente al curioso. Pero jamás el cuerpo entero.

Esperaba que solo fuesen leyendas. No podía imaginarme la muerte de alguien, y mucho menos, en trágicas circunstancias. No era capaz de poner imagen a seres monstruosos. Menos aún después de comprobar que existían entes tan bellos como la Dama Blanca. Tan puros como la libélula. Tan serviciales como los propios duendes. Suponía que no todos los sujetos del bosque eran así, pero aquellas leyendas eran demasiado violentas para mí. Habían pasado cien años desde la última vez que un valiente se había adentrado en el bosque. Al igual que los anteriores, no regresó. Quizás la situación hubiese cambiado. Por lo menos, esa esperanza rondaba mi cabeza. Quería autoimponerme pensamientos positivos. Mis esfuerzos fueron en vano. Los tediosos pensamientos volvían a mí una y otra vez. Puse las piernas en marcha. Mientras subía las escaleras con mi padre, intenté entablar conversación con él. Abrí la boca en multitud de ocasiones. Cero. Ninguna palabra era capaz de expresar mi miedo. Cada vez que subía un escalón, me daba cuenta de que aquello era real. Era un paso más para avanzar hacia lo desconocido. Una pisada más para abandonar mi acomodada vida. Un movimiento más hacia el infinito de la incertidumbre.

Decidí partir aquella misma noche, prefería no despedirme de mis hermanos; así sería menos doloroso. Mi mochila estaba raída por todas partes, pero no habíamos tenido tiempo para más. En la despensa no había demasiado, un pequeño trozo de pan y una pasta seca de jabalí. Debería ser suficiente para aguantar unos días. Nunca había tenido una sensación de pesadumbre tan grande, como en el instante en el que crucé la puerta. Miré tan solo una vez para atrás, para tener todavía el valor de emprender mi huida. Sin pensarlo más, me adentré entre las sombras. Los primeros árboles me eran familiares. A medida que me alejaba en dirección norte, el paisaje se volvía más espeso y las lianas de los árboles me impedían el paso. Acostumbrado al calor de mi hogar, no me sentía cómodo en aquel ambiente. Debía darme prisa y alejarme lo más posible del pueblo antes de que amaneciese, pero el laberinto que veía enfrente me desconcertaba y atrasaba. Me detuve a descansar unos segundos y al mirar a mi alrededor, unos ojos rojos me observaban. Me entró pánico y quise correr, pero al ver que los ojos seguían estáticos me detuve y con cautela avancé.

Me paré otra vez. El miedo estaba encadenado a mi alma desde que salí de casa. Aquellos ojos no mejoraron la situación. El fuego rojo de la mirada seguía inmóvil. No parecía haber maldad en ellos, pero sí multitud de acertijos sin resolver. Mi curiosidad podía más que mi sensatez. Tuve una rápida batalla mental entre el bien y el mal. Ganó la imprudencia. Un vistazo a mi alrededor me confirmó que no había nada más. Ninguna otra cosa extraña se cruzaba en mi camino. La imagen del mapa vino a mi mente. Todavía estaba muy lejos del centro del bosque. Una vez más la imprudencia tuvo una aplastante victoria sobre la cordura. Sin más dilaciones decidí avanzar.

Mis pasos hacia esos ojos eran pequeños pero firmes. Si había llegado mi final, lo debería asumir. Pero seguían ahí estáticos, sin parpadear. Cuando estaba a poca distancia, me detuve y observé. Nada cambiaba. Cogí una liana y aparté las altas hierbas, así como todo lo demás que cubría aquellos ojos. Mi sorpresa fue enorme cuando me encontré con la cría de extraña especie. Era parecido a un humano, pero de piel muy oscura y muy peluda. Sus ojos, al igual que sus orejas eran muy grandes y tenía dos pequeños colmillos. Fue la primera vez que se movió. Se acercó a mí con mucho cuidado. Nunca había visto nada igual, me quedé mirándolo hasta perder la noción del tiempo. Parecía inofensivo. Repentinamente, cerró los ojos y mostró sus colmillos, mis sentidos se pusieron alerta. Algo estaba pasando, pero todavía no sabía el qué. Un bramido llegó a mis oídos. Era mala señal, mi riego sanguíneo empezaba a subir. No había sido buena idea acercarme a ese pequeño ser. El aullido, muy agudo, empezó a aproximarse a toda velocidad.

La sangre se me subió a la cabeza. La presión me impedía pensar. Los músculos se me estaban agarrotando. Presentía que el peligro se acercaba. No podía evitar quedarme paralizado. Cada vez se aproximaba más. El aullido se clavó en mis oídos como una estaca. Quería reaccionar, pero mi cuerpo no me escuchaba. Estaba aterrorizado. Mis extremidades se habían convertido en un hielo viviente. Un segundo aullido me devolvió a la realidad. Era el presagio de mi desgracia. Miré inquieto un lugar dónde esconderme. Había multitud de árboles y lianas, pero nada más. El laberinto en el que había entrado era una trampa mortal. Intenté alejarme lo más que pude, pero los aullidos cada vez estaban más cerca. Avancé, me tropecé, me caí, la respiración se me cortaba por el miedo. No veía una solución rápida a mi problema. Me faltaban segundos, miré a la derecha, a la izquierda. Por todos lados, el mismo paisaje. Cogí una liana con una mano, empecé a trepar poco a poco. A medida que avanzaba empecé a sentir un dolor punzante en las palmas. Gotas de sangre empezaron a resbalar hacia el suelo. Mis nudillos estaban totalmente destrozados y la huella de mi sangre desvelaba mi escondite. Los aullidos cesaron, mientras yo, seguía muy quieto en el árbol. Miré al suelo, pero nada había cambiado. Miré por encima de las ramas, y todo estaba oscuro, sin vida. Procuré tranquilizarme, pero era imposible, las manos me ardían. Intenté soplar para enfriarlas, pero me empezaron a quemar más todavía. Segundos después, un estallido de luz verde salió de mi mano derecha, fue breve, pero tan intenso que cerré los ojos para protegerme. Después, otra luz salió de mi mano izquierda. Tan potente como la anterior aunque, de color dorado. La luz subió al cielo y desapareció. «¿Qué ha pasado?», me pregunté a mí mismo. Estaba confuso. Miré al suelo, un destello blanco de colmillos iluminó mi huella de sangre; mi temor se había cumplido.

Procuré respirar profundamente. Era lo único que me quedaba. Trepé más alto. Miré entre las ramas de los árboles. Quizás podía saltar de un árbol a otro. Podría ser una buena escapatoria. Aparté unas hojas para poder ver más allá. Al calcular la distancia, mis planes desaparecieron. Estaba nervioso y aterrorizado. En aquel estado era imposible hacer que mi mente funcionase. Tampoco podía quedarme en aquel árbol eternamente. Me quité la mochila. La abrí. Rebusqué entre mis cosas. No tenía nada que pudiese ayudarme. La volví a cerrar frustrado. Estaba aislado. Cerré los ojos con fuerza, intenté concentrarme, encontrar una solución. No tenía mucho tiempo. Abrí los ojos, sentí una nueva quemadura en las manos. Pequeños destellos verdes recorrían mi mano derecha, y dorados mi izquierda. No entendía nada. Miré hacia abajo, los colmillos seguían reluciendo en la negrura de la noche. Sus ojos rojos se empezaban a encender de furia. Eso era mala señal. A lo lejos observé cómo se acercaba el pequeño ser que había visto antes. Cuando estuvo en mi campo de visión, lo entendí todo. La bestia era la madre furiosa. Cogí una liana cercana. Aparté mis anteriores dudas, y decidí que lo mejor sería intentar llegar al árbol siguiente, y seguir avanzando de esta manera, hasta encontrar una solución. Cuando la apreté con las manos y me dispuse a saltar una luz blanca se acercó volando. Era una pequeña hada.

—Vengo en nombre de mi señora, la Dama Blanca —dijo rápidamente—. Ha visto lo que podría suceder y quiere evitarlo. No puedes huir, debes enfrentarte a la bestia, usa tu poder y tu habilidad; si no te perseguirá siempre.

—¿Enfrentarme? ¿Mi poder? ¿Mi habilidad? —pregunté aterrorizado.

Un segundo después, la pequeña hada desapareció sin darme más instrucciones. Me aferré nuevamente a la liana, pero se desprendió con mucha facilidad. Cogí otra y pasó lo mismo. Mi vía de escape había desaparecido en un suspiro. Furioso comprendí que la Dama Blanca se había encargado de ello. Tomé una gran bocanada de aire y empecé a bajar lentamente. La bestia comprendió mis gestos y se sentó a esperar.

Comencé a temblar. Hasta aquel momento, no había sabido lo que era el miedo de verdad. Mis experiencias se cernían a los pequeños temores de cada día. Ya no me ayudaban ni los ejercicios de respiración profunda. Mi cabeza todavía intentaba buscar una posible alternativa. Si hacía caso al hada, me enfrentaría a la bestia. Si hacía caso a mis instintos, me quedaría subido a ese árbol el resto de mis días. Pensé mucho sobre ello, pero era una situación irreal. ¿Qué habilidades poseía además de trepar a los árboles? Que yo supiese, ninguna. Me había criado en paz y calma, no en batallas y peligros. Quería afrontar mi destino, pero al igual que antes, mi cuerpo se encontraba congelado. Procuré convencerme. Forcé a mis piernas a moverse. Su obligación era obedecer a mi cerebro. Después de una larga conversación mental conmigo mismo, accedí definitivamente a enfrentarme a ello.

Mis movimientos eran lentos, pero seguros. Mis manos seguían desprendiendo destellos de luz, pero ya estaban totalmente cicatrizadas. Me habían quedado marcas extrañas en ellas, probablemente para el resto de mi vida. No comprendía nada, pero no tenía tiempo para analizarlo. Por fin, llegué al final del árbol. La bestia dibujó una sonrisa en su cara y empezó a gruñir. De cerca, su aspecto era más aterrador todavía. Tenía unas grandes pezuñas cubiertas de espinas metálicas. Se acercó a paso lento. Sus ojos empezaron a brillar de satisfacción. Siguiendo mi instinto, levanté las manos y me concentré. Soplé en mi mano derecha y un polvo dorado salió de ella. Se depositó en mis pies. Esto hizo enfurecer a la bestia y se abalanzó sobre mí. Me tiró al suelo con el primer golpe. Me dejó aturdido. Antes de que pudiese recuperarme, empezó a golpear todo mi cuerpo con su cabeza llena de pequeñas espinas. Mi dolor iba en aumento con cada golpe. Mis gritos de suplicio cada vez eran más profundos. El pequeño ser empezó a gritar también, y la bestia le miró por un segundo. Aproveché esa oportunidad, y me levanté lo más rápido que pude. El polvo dorado de mis pies empezó a brillar, iluminándome con una luz cegadora. La bestia se puso en alerta, pero el brillo era insoportable para ella. Rabiosa se acercó rápidamente e intentó morderme con sus colmillos. Me desgarró el pantalón, pero no consiguió alcanzar mi pierna. Aproveché y ágilmente cogí una estaca que encontré cerca. Era mi única oportunidad, no podía fallar. Intenté atacar por un lado, pero con unos reflejos rápidos lo esquivó por escasos milímetros.

Había desperdiciado una oportunidad de oro. No sabía si volvería a tener otra igual. Me armé de valor y cogí el palo con más fuerza que antes.

La potente luz estaba disminuyendo. No tenía alternativa. Probé a acercarme con sigilo, pero la bestia se dio cuenta enseguida. Giré rápidamente a la derecha, después a la izquierda, para después, girar otra vez a la derecha. Conseguí acercarme lo suficiente para golpearla en el estómago. Con aquel movimiento varias astillas se quedaron clavadas en mi mano. Un grito de dolor salió de mi garganta. Intenté quitármelas, pero no podía. No tenía tiempo para ello. La bestia se volvió hacia mí con furia. Recibí un nuevo golpe que me estampó contra el árbol. La cabeza me daba vueltas. No podría aguantar otra envestida como aquella. Intenté levantarme, pero la pierna me estaba matando. Era muy probable que tuviese algo roto. La estaca también se partió en dos. Esta vez sí que percibí que sería la última oportunidad. O triunfaba, o fracasaba. Ya no habría más intentos. Me acerqué al punto de partida arrastrando la pierna. Estaba al límite. No me quedaban ni fuerzas para mantener la cabeza erguida. Miré a la bestia. Ella también estaba herida. Había salpicaduras de sangre. Me miró con determinación. Se abalanzó sobre mí. Me encaré a ella. Aquel enfrentamiento fue fugaz, pero intenso. Sus zarpas aniquiladoras volaron por el aire. Mi palo se movió con rapidez. Los dos caímos al suelo. Estábamos al borde del desfallecimiento. Nuestro agotamiento era extremo y nuestras heridas profundas.

Con miedo y dolor la bestia me miró. Se alejó de mí. Se tumbó en el suelo a una distancia prudencial y comenzó a aullar de forma lastimera. Viendo que no iba a atacar, me apoyé en el árbol, para finalmente sentarme. Tenía heridas profundas por todo el cuerpo y estaba mareado por la cantidad de sangre perdida. El pequeño ser se quedó a medio camino, observándonos. Era tan diferente de su madre, pero a la vez tan idéntico, que no podía explicármelo. Dolorido, magullado y lleno de heridas mi cuerpo cayó a los pies del árbol. Mi mano ya no desprendía polvo dorado. No entendía muy bien lo que había sucedido. Levanté la otra mano y me quedé pensativo. Sentía cómo la sangre fluía a una velocidad de vértigo por ella. Inconscientemente, me la acerqué a la boca y soplé. Unas pequeñas llamas verdes empezaron a salir de ella. Me quedé absorto mirándola y la apoyé en mi pierna. A los pocos segundos empecé a notar un calor agradable en ella. Al mirar detenidamente, me di cuenta de que pequeñas llamas verdes recorrían todo mi muslo y bajaban lentamente hacía mi tobillo. A su paso, se iban cicatrizando todas las heridas que me había hecho la bestia. Puse mi mano sobre mi otra pierna, y el efecto fue idéntico. Cuando llegó el turno de mi hueso roto, el proceso fue mucho más lento. El dolor era tan grande que apenas me dejaba respirar. Sentía cómo multitud de taladros perforaban mi piel y mi estructura ósea para volver a ponerlo todo en su lugar. Aguanté como pude. Las lágrimas resbalaban por mis mejillas constantemente.

Conseguí cerrarme todas las heridas del cuerpo, y parar así las hemorragias. Cuando las llamas verdes cesaron, el pequeño ser se acercó a mí y me señaló a la bestia. Seguía tumbada con gestos de suplicio. Tenía los ojos cerrados, aunque respiraba. Miré nuevamente al pequeño ser y me acerqué a la bestia. Despertó en mí un sentimiento de compasión. Puse mi mano sobre ella y con la otra saqué la estaca. Un aullido muy grave de dolor retumbó por todo el bosque. Tiré el palo lejos, y me concentré. De mi mano empezaron a salir grandes llamas verdes que se depositaron en ella. Consiguieron parar el sangrado en pocos segundos. Como la herida era muy grande, no conseguí cerrarla del todo. Opté por coger una liana de un árbol cercano y atarla en torno a su vientre para que se cerrase poco a poco sola.

—Tu madre se recuperará, pero ahora yo me voy —le dije al pequeño ser, el cual me agarró la pierna impidiéndome todo movimiento.

CAPÍTULO 02

Intenté dialogar con el pequeño ser. Nos llevó mucho tiempo, pero no entraba en razón. Seguía aferrado a mi pierna con fuerza. Empecé a dar vueltas sobre mí mismo, procuraba ganar la liberación. Cogí tal velocidad que todas las ramas y lianas que estaban cerca se levantaron del suelo. Paré de inmediato, confundido por la fuerza que había cogido mi movimiento. Estaba sufriendo cambios en mi cuerpo y en mis habilidades que no llegaba a comprender. Cuando me dejó de dar vueltas la cabeza, miré mis piernas: el pequeño ser seguía ahí. No se había movido ni un milímetro. No sabía qué más podía hacer con él.

—¿No te vas a despegar de mí? —le pregunté, a lo que me miró con los ojos muy abiertos—. De acuerdo —resoplé.

Recogí mi mochila y las pocas pertenencias que se habían caído y le hice un gesto para que me siguiese. Se acercó a su madre, le tocó la zona dañada del vientre y con una lágrima se despidió de ella. Fue una escena muy conmovedora. No entendía por qué aquel pequeño había considerado que era necesario separarse de ella. Todo era incongruente. Quizás algún día encajaría las piezas del puzle de mi vida. Nos adentramos en el bosque, otra vez, en aquel laberinto sin escapatoria. A pocos metros de distancia, una pequeña luz brilló a lo lejos.

No era una luz intensa, pero sí lo bastante llamativa como para que despertase mi curiosidad. Después de haber luchado contra la bestia, me sentía más valiente. Además, me convencí a mí mismo de que no encontraría nada más peligroso que ella. A pesar del poder de curación de mi mano, aún me encontraba débil. Me dolían las extremidades. Miré al pequeño ser. No habíamos avanzado mucho, tampoco habíamos entablado ningún tipo de relación, pero echaba de menos hablar con alguien. Sentí la necesidad de ser más cercano con él. Por alguna razón que desconocía, confiaba en que su presencia sería beneficiosa para ambos. No sabía cómo actuar al respecto. Había decidido abandonar a su madre para acompañarme. Era un gran gesto, aunque tampoco comprendía la razón de su decisión. No seguíamos un rumbo fijo, pero tampoco pareció importarle. Se mantenía a mi lado en silencio. Un par de veces intenté entablar conversación, pero siempre me contestaba con silencio. Después de eso, el mutismo predominó nuestro viaje. Queríamos llegar hasta la luz, pero no pudimos. Teníamos que pasar la noche en algún lugar.

—¿Eres capaz de subir a un árbol? —le pregunté, esperanzado de encontrar una respuesta. No abrió la boca, pero me miró con sus enormes ojos. Por primera vez sonrió. Se acercó a mi pierna y la agarró con fuerza.

Le miré sarcásticamente—. Claro, así es capaz de trepar cualquiera.

Cuando subimos a la copa, me asomé entre las hojas. Quería escudriñar

los alrededores. La luz seguía a lo lejos. Me tenía totalmente intrigado. No

tenía ni la menor idea sobre qué podría ser. Como salida de la nada, se

comenzó a formar una tormenta encima de aquella luz. A pesar de ser un

punto lejano, se podía distinguir perfectamente. La inquietud se empezó a

apoderar de mí. Debía recuperarme del todo y así poder avanzar por el

camino sin problemas. Con aquel pensamiento, me apoyé en el tronco y me

quedé dormido. Me desperté con un ruido extraño. Miré a mi alrededor,

pero el pequeño ser no se encontraba conmigo. Al final, se había

arrepentido y había vuelto a su lugar de origen. Me sentí mal. Algo triste.

Estaba solo otra vez. Bajé del árbol. Seguí aquel ruido para averiguar de

dónde venía. Me adentré en el bosque. Di unos pasos. La tierra empezó a

ceder bajo mis pies. Me dio un vuelco al corazón. Todos los árboles que

había a mi alrededor habían desaparecido, y frente a mí se abría un

escarpado acantilado. Miré abajo, pero solo había oscuridad. Me parecía

todo de lo más extraño. Desconfiado, avancé hacia uno de los lados. El

borde del acantilado era muy largo. Caminé y caminé durante mucho

tiempo. Estaba cansado. No encontraba la manera de avanzar. Después de instantes eternos, al fin distinguí algo. Un saliente. Me acerqué. Un camino de piedra apareció ante mí. Sentí curiosidad por descubrir que había allí. Tampoco tenía nada que perder. Avancé.

Me pegué al acantilado e intenté no mirar abajo. Todo estaba muy oscuro, me daban pánico las alturas. Había piedras por todos lados. Era demasiado peligroso. La ansiedad invadía mi cuerpo. Se quería apoderar de mi mente y adueñarse de mi ser. Daba pasitos muy pequeños. Comencé a arrepentirme de no haber vuelto a la zona arbórea. Ya no había vuelta atrás. Obligué a mi cabeza a imaginarse cosas agradables. No quería que aquel pánico me invadiese por completo. Pasito a pasito iba avanzando. A pesar de no conocerle, eché de menos al pequeño ser. Me sentía en la soledad más absoluta. Debajo de mis pies solo había negrura. Encima de mi cabeza, un cielo lúgubre y cerrado. A un lado de mi cuerpo, el acantilado; y al otro, el abismo. La única compañía era mi miedo, y me estaba volviendo paranoico. Respiré profundamente. Procuré tranquilizarme. Debía avanzar hacia mi elección. Por la inclinación que había adoptado el camino, supuse que no me quedaba mucho. Seguí avanzando con cuidado. Un nuevo entusiasmo se apoderó de mí. Era muy pequeño, casi inexistente, pero ahí estaba. Me agarré a él con todas mis fuerzas.

Cuando mis pies tocaron algo parecido a la tierra, mi batalla mental desapareció. El silencio se adueñó de todo. Allí abajo, la oscuridad era mayor que en la superficie. Mis ojos tardaron en acostumbrarse. En el tiempo de espera, una leve brisa arañó mi piel. Me sentía extraño. Mis sentidos se habían agudizado desde que estaba allí. La vista se me fue aclarando. Mis pupilas se hicieron tan grandes, que captaron resquicios de luz donde no los había. Por fin, era capaz de distinguir a grandes rasgos lo que me rodeaba. Observé con atención y me quedé de piedra. A pesar de que nunca había estado en un lugar como aquel, sabía que aquello era una playa. Había arena por todas partes. Me agaché para cogerla. Era tan fina que se deslizó entre mis dedos. Caminé más allá. Era un sitio pequeño. No había nada más que arena y piedra. Cuando se calmó mi fascinación, me sentí atrapado. Caminé hacia la orilla. Allí estaba el mar. Había oído hablar de que existía algo así. Nunca me hubiese imaginado que lo vería. Me adentré, pero el agua estaba helada. Estaba solo. La arena y el mar eran mis únicos acompañantes.

Otra vez sentí aquella cosa extraña en mi interior. Era más que un sentimiento o una sensación. Había algo en el interior de mi cuerpo que me estaba perforando las entrañas. Me di la vuelta. Quería salir de allí. Debía buscar una manera de subir otra vez el acantilado. Prefería el bosque. Allí por lo menos había vida, y los árboles me proporcionaban refugio. Era menos solitario. También estaba el pequeño ser. Tenía que encontrarle. Con él, me sentía más tranquilo. Mis pies se arrastraron hasta llegar a la orilla. Justo en el momento en el que uno de mis pies tocó tierra firme, una neblina grisácea me envolvió entero. Me di la vuelta enseguida. Una sombra enorme apreció a lo lejos. No era capaz de distinguirla. Estaba demasiado lejos. Me quedé quieto. No tenía ningún lugar para esconderme. Ni siquiera me dio tiempo a pensar qué hacer, cuando un majestuoso barco apareció ante mí. Era de madera negra. Un gran dragón tallado en la proa avisaba del poderío de la embarcación. Quise salir del agua y volver a la playa, pero la neblina me paró. Me empujó mar adentro y comenzó a elevarme. Mis brazos y mis piernas se agitaban constantemente. Estaba aterrado. Gritos profundos salían de mi garganta. No quería estar cerca de aquel barco, me daba malas vibraciones. A pesar de mis esfuerzos, las olas del mar jugaban conmigo como si fuese un títere sin vida. Mientras luchaba por salvar mi existencia, la marea comenzó a subir deprisa. Las olas me golpeaban violentamente contra la roda del barco. Estaba totalmente magullado. Me costaba respirar. Tosía constantemente. El agua salada quería inundar mis pulmones. Cuando el agua se situó por encima de la cubierta, la neblina desapareció. Caí violentamente. Miré rápido a mi alrededor. No había nadie. Silencio. Después miedo.

Esperé quieto, pero al ver que estaba solo, me acerqué corriendo a la borda. Me dolía todo el cuerpo. Intenté saltar desesperado. No me gustaba aquel lugar. En el momento en el que me preparé para ello, una nueva neblina apareció y me empujó hacia dentro. Lo intenté otra vez, las consecuencias fueron semejantes. Me senté en la cubierta. Me acurruqué y llevé las rodillas al pecho. El barco empezó a balancearse. Me abracé las piernas con más fuerza. El viento empezó a soplar. La vela se desplegó totalmente y me adentré mar adentro. Estuve en la misma posición varias horas. O por lo menos, esa era la sensación que tenía. Seguía todo vacío. Después de pensarlo mucho, me armé de valor. Me levanté. Con pasos temblorosos inspeccioné todo. No había ni puertas ni escaleras hacia ningún lado. Tan solo aquella cubierta. Me fui hacia el otro extremo. La última parte que me quedaba por explorar. Allí había una pequeña trampilla. La abrí y me encontré con un minúsculo camarote. Me adentré. Era una despensa con provisiones: guisantes deshidratados y pasta seca de jabalí. Una sonrisa se dibujó en mi cara. Llené mi vieja mochila. Lo sobrante me lo comí rápido, con miedo de que fuese un sueño del que me fuese a despertar en cualquier momento. Cuando terminé, me tocó volver a la realidad y subir a cubierta. Me asomé para ver el mar. Oscuro y calmado.

Silencio. Había aprendido que cuando las cosas estaban así de tranquilas,

era mala señal. Como si quisiese confirmar mis sospechas, la neblina

reapareció. Cuando cubrió toda la superficie, el barco se empezó a mover

de un lado a otro. Se estaban formando grandes olas a mi alrededor.

Impactaban con fuerza en el barco. Empecé a correr de un lado a otro

buscando una solución. De pronto, vi una cuerda. Até un extremo a mi

cintura, y el otro extremo a una superficie sólida. Con el corazón a mil por

hora, y con el malestar caminando por mi columna vertebral, me esperé lo

peor. Las olas iban aumentando de altura. Alguna ya se había colado dentro

del barco. De momento, solo dos o tres. Probablemente, iría a más. Como

salida de la nada, se formó una tormenta en el cielo. Empezó a llover con

fuerza.

La tormenta avivó el mar. Ahora estaba completamente embravecido. El

barco era fuerte, resistía bien. Mi cuerpo era todo lo contrario, se movía a

merced de las olas. Me chocaba contra todo tipo de objetos. Mis piernas se

golpearon tantas veces contra el mástil que me dejaron totalmente dolorido.

Se me hacía imposible levantarme. Perdía constantemente el equilibrio. Era

lanzado de un lado hacia otro con mucha violencia. Las olas crecieron en

altura. Ahora alcanzaban la cubierta sin problemas. En una de las embestidas rompieron el timón. Navegaba sin rumbo. No tenía esperanzas de sobrevivir a aquello. Intenté sacar fuerzas de donde no las tenía. Miré al cielo. Me horroricé. Delante de mí se estaba formando la ola asesina. Aquello sí que sería mi fin. Se tragaría todo el barco. Me perdería en el fondo. Nadie sabría cómo morí. Nadie sabría dónde buscar mi cuerpo. Mi corazón había enloquecido. Iba a salirse de mi pecho. Mis mejillas estaban húmedas. No sabía si por la lluvia que caía sobre mí o por las lágrimas que las empañaban. Tan solo me quedaba esperar. La titánica ola se abalanzó sobre el barco. Todavía no había caído sobre él, estaba justo encima. El barco se adentró en un torbellino de agua. Pronto, toda ella caería encima de mí. Recé a todos los antiguos dioses del bosque. Quería vivir. Cuando estaba en medio de mis súplicas, una gran gota cayó sobre mi frente. Era el principio del fin. Las paredes de la ola se estaban desmoronando. Me quedaban escasos segundos de vida.

Una luz. Abrí los ojos. No sabía si ya había muerto o seguía vivo. Tan solo sabía que una luz intensa me estaba iluminando. Miré arriba. La ola se había detenido. La luz la estaba sosteniendo. Me sentía aturdido. La cuerda con la que estaba atado se aflojó. La luz se volvió más intensa. La cuerda desapareció del todo. La ansiedad me corroía.

—No vas a morir hoy, muchacho —me dijo una voz—, pero el camino que has emprendido es largo y tedioso. Lleno de peligros. Quizás no seas fuerte para afrontarlos, quizás sí —prosiguió la voz—; tienes que ser valiente.

—¿Quién eres? —me atreví a decir con voz temblorosa.

—Hamingja —contestó solemne—. Te acompaño en tu camino, aunque no puedas verme.

—¿Qué eres? —volví a preguntar.

Una figura femenina apareció entre las luces. No la podía ver por completo. Tan solo se podía apreciar el contorno. Una línea más oscura que el resto de la luz. Esbelta y pequeña. Con los brazos abiertos y lo que podría ser una sonrisa. Con la rapidez que se presentó, desapareció. La luz, en cambio, siguió sujetando la ola con fuerza. Repentinamente, cesó toda la energía. La ola perdió la fuerza y el agua empezó a derramarse por todos lados. Cerré los ojos, no quería ver mi final. En el momento en que había visto aparecer la luz tuve esperanzas de sobrevivir. Ahora ya no. Sentí cómo el agua caía sobre mí con toda su furia. Se formaron millones de olas pequeñas que se llevaron mis últimas plegarias. El barco se hundía. Mi corazón estaba a punto de estallar de la tensión. Me encontraba totalmente empapado. Empezaba a faltarme el aire. Estaba angustiado, aterrorizado.

Nunca me había imaginado que tan solo conocería la parte trágica del mar.

Me desperté de repente. Abrí los ojos. En mi piel brillaban perlas de sudor.

Tenía el pulso acelerado. Miré a mi alrededor, me encontraba en el árbol. El

pequeño ser seguía allí. Pasaron largos minutos. No conseguía ubicarme.

Mi mente volvía una y otra vez al mar. «¿Tan solo había sido un sueño?».

A pesar de ello, todavía sentía la presencia de aquella mujer. Me toqué el

pelo. Estaba mojado. No podía ser que fuese cierto. Mi ropa estaba seca.

Por un momento pensé que había perdido la cordura.

El pequeño ser se despertó sobresaltado. Me miró asustado. Le miré. No

le dije nada. ¿Cómo podría explicarle mi sueño? Y mejor aún, ¿cómo

podría explicarle que mi cabello seguía húmedo y sentía el sabor salado del

mar en la boca? Me tomaría por loco. Se iría de mi lado. Estaría otra vez

solo. No. Definitivamente, no quería estar solo otra vez. Lo había pasado

muy mal en el acantilado. Simplemente intentaría olvidarlo. Cogí una

pequeña cantimplora de mi mochila y bebí agua. Como mínimo, intentaría

quitarme aquel sabor salado. El pequeño ser me hizo una señal con la mano.

Era hora de reemprender nuestro camino. Bajamos del árbol con cuidado.

Comencé a caminar pesadamente. Mi mente estaba llena de recuerdos

amargos. Sentí cómo el malestar seguía anidando en mi interior. Era una sensación indescriptible. Como si algo caminase por mi columna vertebral. Notaba pequeños pinchazos continuos. Bebí unos tragos más de agua. Necesitaba calmarme. Quizás fuese una sensación provocada por mi paranoia anterior. Empecé a caminar intentando dejar la mente en blanco.

Llegar hasta aquella pequeña luz era más complicado de lo que pensaba. Cuanto más nos adentrábamos en el bosque, más espeso se volvía. Los árboles eran más grandes y sus poderosas raíces sobresalían por todas partes construyendo una trampa mortal. Además, la neblina grisácea que se estaba formando no ayudaba en absoluto. Procuraba no caminar muy deprisa. El pequeño ser cada poco tiempo se paraba, y miraba detrás, triste. Echaba de menos a su madre, pero había tomado una decisión, así que seguía adelante con ella. Tan pequeño y tan valiente; era una actitud digna de los mayores guerreros. Anduvimos toda la noche, tan solo hicimos dos descansos de escasos minutos. El pequeño ser siempre se acercaba a mí, y me cogía con firmeza de la pierna. Tenía la sensación de que eso le daba seguridad y tranquilidad. Después de una noche dura, de muchas caídas y de muchos ruidos extraños estaba deseando que llegase la aurora para tener un poco de visibilidad. Mi frustración fue máxima cuando llegó el amanecer y apenas hubo luz. La neblina grisácea llegaba hasta el cielo e impedía toda visión. Eso no debía ser una buena señal; algo malo estaba presagiando. Seguimos avanzando sin descanso, aquella luz que habíamos visto hacía tantas horas parecía que se estaba aproximando. Se lo señalé a mi compañero, el cual me miró con unos ojos muy atentos, pero llenos de desconfianza. Mientras le estaba explicando la situación, giró violentamente la cabeza hacia el cielo. Yo también miré inquieto. Me tiré al suelo instintivamente, en señal de protección. Una sombra negra estaba sobrevolando por encima de nosotros y se dirigía hacia aquella luz.

Nos quedamos en esa posición. Teníamos miedo a levantarnos. No queríamos ser descubiertos. Nos arrastramos por el suelo, siempre bajo la protección de los árboles. A pesar de que intentábamos pasar desapercibidos, hacíamos mucho ruido. Decidimos levantarnos y seguir a pie. Nos escondimos a la sombra de un árbol esperando que la sombra se alejase. No tuvimos que aguardar mucho tiempo, se movía con rapidez. Pasados los instantes iniciales de miedo a lo desconocido, mi mente se activó. «¿Qué significaba aquella sombra?». Era demasiado grande para pertenecer a cualquier especie conocida. Le indiqué al pequeño ser que debíamos andar con mucha más cautela que antes. A pesar de que íbamos a tardar más, ralentizamos nuestros pasos y nos volvimos más cuidadosos. Cuando nos acercamos más, otra nueva sombra surcó el cielo. Poco después, aparecieron más. Todas flotaban en el aire y avanzaban bastante rápido. Mi inquietud y expectación eran máximas. Con el miedo a flor de piel, se disparó mi adrenalina. Esto hizo que mi columna se resintiese una vez más y sintiese un leve cosquilleo caminando por ella. Tenía una corazonada oscura. En parte me sentía enfermo. En parte sentía una lucha interna que se estaba produciendo en mi alma. Estaba incómodo. Era innegable que algo le estaba sucediendo a mi cuerpo. Una vez más no tenía tiempo para investigaciones. Debía concentrarme en las incertidumbres que tenía enfrente, que no eran pocas. Aplasté mis pensamientos hasta lo más profundo de mi subconsciente.

Por fin llegamos a escasos metros de la luz. Era un fenómeno de lo más espectacular. Con cada sombra que se acercaba, la luz se volvía más brillante. Ante ellos había un claro de bosque en forma circular. No era muy grande, pero sí lo suficientemente espacioso como para que todas las sombras se situasen alrededor del fenómeno. Nos esforzamos en situarnos a una distancia prudencial para no ser descubiertos. Nos escondimos detrás de un viejo árbol en silencio. Cuando todas las sombras formaron un círculo perfecto, la luz blanca estalló en mil pedazos. Cada uno de los pedazos salió disparado hacía una sombra determinada. Cuando el efecto fue reproducido en todas las sombras, una nube negra se formó donde antes se encontraba la luz y empezó a absorber a las sombras. A medida que se iban absorbiendo, un cuerpo humano aparecía, de piel cetrina y cabellos negros. Despúes una espesa barba negra crecía sobre sus caras. La transformación era muy lenta y parecía muy dolorosa. Los gritos de tormento se sucedían unos a otros. Eran agudos y penetrantes. Sus caras eran tan blancas que parecían haberse levantado de las tumbas de los muertos. Sus cuerpos apenas tenían musculatura. El contorno de los huesos se podía distinguir perfectamente debajo de la piel. Era una imagen escalofriante. Cuando las caras quedaron totalmente formadas, las partículas que habían estallado volvieron a su lugar de origen. Formaron una nueva bola de energía. Todos los cuerpos se cayeron al suelo. Seguidamente se produjo un nuevo estallido de luz. Era menos potente que el anterior, pero no por ello menos efectivo. Esta vez las partículas desprendidas eran de mayor tamaño. Viajaron lentamente hacia cada uno de los hombres. Se adentraron en sus orificios nasales. Los hombres cerraron los ojos y respiraron con dificultad. La piel se empezó a desprender de los huesos. La carne apareció. Primero empezó con los dedos de los pies, y poco a poco fue poblando todo su cuerpo.

Intentando no hacer demasiado ruido, me acerqué para ver el ritual más de cerca. Admirar aquellas transformaciones era algo impresionante. Aunque el proceso había sido similar en todos, el último paso, antes de llegar a ser humanos, era diferente. Unos sufrían explosiones de luz por todo el cuerpo; otros se retorcían de dolor. Emitían unos gritos más agudos que antes. Un tercer tipo tenía fuertes temblores en las extremidades que les hacía caerse una y otra vez. Los últimos se descompusieron en ceniza para volver a renacer en su forma definitiva. El pequeño ser no se despegaba de mí. Justo cuando todos los que formaban el círculo alcanzaron la culminación de su transformación, me clavó sus pequeñas garras en el tobillo. Le miré. Vi cómo sus ojos empezaron a volverse de un color rojo brillante. Repentinamente, la luz que absorbía las sombras cesó. Se produjo un nuevo estallido, que llegó hasta el cielo. Todo pasó muy rápido: las partículas volvieron nuevamente al centro del círculo. En su lugar, unas llamas de fuego comenzaron a arder extendiéndose alrededor de todos los participantes. Cuando llegó al último, los ojos de los hombres también empezaron a brillar. Unos ojos eran de color azul celeste, otros de color verde fosforescente, otros violeta intenso, y tan solo un par se tornó rojo rubí. Estos últimos empezaron a brillar por encima del resto y pusieron su mirada en nosotros.

Por un momento, nos quedamos quietos. Creía que en realidad no nos había visto. Tenía la esperanza de que mirar justo en aquella dirección fuese parte del ritual. Pero para nuestra desgracia me equivocaba. Nos miraba directamente a nosotros. Quería moverme, pero los pies no respondían ante mí. Me quedé quieto en el sitio. No tenía más opciones. En aquel mismo momento comenzaron los cambios. Los ojos rojos no se apartaban de nuestra posición. El fuego transformó su color. Ahora se veía celeste. Se produjo una pequeña explosión y dos luces salieron de él. La primera fue a parar al hombre y se infiltró en sus ojos rojos. La otra luz atravesó toda la explanada y se infiltró en los ojos del pequeño ser. Un escalofrío de inquietud recorrió todo mi cuerpo. Se produjo una conexión entre ellos que fue creciendo a cada segundo. Cuando llegó a su culminación, los dos cuerpos se elevaron por encima del suelo y se empezaron a aproximar hacia el fuego. Todos los demás hombres se apartaron del camino y formaron dos filas perfectas. No sabía qué hacer, no podía abandonar al pequeño ser, pero tampoco entendía lo que estaba pasando. Estaba muy confuso. Golpeé mis piernas fuertemente para que se desentumecieran. La respuesta fue positiva. Con un paso decidido, me situé detrás del pequeño ser. Intenté amarrarle para devolverle al suelo, pero en el mismo momento que le toqué una sensación de quemazón recorrió todo mi cuerpo. Mis manos empezaron a brillar. Nuevamente, una era de color dorado y otra verde. Cuando el calor terminó de recorrer todo mi cuerpo, me empecé a elevar hasta situarme a la misma altura que el pequeño ser. Llegamos levitando hasta el centro de la explanada. Mientras tanto, los hombres formaron un nuevo círculo a nuestro alrededor. Cuando la conexión entre los tres llegó a su nivel final, descendimos bruscamente y los hombres estrecharon aún más el círculo, dejándonos sin salida.

Al caer, nos quedamos todos un poco aturdidos. Cuando nos levantamos por nuestro propio pie, los hombres empezaron a entonar un cántico con tonos muy graves. Jamás había experimentado tanta angustia al escuchar un sonido. Las notas se clavaban en mi piel como espinas y sus voces resonaban una y otra vez en mi cabeza. Entre todo ese malestar distinguí un nuevo sonido. Miré al cielo, se estaba formando una tormenta muy fuerte. Grandes truenos y relámpagos aparecieron. La nebulosa se estaba preparando para estallar en mil pedazos, parecía como si el mundo se fuese a caer sobre nuestras cabezas. Los dioses debían de estar muy enfurecidos para permitir aquello. Al principio, los rayos se dispersaron por todo el cielo, pero poco a poco se fueron concentrando. Al final, se quedaron únicamente en torno a nuestra explanada. Los hombres empezaron a cantar con voz más grave todavía. Los rayos empezaron a impactar en el suelo. Escasa distancia nos separaba de ellos. Mientras tanto, el hombre de los ojos rojos empezó a mirar de forma desafiante al pequeño ser, el cual, estaba nuevamente aferrado a mi pierna. Después de un intenso intercambio de miradas, el pequeño ser me soltó. Cerró los ojos, lanzó un suspiro muy profundo y se situó enfrente de mí. Poniéndose de puntillas me alcanzó las manos y puso sus palmas sobre las mías. Nuevamente, cerró los ojos y mis manos empezaron a brillar. Lanzó un suspiro mucho más largo que el anterior y la tierra comenzó a temblar. Los hombres cesaron el canto sorprendidos, pero los rayos no desaparecieron. Eran tan intensos que habían formado un torbellino de luz y electricidad. El pequeño ser no se dejó intimidar. Se concentró aún más. La tierra vibró otra vez. Una masa **celeste** empezó a crecer de la tierra. Crecía a una velocidad de vértigo. Pronto formó una capa protectora en torno a la explanada. **Los** hombres empezaron a cantar otra vez, y los rayos se volvieron más grandes y más agresivos. Empezaron a impactar contra la capa protectora. El pequeño ser comenzó a sudar y abrió los ojos que estaban inyectados en rojo sangre. Mis manos empezaron a brillar más aún. El cansancio se apoderó de mí, justo después de que las piernas comenzaran a sufrir continuos temblores. Era mucha la presión que teníamos que aguantar, pero estábamos dispuestos a eso y más. No lo hacíamos simplemente por el hecho de sobrevivir o por la heroicidad. Luchábamos por la firme creencia de que era nuestro deber. En momentos tan duros como aquel debía pensar en esto constantemente. Si no, no podría seguir. Nunca había estado sometido a presiones tan desmesuradas. Hice un rápido ejercicio mental y calmé el temblor de mis piernas. Debía ejercer un autocontrol más grande si quería escapar de aquellos rayos con vida. Miré al cielo. La tormenta era colosal. Nuevamente, el parásito del miedo quería invadir mi cuerpo. Quería instalarse en mi columna vertebral e infectar todo mi cuerpo. No podía permitirlo.

Con los ojos más brillantes que nunca, el pequeño ser se separó de mí lentamente. No quería absorber toda mi energía. Sin alejarse de mi lado, se dio la vuelta y se puso a mirar al hombre de los ojos rojos. Tenía la capa más oscura que el resto de los hombres, y una capucha le cubría la mitad del rostro. La otra mitad estaba poblada de una espesa barba gris. Lo único que se podía distinguir claramente eran sus ojos. Parecía el líder del grupo. En las manos llevaba un largo bastón de madera. Lo agitaba de un lado hacia otro con mucha agilidad. En uno de los extremos tenía una afilada punta roja. Caminó hacia nosotros, siempre con el vértice del báculo girado hacia el pequeño ser. Repentinamente se paró y comenzó a moverlo a mucha velocidad. Una fila de hojas empezó a surcar los aires. Se habían desprendido de los árboles y volaban hacia él con mucha rapidez. Con movimientos certeros tocó cada una de las hojas con la punta roja. Las hojas giraron sobre sí mismas y sus vértices se volvieron finos y cortantes.

Con otro movimiento del bastón, las mandó hacia nosotros. Me adelanté. Coloqué mis manos y llamé la energía. **Noté cómo** llegaba, pero era demasiado lenta. Las primeras hojas llegaron a mí y se clavaron en mi piel. Las **siguientes conseguí** pararlas. Explosiones de luz dorada salieron de mis manos. Logré destruir las hojas, aunque estaba herido. Aquello me estaba debilitando.

Mientras tanto, el pequeño ser empezó a levantar las manos y abrió la boca. Empezó a emitir un sonido muy extraño. Sonaba igual que el eco de un arpa. Con eso consiguió que la masa celeste se mantuviese en su sitio, pese a haber roto la conexión conmigo. Se sentó en el suelo, cansado, sin dejar de mirar al líder de los hombres. Este esbozó una sonrisa e hizo un gesto con la mano a los demás. Le miraron atentos sin decir ni una palabra. Luego todos al mismo tiempo nos miraron, se alejaron unos pasos e inclinaron la cabeza. Yo estaba alerta; no sabía si lo que acababa de presenciar era una muestra de respeto o la preparación para un segundo asalto. Las heridas me ardían, pero no podía emplear la poca energía que me quedaba para curarme. Seguí en posición de ataque. Todos nos quedamos muy quietos mirando al líder, que se empezó a acercar a paso lento hacia nosotros.

—Os estaba esperando desde hace mucho tiempo —dijo en un tono de voz muy calmado, y después de una pausa añadió—: Confiaba en que los siglos de letargo no fuesen en balde.

El pequeño ser se levantó lentamente y cogiéndome de la mano empezó a caminar hacia el líder. Con la mirada serena y el paso decidido parecía un auténtico guerrero. Yo iba a su lado. Todavía no me había quedado muy claro lo que estaba pasando. Me sentía improductivo en situaciones así. Carecía de información, por tanto, no sabía cómo actuar. Mientras avanzaba, observaba a los hombres que nos rodeaban. Intentaba descubrir cualquier rasgo o cambio en su compostura que me delatase la situación. A pesar de mi minucioso estudio, no conseguí nada. Parecían estatuas de piedra. Ningún movimiento, ninguna expresión. Todos tenían la misma expresión y la misma cara. En lo único que se diferenciaban era en el color de sus barbas y sus ojos. Estaba nervioso. Quería que alguien me explicase las cosas. Tan solo el silencio nos acompañaba.

Cuando nos quedamos cerca empecé a notar cómo todo mi cuerpo se ponía tenso. El hombre empezó a hacer diversos gestos con la mano. La levantó rápidamente, la hizo descender de forma acompasada. Después la movió hacia la derecha y por último chasqueó los dedos bruscamente. Con esto, consiguió que el fuego se extendiese por todo nuestro alrededor, pero lo cambió a un color dorado. Cuando terminó su pequeño ritual, comenzó a hablar:

—No sabes lo que estás haciendo aquí ni quién es tu compañero, ¿verdad? —preguntó mirándome, a lo que yo no contesté—. De acuerdo, habéis pasado la prueba, aunque todavía os queda mucho por aprender si os queréis enfrentar a todo lo que hay en el bosque y más allá —y ante mi cara de incredulidad, **prosiguió**—: **Nosotros** somos los druidas de la noche. Nos desplazamos como sombras, y así escapamos de los controles nocturnos. Estamos alarmados porque ya queda poco tiempo para que la oscuridad total se apodere de todo lo conocido. Incluso las almas de los seres vivos se volverán oscuras si no lo paramos.

—¿Eso qué tiene que ver con nosotros? —pregunté.

—Él es una especie única y mágica —dijo señalando al **pequeño ser**—. Hace siglos que no nace uno como él, y te ha elegido a ti —dijo mirando a los demás hombres y haciéndoles un gesto para que se acercasen—. Su supervivencia es todo un misterio —concluyó.

—¿Quién es él? —pregunté extrañado.

—Las grandes bestias tienen prohibido bajo pena de muerte morder a un humano. Porque cuando entran en contacto con su sangre, su cuerpo sufre una extraña magia negra que hace que de manera inexplicable tengan una cría como él —dijo señalando al pequeño ser—. Además de la pena de muerte que las persigue, hay muchas leyendas sobre la mala suerte que traen. Por eso, ninguna se atreve a morder a los humanos.

La explicación me pilló desprevenido. No sabía cómo reaccionar. Me quedé sin palabras. Tuvo que pasar un largo periodo de silencio para que saliese alguna palabra de mi boca. Las ideas empezaron a entremezclarse en mi cabeza. Sufría una actividad mental frenética. Ahora comprendía mejor porque era tan diferente de su madre. Era un mestizo. Y de alguna manera tenía cierta magia en sí mismo, de la cual, una pequeña parte me había traspasado. Eso era lo causante de mis quemazones y el brillo de mis manos.

—¿Cómo te llamas, muchacho? —me preguntó el líder, ofreciéndome unas raíces para que me las comiese. Había deducido que necesitaba recomponer mis energías.

—De pequeño me llamaban niño, y ahora me llaman muchacho —contesté triste.

—Ya veo que no tienes nombre —contestó pensativo—. Veo que las costumbres no han cambiado desde que me encontré al último humano. Debes buscar tu nombre.

—¿Han existido más humanos que hayan superado la niñez? —pregunté emocionado.

—Cada sesenta o setenta años consigue llegar alguno a tu edad, pero ninguno ha sobrevivido en este bosque. Nosotros, los druidas negros, depositamos nuestras esperanzas en ellos, pero la oscuridad y los habitantes negros ganaron la batalla —relató angustiado el hombre—. Ahora mismo, creo que eres la única esperanza de los humanos y la luz. Con la ayuda de tu pequeño mestizo. —Intentó sonreír.

Se oyó un murmullo de confirmación por parte de los demás druidas. Tenía tantas preguntas sin respuesta, que no sabía por dónde empezar. Abrí la boca para proceder a mi segunda pregunta, pero un mal presagio me paró de inmediato. El pequeño ser empezó a mirar con mucha atención a nuestro alrededor. Sus orejas se pusieron alerta, había escuchado algún sonido que no le gustaba. Levantó los brazos y empezó a dar vueltas sobre sí mismo. En pocos segundos, la masa celeste desapareció y pudimos ver con claridad lo que nos estaba esperando. Se nos heló la sangre. Mi estado de ánimo cayó en picado. Mi miedo aumentó considerablemente. La masa celeste no nos había protegido solamente de los rayos. Habíamos atraído la atención de algo más. Algo para lo que no estábamos preparados. Las caras de los druidas palidecieron al momento. La tormenta había sido tan devastadora que era muy fácil concluir que no se había producido de manera natural. Que algún tipo de magia la **había ayudado. El pequeño ser miraba aterrorizado lo que se nos venía encima. Mediante su contacto** noté cómo su circulación se había acelerado. Sus ojos se volvían rojo intenso. Se estaba preparando para lo peor. Miró hacia el cielo. Suspiró profundamente. Mi mirada siguió la suya. Estaba nervioso.

Una bandada de cuervos negros de hipnotizantes ojos naranjas estaba sobrevolando nuestras cabezas. Eran enormes, y tenían unas montaduras de cuero encima de su cuerpo. Volaban con mucha calma. Nos observaban minuciosamente. Algunos se aproximaron a nosotros y pude ver sus poderosos picos. Cuando dieron un par de vueltas y estudiaron todo el panorama, se empezaron a posar sobre el suelo. No despegaron ni un segundo sus ojos de nosotros. Ahí lo pude ver con claridad. Unos extraños y pequeños seres marrones, peludos, de orejas puntiagudas y brillantes ojos naranjas, estaban sentados encima y les daban órdenes. Empezaron a crear polvareda grisácea que nos hizo toser a todos y despistarnos por un momento. Éramos incapaces de ver más allá de nuestro propio cuerpo. Nos estábamos perdiendo los movimientos de la estrategia de los cuervos.

—¡No os despistéis! —gritó uno de los druidas—. ¡Los grazilius son peligrosos! —Y empezó a toser.

Según dijo esas **palabras, los** grazilius tiraron de la correa y los cuervos empezaron a lanzar bolas de vivo fuego en nuestra dirección. Su primer ataque no fue muy potente, ya que la visibilidad era nula. Uno de los druidas cogió su bastón. Lo lanzó hacía el aire y mientras iba cayendo empezó a gritar unas palabras extrañas. El bastón empezó a girar y se formó un pequeño remolino de aire que limpió toda la explanada de la polvareda de fuego. Ahora, nos encontrábamos frente a frente. Los cuervos estaban excitados ante la cantidad de carne que tenían enfrente.

—¡**Replegaos**! —gritó el **maestro druida; el ataque** les había pillado de improvisto y no estaban organizados.

Algunos de los cuervos con un sonoro graznido levantaron el vuelo y empezaron a atacar nuevamente con fuego desde el aire. Iban en todas las direcciones. El druida que invocó el remolino resultó herido de muerte. Una de las bolas de fuego le alcanzó de lleno sin posibilidad de defensa alguna. El cuervo que le dio se estaba posando sobre él. Ya no había salvación.

Empecé a sentir pánico. Las bolas cada vez eran más grandes. Los druidas empezaron a formar pequeños núcleos de masa gris a modo de escudo de protección. Era muy complicado contraatacar. La velocidad de las bolas aumentaba y no había tiempo para nada. Solo tenían capacidad para defenderse. A medida que mi miedo aumentaba, la mano izquierda empezó a soltar destellos dorados. Me concentré intensamente, y proyecté toda mi energía hacia el **grupo de cuervos más numeroso.** Abrí la palma al máximo y cerré los ojos. Perlas de sudor acariciaban mi frente. Mi mente estaba a pleno rendimiento, y mi corazón agitado. Sentía cómo la sangre fluía por mis venas. Era consciente de cada intercambio de oxígeno que se producía en ella. Todos mis sentidos se desarrollaron hasta el infinito. Era una sensación inexplicable. **Gloriosa.** Me adelanté y un haz dorado se extendió por la explanada. Los cuervos empezaron a graznar desesperadamente. Era algo inesperado para ellos. Una sensación de orgullo me recorrió entero. Por fin había logrado ser útil. Había ganado unos minutos para que los druidas se reorganizasen. Pero no era suficiente. Estaba intentando aguantar el máximo tiempo posible. Era vital para nuestra supervivencia. A pesar de mis propósitos, todavía no era lo suficientemente fuerte como para hacer frente a ese tipo de magia. Sentía **cómo me consumía por dentro.** Ojeé toda la explanada. Todos los que estaban vivos se estaban recomponiendo. El maestro dio un fuerte grito. Los druidas se organizaron. Se comunicaron mediante rápidos gestos y se colocaron en un círculo. Con fuerzas renovadas empezaron a atacar a los cuervos. Hicieron diversos remolinos para despistar a los grazilius. Con esto, conseguían que las imágenes pareciesen borrosas. También hacían diversos cambios de posición. Los cuervos empezaron a lanzar fuego, pero dado el ágil movimiento de los druidas, tenían menos posibilidades de acertar.

No estaba tranquilo. Había algo que faltaba. Algo que no me convencía del todo. Empecé a mirar a mi alrededor. No veía al pequeño ser, los escalofríos me dominaron de nuevo. Me adentré en el círculo de los druidas para ver si se encontraba allí, pero no. Los remolinos de viento dificultaban mi visión. Mediante pequeños destellos de luz que salían de mi mano conseguí alejarme lo suficiente para ver casi todo el campo de batalla sin resultar herido. Por fin, le distinguí entre aquel tumulto. Estaba tumbado inconsciente en el otro lado de la llanura. Un cuervo se estaba acercando lentamente hacia él con un brillo de regocijo en la mirada. Me entró pánico al pensar que le podían hacer daño o que le podía perder. Empecé a correr hacia su posición sin importarme el peligro. Cuando ya estaba cerca, una pequeña bola de fuego me alcanzó y me derrumbó al suelo. Me había destrozado la pierna. Tenía una gran quemadura que me hizo bramar de dolor y me nubló la vista. Intenté mirar al pequeño ser. No podía distinguir bien la imagen. La frustración me bañó los ánimos. Intenté aclararme los ojos, pero era en vano. Respiré profundamente, abrí los ojos al máximo, y según el recuerdo que tenía de la posición en la que estaba, avancé. Sentí cómo el estómago se me revolvía al pensar que el cuervo estaba más y más cerca a cada segundo del pequeño ser. Estaba en el suelo y no se movía. No sabía qué le había sucedido. Si no recordaba mal, había visto alguna quemadura. Tenía la esperanza de que no fuese grave. Iba de rodillas, tanteando el terreno. Sentía calor a mi alrededor. Probablemente, eran los resquicios de fuego que habían dejado los cuervos. Cada pocos pasos que daba sentía cómo se me quemaban las manos. Aguantaba el dolor como podía. Mi mente se centraba en cómo sacarnos a todos de aquella situación. No sabía muy bien cómo actuar. Seguí avanzando.

Según me fui acercando, la angustia se apoderaba con más fuerza de mí. Oía todo, pero no veía nada. Caminé a gatas por la hierba, lo más deprisa que pude. Después de unos momentos, que se me hicieron eternos, pude tocar al pequeño ser. Efectivamente, estaba inconsciente. Con los ojos cerrados puse mi mano sobre su cuello e intenté concentrarme al máximo. Abrí los ojos y pude distinguir sombras. Al menos, mi visión había mejorado. Con mucho esfuerzo, podía más o menos visualizar el panorama.

El cuervo se encontraba a un metro de distancia. Sus ojos parecían más brillantes que nunca. Se **desplazaba rápidamente de un lado a otro para despistarme.** No sé cómo, pero se había dado cuenta de que mi vista no **funcionaba muy bien. Empezó a** lanzarme pequeñas bolas de fuego para comprobar hasta qué punto podía aprovecharse de mi deficiencia. Además, la pierna me estallaba de dolor. Ahora, el cuervo se encontraba a tan solo medio metro de distancia. La tensión se iba acumulando en mis músculos, y mi respiración, era cada vez más y más rápida. Tenía que encontrar una solución rápida. Miré más allá, todos estaban ocupados y nadie podía ayudarnos. Miré al pequeño ser, intenté reanimarlo, pero no abrió los ojos. Coloqué una vez más la mano verde sobre él y procuré concentrarme al máximo para que la energía fluyese entre nosotros. Después de varios segundos en esta posición, el pequeño ser tuvo un gran espasmo que hizo que su cuerpo se elevase por encima del suelo. Aún inconsciente, y experimentando un extraño trance, se quedó de pie. Dio un paso hacia mí y según pisó el suelo se produjo un fortísimo temblor de tierra. Todos pararon sus ataques y nos miraron asombrados. El pequeño ser dio un nuevo paso y otro temblor de tierra apareció de la nada. Al terminar, un gran estruendo sonó por todo el bosque. Se empezaron a formar grietas por todas partes. El pequeño ser cayó al suelo.

Los cuervos dejaron de lanzar fuego. Se habían quedado tan desorientados como el resto. Con el segundo temblor, los cuerpos de los druidas muertos se elevaron en el aire. Estaban levitando. Se pusieron de pie, al igual que lo había hecho el pequeño ser segundos antes. Tenían los ojos totalmente en blanco. Parecían unas visiones lejanas de lo que fueron, tan pálidos y fantasmagóricos. Los temblores aumentaron de magnitud. Los druidas vivos se quedaron boquiabiertos. Lo que estaba sucediendo en la explanada era un tipo de magia antigua. Más antigua que ellos mismos. Habían oído de su existencia, pero jamás pensaron que era posible. El pequeño ser tenía más magia en su interior de lo que pensaban. Después de eso, súbitamente los druidas fantasmagóricos cayeron al suelo. Unos segundos después se produjo un gran temblor. Las hojas de los árboles cercanos a la explanada se cayeron. El pequeño ser aún estaba inconsciente en el suelo. El cuervo había parado su ataque asustado por el temblor. Aproveché aquel momento en mi propio beneficio. Puse mi mano sobre el vientre del pequeño ser. Me concentré lo máximo que pude. Mis manos se calentaron. Un pequeño cosquilleo recorrió mi cuerpo. Una potente luz verde salió de ellas y empezó a expandirse por toda la explanada.

Cuando la luz llegó a todos los lugares posibles, se produjo un estallido. Rápidamente **volvió al origen y el pequeño cuerpo la absorbió.**

Empezó a tener convulsiones. Eran rápidas y agresivas. Se retorció. De repente abrió los ojos de una manera muy violenta y empezó a ojear angustiado el panorama. Todavía estaba débil. Me miró con sus grandes ojos y me cogió las manos. Las puso nuevamente sobre su vientre y noté cómo la energía de mi cuerpo empezó a decaer. Estaba desfalleciendo. Me miró nuevamente con ojos lastimeros. Intenté relajarme y consolidar las energías que fluían entre nosotros. Mis manos empezaron a lanzar cortos destellos de luz, que hacían que la respiración del pequeño ser se volviese más fuerte. Los cuervos se dieron cuenta de la situación y empezaron a embestir otra vez a los druidas. Esta vez atacaron con más brutalidad. Las bolas de fuego doblaron de tamaño a las anteriores. Estos se defendían con diversas magias, pero los grazilius eran muy ágiles. Conseguían esquivar muchas ofensivas. Mientras tanto, el pequeño ser me agarró con más fuerza y empezó a soplar un humo blanco por la boca. Inundó toda la explanada dejando la visibilidad a cero. Después, el pequeño empezó a dar pequeños saltos. Se escuchó un gran crujido y seguidamente, la tierra se fragmentó. A nuestros pies, se abrió un agujero y todo el humo se empezó a filtrar dentro de la tierra. Cuando terminó se sentó a mi lado, puso mi mano verde sobre mi pierna. El dolor de las quemaduras desapareció y mis ojos empezaron a ver con más claridad. El cuervo negro que nos acechaba se volvió hacia nosotros, y una vez más con paso firme empezó a acercarse. Había recuperado el interés por nosotros. Esta vez no parecía que fuese a darse por vencido. Sus ojos estaban llenos de venganza. De odio por haber matado a unos cuantos de su especie. Cuando se colocó enfrente, un nuevo temblor sacudió la tierra y de las grietas comenzó a salir un denso humo. Era el mismo que antes había expulsado el pequeño ser por la boca. Aquello hizo desestabilizar toda la llanura. Era una erupción continua. Estaba tan caliente que hizo subir la temperatura de todo el aire en varios metros a la redonda. Cubrió toda la explanada a excepción de dos círculos, uno alrededor de los druidas, y otro en torno a nosotros.

Los cuervos estaban totalmente desbocados y no sabían qué hacer. Al cabo de unos minutos, algunos sufrieron serias quemaduras. Se escucharon graznidos lastimeros por todos lados. Muchos grazilius ardían. Se estaban consumiendo. Los pocos que quedaron, iniciaron el vuelo derrotados. Poco después, el humo cesó. Los druidas nos dedicaron una mirada de agradecimiento y corrieron a socorrer a los heridos. Respiré profundamente y por un momento me sentí tranquilo. Había acumulado demasiada tensión en muy poco tiempo. El pequeño ser cerró los ojos y se acurrucó a mi lado. Había realizado un gran esfuerzo, y la energía que le había traspasado era insuficiente. En escasos segundos, se quedó profundamente dormido.

Intenté aguantar, pero tras comprobar que todo estaba bien, me venció el cansancio. No tengo constancia de cuánto tiempo estuvimos dormidos. Me despertó un fuerte temblor. Los druidas y el pequeño ser se alarmaron. La incertidumbre inundó el ambiente. Tras el primero, otros cuatro siguieron. Las grietas del suelo se abrieron un poco más y nos quedamos totalmente incomunicados. A nuestro alrededor, se había formado una isla. Las grietas se agrandaron tanto que no podíamos saltar hacia el otro lado para ponernos a salvo. Nadie comprendía lo que estaba pasando. Miré dentro de la fisura. Me escondí lo más rápido que pude. Una segunda explosión de humo blanco se produjo. Nuevamente, cubrió el ambiente con un manto blanco. Siguieron un par de temblores más y empecé a notar cómo la tierra se empezaba a desplazar. Una ola de pánico nos inundó. No teníamos cómo escapar de allí. La tierra se empezó a mover y bajamos de nivel. El sonido de un derrumbamiento inundó mis oídos. Los druidas nos intentaron ayudar con su magia. Era imposible. Los terremotos eran continuos. Nadie nos podía socorrer, estábamos abocados a caernos al precipicio. Imploré a los dioses, pero en el fondo sabía que hacía tiempo que me habían abandonado. Me abracé al pequeño ser, estaba tan asustado como yo.

CAPÍTULO 03

El círculo hueco formado a nuestro alrededor se empezó a desplazar lentamente hacia abajo. No tenía ningún sentido ir hacia el otro lado porque era como dar un salto al vacío. Repentinamente, la tierra empezó a caer a más y más velocidad. Veíamos cómo la superficie desaparecía y la oscuridad de la tierra se cernía sobre nuestras cabezas. La frustración de no poder hacer nada mientras nos tragaba la tierra era inmensa. El nudo que estaba encerrado en mi estómago crecía sin parar. Oprimía mis pulmones y me dejaba sin respiración. Angustia y ansiedad. No me gustaban los espacios pequeños. Tenía claustrofobia desde pequeño. El miedo que sentía no hacía más que alimentarla.

La carente luz de la superficie ya se había perdido por completo y nosotros seguíamos cayendo. Paredes de tierra a la derecha y paredes de tierra a la izquierda. Ningún signo de vida a excepción de nosotros. Los segundos se hicieron minutos, y los minutos horas en aquella espera hacia lo desconocido. El sentimiento de angustia crecía y crecía. Después de interminables momentos, empezamos a ir más despacio. Cuando la tierra pasó de ser marrón oscuro a gris, nos detuvimos en seco produciendo un sonoro golpe. El impacto fue tan grande que nos hizo saltar y casi precipitarnos por el hueco hasta el infinito. Nos quedamos totalmente quietos, miré por el agujero y parecía que nos habíamos quedado incrustados en algo. Tenía demasiado miedo a la estrechez que tenía enfrente. Suponía para mí un esfuerzo sobrenatural enfrentarme a este miedo escondido. Miré con mucha atención a mi alrededor. Había multitud de agujeros pequeños en la pared. El tamaño no era suficiente como para que pudiese pasar. Miré por todo el lado de la derecha, pero nada. Luego empecé a mirar por la izquierda y, al fin, vi una abertura lo suficientemente grande en el lateral de una pared como para pasar. Cogí al pequeño ser en brazos y lo empujé hacia el orificio. Estaba bastante alto. Había que inclinarse peligrosamente sobre el borde. Por suerte, la plataforma sobre la que nos encontrábamos resultaba estable. Aquello me daba algo de confianza. Mi suerte cambió en segundos. El pánico se apoderó de mí, el corazón me empezó a latir a mil por hora, cuando noté cómo la tierra debajo de mí empezaba a ceder. Si no me daba prisa, continuaría mi caída hacia el infinito. Salté hacia el agujero, caí de puntillas y me resbalé. La opresión en el pecho estaba al límite de la angustia. Conseguí cogerme con una mano del borde. La otra la tenía colgando del abismo.

La plataforma ya había empezado a descender dejándome sin más opciones. La mano me empezó a resbalar, me balanceé un poco para intentar sujetarme con la otra mano. Mi primer intento fue fallido, los dedos cada vez tenían menos fuerza pasa sujetar mi cuerpo. Estaba en una situación límite, el precipicio me llamaba, pero yo no quería escucharle. Lo intenté una segunda vez. Tenía las manos sudorosas. Fallé otra vez. Procuraba pensar en positivo, al final lo conseguiría. Me salvaría y podría continuar mi camino. Podría abrazar a mis padres una vez más. Lo intenté una tercera vez. Fallé. Mis esperanzas se volvieron minúsculas. Pero todavía me quedaban algunas. Cerré los ojos. Apreté fuerte. Quería borrar de mi mente la imagen del precipicio. Tenía que estar sereno y convencerme a mí mismo de que podía enfrentarme a aquella situación. Abrí los ojos, mi método no había funcionado. Mi cuerpo entero se estremeció. Cada vez tenía menor fuerza para sostenerme. Las manos me sudaban de tal manera que me iba resbalando poco a poco. El pequeño ser intentaba ayudarme, pero no podía con mi peso. Intenté balancearme una vez más. Giré un poco a la derecha, cogí impulso por la izquierda, resople fuerte y fracasé otra vez. Las fuerzas se me estaban agotando. Todo me daba vueltas. Contemplé la idea de que me iba a caer en el abismo. Me quedaban apenas unos segundos. Procuré agarrarme con fuerza a la chispa de esperanza que brillaba en los ojos del pequeño ser. Él confiaba en mí.

No quería defraudarle.

Intenté nuevamente cogerme con la otra mano al borde. Era imposible, ya no disponía de tanta fuerza. Cerré los ojos para solidificar mis pensamientos y sacar en claro lo que iba a hacer. Los abrí bruscamente. Empecé a notar un extraño calor en los pies que me iba subiendo por todo el cuerpo. Miré abajo. Una desconocida masa roja y amarilla se estaba formando en las entrañas de la tierra. El color era cegador. No sabía qué era aquello, pero probablemente algo peligroso. De mi frente empezaron a caer perlas de sudor, el calor cada vez era más vivo. Le precedía un humo anaranjado, que avanzaba a más velocidad que la masa en sí. Cuando tocó mi piel sentí cómo me la abrasaba. Era una auténtica tortura. Noté cómo cada célula de mi cuerpo estaba a punto de estallar. El agua que componía mi cuerpo hervía con virulencia. Los pulmones se me derretían. Me costaba respirar. No aguantaría estar a merced de otra descarga de aquel humo. Mi mente tenía una ardua lucha, una parte quería tomar la opción fácil y despedirse del mundo, y otra parte quería vivir y soñar. En el fondo de mi corazón y alma esperaba que al final esta segunda parte sobreviviese.

A su paso, la tierra se reblandeció y empezó a moverse. Unos bultos florecieron en ella. Mis dedos ya estaban al límite, pero había decidido que quería morir abrasado. Seguí observando las formaciones. Cada vez eran más y más grandes. Cuando plasmaron una bola perfecta se empezaron a alargar. A continuación, cuando ya eran lo suficientemente largas, unos dedos empezaron a nacer y se formaron unos estilizados brazos. Se volvieron del mismo color que la masa que se acercaba, entre rojos y amarillos. A medida que se iba completando el proceso, empezaron a moverse de izquierda a derecha de manera sincronizada. Poco a poco, se formaron también a mi alrededor, y después, por toda la pared hasta donde mi vista alcanzaba a ver. El calor las impregnó. La temperatura se estaba volviendo infernal. El pequeño ser me miraba sin saber qué hacer. Todo había sucedido tan rápido que resultaba mareante. Una idea vino a mi cabeza, era mi única salvación, mi última oportunidad. Una locura absoluta. Aspiré profundamente, miré mi mano y la apoyé en la pared caliente. Cuando mi piel tocó la pared, un grito desesperado salió de mi garganta. Se me abrasó toda la piel. Procuré mantener la concentración al máximo para no perder el control. Empecé a pensar en el bosque oscuro, en las sombras que había visto, pero no servía. Miré arriba hacia el pequeño ser, me estaba sujetando la mano con toda su fuerza para que no cayese. Con su mirada me suplicaba que no perdiese las esperanzas. Que luchase por mi vida. Tenía razón, no podía dejar que esto acabase así. Intenté concentrarme más aún. Imágenes de hielo vinieron a mi cabeza, glaciares que había visto en los viejos libros.

Mi respiración empezó a ser más fuerte y noté cómo la energía comenzó a circular por todo mi cuerpo. Aislé como pude la impresión de calor. Los glaciares que aparecían en mi mente eran cada vez más grandes. El frío invadió toda mi mente. Por unas milésimas de segundo, me quedé en trance y la energía llegó hasta mi mano. Se produjo un estallido de luz azul y la parte de tierra que rodeaba mi mano se quedó fría. No era suficiente, me lamenté. Nuevamente, cerré los ojos. Esta vez en mi mente aparecieron las manos surgidas de la tierra. Me imaginé que todas bailaban una misma melodía. Con mucho esfuerzo un nuevo destello de energía explotó. Las manos empezaron a girar en el mismo sentido, se habían vuelto de color azul, tal y como la energía que las había hechizado. Todas giraban al unísono. Yo ya estaba en las últimas, miré al pequeño ser. Me devolvió la mirada con ojos suplicantes. Esa mirada me llegó hasta el alma, pero ya no aguantaba más, mi energía se había consumido del todo con aquellos intentos de salvarme. Mis dedos empezaron a resbalar, uno a uno se iban soltando. El pequeño ser me miró otra vez, aunque ahora no le pude devolver la mirada, mi último dedo se soltó. Empecé a notar el calor de la masa naranja y en un segundo vi todas las imágenes de mi vida en la cabeza. Los juegos con mis hermanos, las lecturas con mi padre y las tartas de mi madre. Eran remolinos de recuerdos. Pasajes de felicidad. Momentos de amor. Instantes de paz. Las travesuras de mis hermanos pequeños se volvieron insignificantes. Los antiguos rencores desaparecieron como si de polvo liviano se tratase.

Me golpeé la espalda con uno de los brazos, sentí un fuerte dolor que se entremezcló con las dulces imágenes de mi familia. Por el otro lado, mi pierna fue a dar contra la pared. Mi espalda se arqueó de dolor. El calor era insoportable y mi mente estaba cada vez más perdida en el horizonte. Mi brazo magullado se llevó otro golpe. Esta vez sentí que el hueso se me rompía. El crujido retumbó en toda la cueva. El dolor hizo que casi perdiese el conocimiento. Mis ojos se cerraban y al instante se abrían. Todo se ralentizaba, mis movimientos, el tiempo y mi caída. La luz que había debajo de mí estaba más y más cerca. A escasos metros del centro del abismo, mi mano tocó uno de los brazos de la tierra. Por un momento, sentí que me paraba. Fue una sensación extraña. Intenté mirar a mi alrededor, no sabía si era mi imaginación o era la realidad. Todo estaba quieto, congelado en el tiempo. Giré la cabeza lentamente. **Vi cómo el brazo saliente más cercano a mí se había quedado totalmente inmóvil. Uno de sus** dedos estaba en contacto con mi mano. Una pequeña luz salió entre los dos. La conexión que se había producido era mágica. Sentí un pequeño temblor en mi cuerpo, y una repentina paz inundó mi mente. Los diminutos destellos se intensificaban a medida que pasaba el tiempo. Me sentía como si estuviese en un leve trance y la inusual magia me calmaba. Miré lo que me rodeaba, el resto de los brazos estaban en movimiento, pero la masa naranja había dejado de avanzar. Giré otra vez mi cabeza hacia el brazo. Un fuerte estallido de luz se produjo repentinamente. Inundó todo el agujero con su intensidad y me dejó ciego. La fuerza que tenía aquella luz era tan fuerte que se produjo un nuevo temblor de tierra. Sorprendentemente, no me afectó en absoluto. Mi conexión con el brazo saliente seguía intacta. Tan solo nos unía un dedo, pero la unión era sólida como una roca.

Después del temblor, se produjo un nuevo estallido de luz. La energía me impulsó por el agujero; debido a la fuerza del impacto, incluso pude tocar el cielo. Fueron tan solo unos segundos, pero a mí me pareció un viaje eterno. No veía el paisaje, todo estaba borroso. Tan solo noté el tacto de las nubes, era húmedo y frío. Mis dedos se estremecieron al sentir aquello. Era una sensación sorprendente. Húmeda a la vez que desconcertante, vertiginosa a la vez que placentera. Sin apenas darme cuenta, empecé a bajar. Nuevamente, me adentraba en el agujero. Caía a una velocidad de vértigo. Las imágenes que iba viendo se agolpaban en mi cabeza sin control. Todo sucedía de manera muy rápida. Cuando ya estaba en la mitad del agujero, la energía que me rodeaba desapareció y mi caída era libre. Miedo y desesperación se entremezclaban con una rara sensación de paz interior. El intentar haber cambiado el destino del mundo me llenaba de satisfacción. Había sido capaz de adentrarme en el bosque prohibido y de enfrentarme a las bestias. Me sentía orgulloso de mis padres, por haberme educado en la valentía. Estaba orgulloso de mí mismo, por haber superado mis miedos y luchado. Mientras caía, me iba golpeando violentamente contra las paredes. De tantas magulladuras que tenía mi cuerpo, el dolor se había convertido en una constante. Mi brazo estaba flácido. El hueso que se me había roto parecía una marioneta sin rumbo. Cada vez que viraba, el suplicio se apoderaba de mí. Procuraba evadirme de aquellos pensamientos. Me quería concentrar en la caída, en el calor que comenzaba a notar en todo mi cuerpo. Llamaba a gritos al autocontrol. Cuando llegué a la altura a la que se encontraba el agujero donde estaba el pequeño ser, a duras penas le miré. No paraba de caer al abismo de aquel fuego. Cuando estaba a punto de llegar al fondo el mismo brazo de antes me paró. Tal y como la vez anterior, el tiempo se paró por unos instantes y sentí un leve hormigueo en el estómago. El brazo me impulsó hacia arriba, me enganché en otro brazo, este se balanceó y me impulsó hasta la mitad de la cueva. Después de eso empecé a caer otra vez. Un tercer brazo me golpeó con mucha fuerza, subí con el impulso. Durante el trayecto, el impacto de otro brazo cambió mi trayectoria. Entré volando en el agujero donde estaba el pequeño ser. Me di un golpe fuerte en la cabeza y caí fulminado. No sabía si estaba a salvo o sí había sido mi imaginación. Tan solo sé que mi mente se desconectó del mundo. Oscuridad.

Cuando abrí los ojos multitud de candelabros iluminaban la estancia. Miré detenidamente lo que me rodeaba, estaba en la explanada en la cual habíamos luchado contra los cuervos. No sabía cómo había llegado hasta allí. Quizás había sido arrastrado por el pequeño ser. Ahora, la explanada, estaba totalmente iluminada. No había nadie más, estaba solo. Me sentía incómodo, no me gustaba aquella soledad. Me levanté, aún tenía dolores. Empecé a caminar rápido, después aceleré el paso. Corría por el bosque. Era el mismo camino que había hecho hacía unos días, pero esta vez de retroceso. Tenía miedo, quería volver a mi casa, a la seguridad de mi hogar.

A lo lejos veía el pueblo. Me imaginaba que mi padre me estaría esperando sentado en las escaleras, y con la puerta abierta. Repentinamente, me paré en seco. No podía huir de aquella manera de mi destino. Lo que estaba haciendo no estaba bien. Una pequeña luz apareció ante mí. Era la mensajera de la Dama Blanca. Cuando llegó frente a mis ojos estalló. Una masa de luz blanca apareció en su lugar. Al principio, la intensa claridad me impedía ver, pero poco a **poco mis ojos se empezaron a acostumbrar.**

Una serie de imágenes empezó a mostrarse ante mí. Una habitación blanca con suelo dorado fue la primera en aparecer completamente nítida. En ella, había un gran trono y la Dama Blanca estaba sentada encima de él. A su lado, una pequeña náyade tenía un libro entre manos y se lo leía. Su pelo negro azabache y sus ojos azul oscuro contrastaban con su blanca piel. Al igual que la Dama, tenía una belleza enigmática. Todo estaba lleno de paz y armonía. La siguiente imagen que vi era a la misma náyade, pero en una cueva oscura. Estaba desmayada y un extraño ser oscuro la estaba observando. No conseguí verle, pero su gran tamaño era terrorífico. Lo que sí sentí eran sus emociones, estaban llenas de negrura y pensamientos crueles. En ellos había muchas ejecuciones y muchos tipos de muerte. Era un ser extremadamente maligno. Mi cuerpo entero se estremeció al escrutar su mente. Se acercó a ella, y le tiró un vaso de agua encima, con mucho desprecio. Esto hizo que se despertase un poco y abriese los ojos, aunque estaba muy débil como para conseguir moverse más. En las siguientes imágenes, solo se veían rocas negras y sombras oscuras que daban escalofríos. La pequeña náyade había desaparecido de mi campo de visión. Aquello me dejaba muy intranquilo. No la conocía, pero me sentía responsable por ella, por su bienestar. Sabía que en aquellas condiciones no aguantaría mucho. En la siguiente imagen, volví nuevamente a aquella habitación. Ahora, la náyade había desaparecido, tan solo había peces de color celeste muertos en el suelo. Eso era un terrible presagio. Aquellos peces se alimentaban de ella, nadaban entre los pliegues de su falda y si estaban sin vida, solo podía indicar una cosa. En los libros de mi padre había estudiado el hábitat relacionado con el agua. Ella representaba la vida en los lagos, océanos y ríos. Aquellos peces muertos habían sido los creadores de la vida del agua. Eran los originarios. Todos los demás descendían de ellos. Con su ausencia, la vida de los demás perecería. Había leído que uno de ellos representaba el fuego, el otro representaba el hielo. Cuando estaban juntos, nacía el equilibrio. Las consecuencias de su inexistencia eran un misterio. A pesar de ello, era posible vaticinar un caos.

Después de eso, un remolino de imágenes iguales empezaba a verse en mi cabeza. Cada vez notaba todo más confuso, alguien me estaba llamando a lo lejos, intentaba llevarme a otro lugar. Con un fuerte golpe desperté y vi que estaba en el agujero de la cueva. El pequeño ser se encontraba a mi lado. Me levanté algo mareado. No pude hacer más esfuerzo que el de sentarme. Todo a mi alrededor giraba rápidamente. Me dolía el cuerpo entero. El dolor del brazo roto era insoportable. Ahora, más que nunca, era consciente de aquello. Me arrastré hasta la pared con mucho esfuerzo. Me apoyé. Mi respiración entrecortada me indicaba que tenía más heridas internas de lo que pensaba. El pequeño ser se acercó a mí. Colocó sus dos minúsculas manos en mi pecho. Procuraba transmitirme tranquilidad y energía. Una vez más, le di las gracias a los dioses del bosque por haber cruzado nuestros caminos. Sentí cómo florecía la energía lentamente dentro de mí. Volteé la mano. Empezaban a aparecer esbozos verdes. La sangre dejaba de ser roja. Su color fue cambiando poco a poco. Me sentí afortunado. Pronto empezó a brillar. La coloqué encima de mi brazo roto. El dolor de la reconstrucción se me hizo insoportable. Notaba cada engranaje que se acoplaba a su sitio. Cada fisura de hueso era rellenada con cartílago recién formado. A pesar de ser microscópico, era capaz de sentir cómo el agua, los minerales y todas las proteínas fluían en mi interior. En el resto de mis heridas se produjo una sanación similar.

Cuando mi recuperación se completó, mi cabeza quedó libre para pensar en otros asuntos. Volví a mis anteriores preocupaciones. Un escalofrío recorrió todo mi cuerpo. No sabía si había sido tan solo un sueño o una premonición. Perlas de sudor recorrían cada uno de mis músculos. El pequeño ser me miró con preocupación.

—Estoy teniendo unas visiones muy extrañas —le comenté—. No sé si se trata de la realidad o tan solo son miedos que tengo mezclados con historias que he leído, pero me tienen muy preocupado. —Me miró con cara de estupefacción. A pesar de que no dijo nada, los dos parecíamos desconcertados con aquella revelación. Pensé que manifestarlo en voz alta calmaría mi ansiedad. Al contrario. La acrecentó. Oírme a mí mismo pronunciar esas palabras, había incrementado su veracidad. Necesitaba encontrar la tranquilidad. Volver a descubrir la seguridad en mí mismo. En mis posibilidades de triunfo. Tomé un trozo de pasta seca de jabalí para alimentar mi desnutrido cuerpo de la vieja y raída mochila. Sorprendentemente estaba algo chamuscada, pero casi intacta. Aquello me ayudaría a recuperarme físicamente y tal vez incluso sería un sustento para la mente. Me imaginé un puchero de mi madre. Si lo tuviese enfrente, lo devoraría sin dudar. Aquella imagen me relajó y una sonrisa afloró en mi cara.

Mi corazón latía a mil otra vez. Me detuve unos minutos para recuperar el aliento. Me levanté, con mucho esfuerzo, para adentrarnos en el agujero. Mi fuerza mental había aumentado desde que había salido de casa. Me obligué a andar a pesar del cansancio y el dolor de las heridas recién curadas. Después de dar unos cuantos pasos entramos en una cueva. Era circular y estaba llena de salientes con forma de garras. Me recordaban a las poderosas zarpas de la madre del pequeño ser. Gotas negras caían por el relieve. La escena era espeluznante. Intentamos avanzar con cuidado. Era complicado. El pequeño ser se estiró para cogerme de la mano. Estaba asustado. Al fin y al cabo era una cría. Pensándolo mejor, los dos éramos crías de diferentes especies, pero igual destino. Dejándome llevar por mis pensamientos, perdí el equilibrio por unos instantes, una gota negra cayó sobre mi espalda. Mi cuerpo empezó a convulsionar. Torrentes de imágenes y voces aparecieron en mi cabeza. Fuego, gritos, llantos, sombras, huesos, sangre… Todo se entremezclaba en mi cabeza. Era mareante. Una paranoia de sentimientos, imágenes y sensaciones. Todas malas, ninguna esperanzadora. Todas oscuras, ninguna positiva. Me corroía por dentro. Comencé a retorcerme por el suelo, las imágenes no querían salir de mi cabeza. Oía gritos de mujeres, llantos de niños y suspiros mortales de hombres. Era todo tan real que daba miedo. Se entremezclaban imágenes de humanos con diferentes seres mágicos. Todos tenían el mismo semblante, se podía leer el terror y el sufrimiento en ellos. A pesar de que no les conocía, podía contemplar sus rostros perfectamente. Ellos ni me miraban. Cada uno tenía su propia historia de espanto, no les importaba quién les pudiese observar. Sus problemas eran más grandes que la presencia curiosa de alguien mirándoles. Sus caras volaban con rapidez delante de mí. Después de cientos de imágenes, mis visiones se calmaron. Parecía que se querían detener en algo concreto.

Mi mente se adentró en un poblado. Todas las casas eran de madera; parecían bastante frágiles. Los habitantes se encontraban durmiendo. Algunos tenían pesadillas, otros nada, pero ninguno soñaba. Era un detalle que llamó mucho mi atención. **Debían de tener tanta pesadumbre que esta no era capaz de llevarles al paraíso del sueño. Cuando me acerqué a una de las casas, empecé a sudar y noté mucho calor en el ambiente. Una** sombra voló tras de mí. Iba con una antorcha en la mano. La tiró hacia una de las casas. Corrí hacia allí, intenté apagar el fuego, grité, pero nadie me oía, yo tan solo era un fantasma. Pronto, se prendieron las demás casas. Los habitantes empezaron a salir despavoridos, sus gritos de desesperación me taladraban los oídos. Cuando ya estaban todos fuera de sus casas intentando solucionar el problema, aparecieron flechas de fuego por el aire. Nadie sabía de dónde venían. Cuando se clavaban en el pecho, el habitante se convertía en ceniza al instante. Se estaba produciendo una auténtica masacre a mi alrededor y no podía hacer nada. Mi desesperación e impotencia eran máximas. Mi cuerpo temblaba de rabia. A esas alturas ya no quedaban muchos humanos en pie. Tan solo unos pocos, con suerte, habían conseguido sobrevivir a la lluvia de flechas. Por desgracia, probablemente no tardarían mucho en morir. Entre ellos, había muchas mujeres embarazadas. Aquello era el sacrilegio más grande que había visto en mi vida. La furia se apoderaba de mí a cada instante. Lo único que podía hacer era rezar a todos los dioses del bosque, pero dada la situación, ni ellos podrían hacer nada. Perdido en mis sentimientos de cólera, un ruido llamó mi atención. Miré a la derecha, me había parecido ver algo entre los arbustos. Las hojas se movían suavemente. Debido al caos que había en el pueblo, nadie se había dado cuenta de ello a excepción de mí. Como si de un fantasma se tratase, un duende saltó de allí. Detrás de él otro duende, y así hasta veinte. Iban corriendo entre las flechas de fuego, eran tan ágiles que las flechas ni les rozaron. Cogían a los niños en sus brazos, sobre todo a los más pequeños. Estos se encontraban en *shock* y muchos tenían tanto horror escrito en sus caras que estaban paralizados. Salvaron a veinte niños, y se escondieron otra vez en el bosque. La salvación fue tan rápida que los arqueros de fuego no tuvieron tiempo para reaccionar. No pudieron acabar con los niños. Los duendes se escondieron en el bosque y jamás se les volvió a ver. El pueblo se quedó solitario, alumbrado tan solo por el fuego de las casas consumidas. Las luces volvieron a mí. Todo se volvió confuso y borroso. Las imágenes volaban unas detrás de otras. Mi cuerpo, poco a poco, se iba alejando de ese lugar. Veía como los pocos cuerpos humanos que quedaban se iban consumiendo por las llamas. El panorama estaba lleno de ceniza. Era el paisaje más desolador que había visto en mi vida. El pueblo quedaría sumido en la nada. Probablemente quedaría en el olvido. Para los arqueros de fuego había sido una fácil victoria, para los habitantes una dolorosa muerte. Ya no veía nada. Me había desvanecido por completo. Una nueva imagen aparecía ante mí. Me estaba adentrando en un árbol. Solo había silencio a mi alrededor. Un silencio inquietante. No estaba acostumbrado a aquello. Podía escuchar el sonido de mi respiración.

Por más que agudizaba el oído nada. Era un silencio inquietante, un silencio que ponía los pelos de punta. De repente, una ola de calor me atravesó el cuerpo. No me lo esperaba. Me asusté. Quería empezar a correr. No podía. Estaba atrapado en algún sitio muy estrecho. Mis ojos tardaron en acostumbrarse a la oscuridad. Cuando por fin lo hicieron me di cuenta de que estaba rodeado de corteza. Me encontraba dentro de un árbol y el calor venía de sus entrañas. La temperatura allí dentro iba aumentando por momentos. Unas pequeñas llamas de fuego aparecieron en los costados. Si seguía avanzando así, me quemaría vivo. Muy despacio, las llamas iban creciendo. El avance era tan insípido que apenas se notaba, pero sabía que existía. Me empezó a entrar claustrofobia. Procuré controlar mi miedo respirando profundamente. No era fácil. El aire estaba demasiado caliente y condensado. La respiración era muy pesada. Me recordaba a los últimos alientos que había visto expulsar a los hombres de la aldea. No quería acabar como ellos. Mi corazón se aceleró por el pánico. El silencio seguía siendo el protagonista. Aquello no ayudaba a que me calmase. Si algo había aprendido en los últimos días, era que aquella calma precedía al terror.

—¿Hay alguien ahí? —pregunté desesperado, pero tal y como me imaginé, nadie me contestó. Estaba a punto de sufrir un ataque de pánico, cuando escuché algo. Unas suaves voces empezaron a acompañar a las llamas. Cuanto más se avivaban las llamas más fuertes eran aquellas voces agudas. El progreso era vertiginoso. Pronto la piel me ardería, y mis tímpanos estallarían. No tenía escapatoria. Me ubicaba en un espacio demasiado reducido. Me sentía más atrapado que nunca. Cuando las llamas alcanzaron un tamaño considerable, noté cómo mi cuerpo inició un empequeñecimiento. Mis músculos sufrieron temblores y pequeños espasmos. Se estaban haciendo cada vez más pequeños. Llegué a tener el mismo tamaño de un niño. Cuando mi reducción se estabilizó, el fuego también cesó su crecimiento. A pesar de ello, la temperatura era insoportable y las voces habían llegado a tal nivel que me estaban taladrando los oídos y la cabeza. Me encontraba al borde del abismo psicológico.

Cuando pensaba que estaba al límite de mis fuerzas, un frío glaciar sacudió el interior del árbol. Las llamas se apagaron al instante, al igual que las voces. Otra vez silencio. El hielo comenzó a instalarse por todo el interior. El calor se disipó en un segundo. De repente, me sentí ligero. Mi pequeño cuerpo comenzó a flotar. La gravedad había desaparecido. Algunos hielos se desprendieron de la corteza. Empezaron a volar a su antojo. El clima se estabilizó. Miré los laterales. La visibilidad era mejor. No entendía de dónde venía la luz. Mientras tanto, los hielos seguían flotando por todo el interior del árbol. Hasta aquel momento no les había prestado demasiada atención. Estaba tan alegre de no haberme quemado, que me había olvidado de todo lo demás. Me fijé en uno de los trozos. Estaba compuesto por brillantes microcristales. Al reflejarse unos contra otros, formaban una singular energía que permitía que naciese la luz. Levanté la vista para contemplar los demás fragmentos de hielo. Entre sí formaban un laberinto de imágenes. Mentalmente, procuré poner un orden a aquellas imágenes. Apareció la figura de un **árbol. Debía de ser el mismo en el que me encontraba. La imagen se alejó y vi cómo el** árbol estaba situado encima de una tierra flotante. Era una imagen escalofriante. Las raíces le colgaban en el aire. La tierra sobre la que se sostenía tenía una capa muy fina. La imagen se alejó un poco. Mis ojos se abrieron del espanto. Aquella prisión se encontraba flotando encima de un acantilado. A lo lejos se veía la escarpada tierra. Al otro lado tan solo un mar embravecido.

Mi cuerpo entero se estremeció. Esperaba que el árbol flotante fuese lo bastante seguro como para no caerse al precipicio. No me dio tiempo a sacar más conclusiones de mi posición. Comencé a adentrarme otra vez en el tronco. El ambiente era cada vez más frío, lo que alteró los microcristales. Dejaron de emitir imágenes y yo me quedé nuevamente encerrado en aquel espacio minúsculo. Otra vez silencio. Detrás de aquel silencio empezaron a aparecer espectros. Figuras difuminadas que se volvían más claras cuando se acercaban a mí. Eran mujeres y niños. Todos con expresiones de dolor y sus caras reflejaban terror. Y más silencio. Y más imágenes. Cada uno de esos fantasmas había tenido vida propia, seguramente con cosas buenas y cosas malas. Ahora sus ojos representaban tan solo el sufrimiento de su muerte. El dolor de vagar entre dos mundos.

La aflicción de no haber encontrado la paz eterna y tener que estar deambulando como fantasmas. Estaban vacías de alegría, vacías de amor. Una nueva ola de frío polar se cernía sobre mí. Todo mi cuerpo se quedó bloqueado por el frío. Tenía las manos totalmente entumecidas. No era consciente de que algún día hubiese habido vida en ellas. Sentí cómo gotas de agua empezaban a caer sobre mi cabeza. Mi mente se quedó en blanco. No veía nada. Me empecé a desesperar. Todo era blanco a mi alrededor. No me gustaba ese estado. Quería luz o incluso oscuridad, pero no estar en el limbo. Más gotas de agua rozaron mi piel.

Sentí un pequeño temblor en mis piernas, después en mis brazos. Desperté violentamente de mi trance. Miré al horizonte. Tenía la vista borrosa, pero más o menos, conseguí orientarme. Atisbé al pequeño ser encima de mi cabeza. Me había arrastrado lejos de las gotas negras. Me encontraba al lado de un diminuto arroyo. Saqué fuerzas de donde no tenía, y con un inmenso dolor en todo el cuerpo me acerqué hasta aquel preciado líquido. Estaba sediento, estaba hambriento. Miré mi mochila, pero no podía desperdiciar la poca pasta de jabalí que me quedaba. En esos pocos días que llevaba fuera de casa, me había convertido en un espectro de lo que fui. Bebí con ganas. Cuando aquel divino tesoro tocó mis labios, mis pupilas brillaron como dos estrellas. En el momento en el que ya estaba saciado, los párpados empezaron a pesarme y caí fulminado en un profundo sueño. Muchas imágenes vinieron a mi cabeza. Mis padres en la puerta despidiéndome, mis hermanos durmiendo, la más pequeña con sus ricitos dorados sonreía en sueños. Me quedé con la imagen estática. Tan dulce y tan inocente. Totalmente diferente a los demás duendes, era la única en el pueblo que tenía rizos dorados, quizás el destino había preparado algo diferente para ella. Mi subconsciente se quedó clavado en mi querida princesa. Tan parecida a los demás y tan diferente a la vez. Única en su especie, ese era el rasgo que compartíamos. Una profunda tristeza me invadió. Les echaba mucho de menos a todos. El único consuelo que tenía era que al haberme ido, se iban a mantener a salvo. Nadie los iba a perseguir, su idílica vida llena de amor y confianza estaría intacta. Sonreí inconscientemente. Al poco tiempo, las imágenes desaparecieron. Volvía la luz.

Me desperté del pequeño descanso con una sensación muy extraña. Algo me inquietaba. Miré los alrededores. Todo seguía en el mismo sitio. El pequeño ser estaba dormido a mi lado y el diminuto riachuelo expulsaba agua poco a poco. Me levanté y me mojé la cara. ¿A qué se debían todas esas imágenes? No sabía si eran imágenes pasadas, presentes o futuras.

Estaba más aturdido que nunca. «Demasiadas emociones para tan poco tiempo», pensé. Quizás tenía que descansar más. Podría ser debido a la falta de alimentación. Intentaba ponerme a mí mismo todo tipo de excusas. Así era más fácil de asimilar. Era más ligero de digerir que la amarga realidad a la que me enfrentaba.

—Las gotas negras te han afectado mucho —oí una voz en mi cabeza, me giré y vi al pequeño ser que me estaba mirando con unos ojos brillantes.

—¿Eres tú el que me está hablando? —le pregunté boquiabierto.

—Sí, pero las conexiones mentales contigo son muy complicadas. Tu cabeza es un laberinto, y es difícil encontrar la conexión que necesito para comunicarme —me replicó.

—¿Qué me ha pasado? —pregunté.

—Las gotas negras son una concentración de energía negativa pasada. Eso significa que puedes ver cosas que han pasado con anterioridad, no puedes interceder, tan solo observar. Sacan lo peor de cada persona, sus miedos más ocultos —me explicó el pequeño ser—. Algo muy malo ha tenido que pasar aquí para que hayan aparecido —estaba muy intranquilo—, no es normal encontrarnos con ellas a tanta distancia de la tierra. Por lo general, el submundo suele ser más tranquilo que el exterior. Aquí no hay malos espíritus ni malas criaturas. —Estaba realmente preocupado con toda la situación.

—Pero, yo he visto también almas perdidas —le dije aterrado, a lo que el pequeño ser se quedó dubitativo.

—Eso no es el pasado; entonces —meditando profundamente añadió—, debe ser muy grande su desesperación si se han saltado las reglas que rigen al tiempo. Te están reclamando, quieren que las ayudes —dijo preocupado—. Te estoy perdiendo, ¿sigues ahí? —empecé a oír el eco del pequeño ser. Nuevamente la vista se me empezó a nublar y divisé el árbol de las almas a lo lejos. Me daba pánico acercarme a aquel árbol otra vez. Era una experiencia de lo más enloquecedora. Sentir los padecimientos de las almas era como revivir todo su sufrimiento en mis propias carnes. Mi alma se encontraba frágil, no me había dado ni tiempo a recuperarme de mi primera visita al árbol, y otra vez me encontraba allí. Miré a lo lejos. Estaba solo. Nuevamente, me acercaba solitario a mi destino. Echaba de menos la compañía del pequeño ser. Por lo menos, él sabría transmitirme el ánimo y la energía que necesitaba en aquel momento.

No podía evitarlo. Mi cuerpo se acercaba a gran velocidad hacia el árbol. No tenía ningún tipo de control sobre mis extremidades. Cuando mi cuerpo rozó la corteza, se quedó inmóvil. Esta vez no me iba a adentrar en él. La fuerza que me empujaba hacia el interior, simplemente desapareció. Volví a ser el dueño de mi cuerpo. Una sensación de intranquilidad y miedo me invadió. Notaba que algo iba a suceder, pero todo estaba en la más absoluta calma. Era como la vez anterior, el silencio precedía al horror. El vello de mis brazos se erizaba. La sensación de inquietud crecía en mi interior. Di una vuelta alrededor del árbol. Ni rastro de nada. Miré al horizonte, pero solo había oscuridad. Ningún otro árbol. Ningún ser vivo. Me senté junto a una gruesa raíz que sobresalía del suelo, para esperar mi sino. No quería darme por vencido tan fácilmente, pero no tenía más opciones. Mientras hacía una recapitulación de lo que me había sucedido, la tierra se empezó a congelar poco a poco. Cuando ya estuvo totalmente congelada, un vaho muy frío empezó a desprenderse de ella. Las raíces del árbol también comenzaron a transformarse. Todo lo que me rodeaba parecía un gran bloque de hielo. Fue un cambio **demasiado rápido. No había sido capaz ni de distinguir las diferentes fases. Algo tan intenso debía estar directamente relacionado con la magia.** Miré al horizonte, pero no veía nada, tan solo existía un sonido desconocido a lo lejos. Agudicé el oído, presté la **máxima atención. Entre la confusión de mi mente, escuché que unos caballos relinchaban, así como el sonido de un látigo.** Intenté

89

concentrarme más aún para identificar de dónde venía el sonido. Era un relinchar de desesperación, no el normal de los caballos. Se aproximaba hacia mí a mucha velocidad. Pasados unos segundos, distinguí el sonido del galope. Era atronador, debía de estar producido por unas patas muy fuertes.

Miré en la dirección del sonido, justo detrás del árbol. Surgió del suelo una gran neblina. Rápidamente se extendió por todas partes. De repente, aquel vaho se hizo menos denso y aparecieron los esqueletos de unos caballos. No había ni un pequeño resquicio de carne en ellos. Eran la escenificación perfecta de unos seres sacados del purgatorio. Se movían con facilidad y detrás de ellos, de la nada, apareció una gran carroza. Iba conducida por alguien, pero mis ojos no lo podían distinguir. El frío del ambiente me impedía abrir los ojos completamente. A duras penas vi que se levantó y tiró un sombrero rojo al suelo. Me había visto. Quería escapar. Mis piernas no me obedecían. Estaba totalmente estancado. El ser empezó a bajar sin prisa las escaleras del carruaje.

Con paso lento pero firme comenzó a caminar hacia mí. No le pude ver bien hasta que no estuvo a escasa distancia de mí. Pegué un salto hacia atrás. Era la imagen más terrorífica que había visto en mi vida. De la conmoción, la sangre dejó de fluir hacia mis extremidades. Se quedó congelada y, como consecuencia, todo mi ser estaba petrificado. Gotas frías de sudor me invadieron, dejándome más helado aún. Parecía un muerto viviente, un ser de otro mundo. Tenía medio cuerpo de esqueleto, y la otra mitad de humano. Justo en el límite se veía la transición de un estado al otro. Los pliegues de carne se podían distinguir perfectamente. Estaban putrefactos, lo que daba una apariencia más siniestra y más repugnante. Abrió la boca y empezó a sonreír con malicia. Era una risa tranquila, a la vez que perversa y ruin. Un insecto negro le salió de ella. Se me revolvió el estómago. El asco y miedo que me daba aquel medio-hombre no se podía comparar con nada que hubiese conocido. Levantó su brazo esquelético, lleno de moho. Con una nueva sonrisa, que parecía la de un viejo enterrador desquiciado, chasqueó sus huesudos dedos. Una nueva neblina inundó todo. Esta vez se trataba de una masa de aire caliente y fétido. Mis ganas de vomitar aumentaron. Era un olor a muerte y putrefacción. Nauseabundo. Terrorífico. Mortal.

La magia se apoderó del ambiente y la carroza empezó a temblar. El hombre levantó la mano más alto y nuevamente chasqueó los dedos. El sonido que producía con aquello era parecido al choque de dos piedras. Siguiendo el retumbo, los costados de la carroza se deshicieron con tal facilidad que parecían fabricadas de aire. Se esfumaron en la neblina. Ante mis ojos aparecieron unos gruesos barrotes de hierro. La cúpula estaba formada por un cristal verdoso acabado en punta. Poco a poco, empezó a llenarse de energía y a oscurecerse. Cuando se hubo completado el proceso, pasó a tener un color verde oscuro. Escalofriante. Es entonces **cuando se empezaron a escuchar gritos.** Eran gritos intensos, llenos de amargura y sufrimiento. Empecé a notar cómo los ojos se me llenaban de lágrimas. Muchas de las voces que se oían pertenecían a niños. Parecían desgarros ardientes provenientes desde lo más profundo de la garganta. Lentamente se empezaron a materializar personas detrás de los barrotes. Aparecían poco a poco, sin prisa. Eran imágenes que mi cabeza no olvidaría jamás. Sobre todo, había mujeres, muchachos jóvenes y niñas pequeñas. A pesar de ser fantasmas se podían distinguir perfectamente los cortes de sus brazos, a algunos les faltaban dedos, otros se apoyaban con un bastón a falta de una pierna… La imagen me producía tremenda amargura.

El medio-hombre me miraba con satisfacción. Cuanto peor era mi aspecto, más orgulloso de sí mismo estaba él. Esperó con paciencia hasta que aparecieron todos y cada uno de los espectros de las personas encerradas. Cuando se terminó el proceso, empezó a levantar lentamente su huesuda mano. La colocó enfrente de mis ojos y, seguidamente, levantó la mano contigua. Estaba compuesta por pliegues de carne verdosa y mugrienta. La **colocó a la misma altura que la otra y dio una palmada.**

Enfrente de mí aparecieron dos pergaminos en blanco. Con delicados trazos, dos imágenes empezaron a dibujarse. Sentía cómo mi respiración cada vez era más acelerada. No sabía que iba a aparecer en esas imágenes, pero mi instinto me decía que no era nada bueno. Bien podrían ser las próximas víctimas en ocupar el carruaje. Me temía lo peor. Mi estómago comenzó a encogerse. El tiempo que tardaron los lienzos en coger forma se me hizo infinito. Primero aparecieron los paisajes, el dibujo avanzaba desde fuera hacia dentro. El centro era lo último en aparecer. En la pintura de la izquierda empezaron a distinguirse unos rizos. En la de la derecha apareció una larga cabellera negra. La angustia que sentía me producía destellos de histeria.

Mientras tanto, el medio-hombre sonreía con malicia y los prisioneros de la carroza ahogaron el grito ante la expectación. Aparté unos segundos la mirada de las imágenes y contemplé la vasta extensión. Todo se había congelado de tal manera que se habían formado gruesos bloques de hielo. Volví la mirada al punto de origen. Cuanto más se completaban los lienzos, más hielo aparecía. A pesar de ello, mi cuerpo estaba tan bañado por el pavor, que no notaba los cambios de temperatura. Cada vez aparecían más rizos, y a mí cada vez me faltaba más el aire. Se me habían pasado unas cuantas ideas por la cabeza, pero las había rechazado todas. Tenía la pequeña esperanza de que fuese tan solo un dibujo sin significado alguno.

Cuando la parte de los rizos estaba finalizada, aparecieron lentamente dos orejas puntiagudas. Mis rodillas se tambalearon, perdieron todas sus fuerzas y caí al suelo. Mis peores temores se estaban cumpliendo. Una ola de desesperación empezaba a florecer en mi pecho. Quería gritar con fuerza, pero no me salían las palabras. Quería golpear a aquel vil enterrador, pero mi vigor se había evaporado. Miré el otro lienzo. Estaba ambientado en cuevas. En el centro emergió un pelo largo y negro. Poco a poco, empezaba a distinguirse un ojo de color azul. Una nueva angustia invadía mi pecho. Miré al suelo con lágrimas en los ojos. Aquellas imágenes me estaban torturando. Cuando volví a mirar arriba, vi los rostros de mi pequeña princesa y de la náyade que había visto en sueños. Me levanté e intenté arrancar los dibujos de las manos del monstruo. Con malicia se apartó, y perdiendo el equilibrio, mi cuerpo cayó al suelo **sin esperanzas**. «¿Qué significa eso?». Miré hacia donde estaban las almas perdidas. Estaban totalmente quietas y con las cabezas agachadas por la pena. El silencio era absoluto. Tan solo la respiración de aquel depravado rompía la monotonía.

El medio-hombre sonreía con malicia al ver mi sufrimiento. Intenté levantarme, aunque mis rodillas y mi alma estuviesen rotas por el dolor que me producían aquellas imágenes. No podía dejar que eso pasase, debía evitarlo a toda costa. Con decisión, me puse enfrente de él. Levanté la mano despacio, para después moverla a una velocidad vertiginosa. Conseguí coger los dos lienzos ante la sorpresa del hombre. Los apreté contra el pecho con desesperación. Lejos de enfadarse, sonrió de nuevo. Le miré desafiante. Tenía las pinturas en mi poder. Las miré con atención, sí, eran ellas, no cabía ninguna duda. Sin darme tiempo a guardarlos o destruirlos, se desvanecieron ante mí. El medio-hombre soltó una carcajada que se propagó por todo el espacio vacío. Después, me miró fijamente, y empezó a murmurar unas palabras en voz baja. Como respuesta a eso, me quedé totalmente inmóvil, perdí cualquier poder de decisión sobre mis músculos. Cuando comprobó que efectivamente no podía efectuar ningún movimiento, se dio la vuelta. Levantó los brazos lentamente y empezó una invocación. Las almas perdidas del carruaje empezaron a gritar desesperadamente. Tal era la intensidad del sonido que un leve hilo de sangre recorrió mi oído. Cuando terminó su invocación se giró hasta que nos encontramos cara a cara. En los brazos llevaba el cuerpo de una chica de unos catorce años aproximadamente. **Estaba malherida** y luchaba por su vida. El monstruo la depositó en el suelo y empezó a conjurar palabras inconexas para mí. No entendía el significado, pero me estremecía entero con tan solo escucharlas. La magia oscura era tan avanzada que mi propio cuerpo reaccionaba ante ella. Luces brillantes empezaron a salir de la joven.

Él colocó la mano a la altura de su cabeza y la luz se intensificó. Duró tan solo unos instantes, dado que la muchacha no tenía las suficientes fuerzas para luchar contra él. Cuando dejó de salir luz de ella, la cúpula de la carroza se encendió y adquirió el mismo tono verde oscuro que antes. Empezó a absorber toda la luz y el cuerpo de la chica se quedó sin ápice de vida. Cayó al suelo y se convirtió en cenizas. Cuando la cúpula dejó de brillar, una nueva alma apareció entre los barrotes. De mis ojos salían lágrimas de impotencia. Aquel monstruo la había matado delante de mí, y yo no lo podía haber evitado. Le miré con odio, y vi que un insecto salió de su boca. Lo atrapó con la lengua y se lo llevó a la boca otra vez. Después de eso, me miró con satisfacción y me señaló el suelo. Los dos lienzos habían vuelto a aparecer. Soltó una nueva carcajada y se fue hacia el carruaje, dejándome inmóvil. Sus pasos eran lentos. Cada vez que su pie golpeaba el suelo, se producía un sonido a madera seca. El olor a putrefacción le seguía por donde iba. Las almas más jóvenes empezaron a llorar, les producía un tremendo dolor el traslado. Era alarmante comprobar que a pesar de no tener cuerpo, el estar en aquel carruaje les volvía sensibles a todo. La nueva pasajera estaba muy asustada. No paraba de sollozar. No sabía dónde estaba ni cómo había llegado hasta allí. Cuando el enterrador llegó hasta las escaleras me miró por última vez. No contento con el daño infligido levantó el brazo. De él se desprendieron dos pliegues de carne. Se cayeron al suelo, y empezaron a arder. Pronto se convirtieron en ceniza. Del humo se formaron dos figuras nuevas, incluso antes de que apareciesen, ya sabía de quién se trataba. Le odié más que nunca. Le aborrecía como jamás había pensado que podría hacerlo. Esta vez levantó su mano huesuda. Jugueteó con los dedos. Mandó aquellas dos figuras femeninas al carruaje. Estas levantaron el vuelo, y sin más dilación traspasaron los barrotes. Las imágenes de mi pequeña princesa y de la náyade eran tan reales que producían escalofríos. Una vez allí, comenzaron a arder. Sus gritos resonaron por todo el espacio y sepultaron mi mente. Con un gran salto, el monstruo se sentó al mando de su carroza. Las dos figuras femeninas desaparecieron consumidas por el fuego. El sepultador susurró un conjuro. El carruaje desapareció con la misma velocidad que había venido. Me quedé solo. Estaba perdido.

CAPÍTULO 04

El mundo entero se me vino encima. La oscuridad se adentró en mi alma. Incluso el silencio se hizo pesado. Miré la explanada, el hielo había desaparecido por completo. No sabía como volver hacia la cueva. Recopilé las pocas fuerzas que me quedaban y empecé a caminar hacia el árbol. Era donde todo había comenzado y donde esperaba que todo finalizase. Eran pocos metros, pero mi cabeza trabajaba a una velocidad de vértigo. Multitud de imágenes pasaron por ella. Intenté hacer un recopilatorio de todo lo que había visto. Analicé cada detalle. La carroza, las almas, incluso analicé los lienzos y al monstruo. Tenía que encontrar la relación entre todo. No entendía demasiado bien a quien representaba aquel personaje. ¿Acaso era un hechicero?, ¿un asesino?, ¿un sepultador? Sea quien fuere, no podía permitir que las imágenes que tanto me habían torturado se hiciesen realidad. Tendría que hablar con el pequeño ser. Llegaríamos al fondo de esta cuestión. Ahora estábamos debajo de la tierra, por lo visto, la morada de las almas. Habíamos dejado atrás el bosque sin luz. Tenía la esperanza de volver pronto a la superficie. Cuando llegué a la zona de las raíces del árbol, me senté y traté de concentrarme. Debía volver. Me imaginé la cueva que había abandonado. No pasó nada. Lo intenté otra **vez, lo deseé con más fuerza incluso. Noté cómo mi** cuerpo empezó a flotar. Me icé sin esfuerzo. Intenté concentrarme aún más. Ante mi frustración, dejé de elevarme. Repentinamente, mi cuerpo empezó a brillar. Cuando sentí que la luz me invadió, mi cuerpo estalló en millones de partículas. Las moléculas se expandieron por toda la superficie. Cuando abarcaron varios metros a la redonda, volvieron a juntarse para producir una pequeña explosión de energía. Esta vez, sentí que comenzaba a desvanecerme.

Cada partícula de mi cuerpo comenzó a viajar. A pesar de que mis sentidos estaban intactos, no podía ubicarme. Las veces anteriores, simplemente me había desmayado o todo se había **vuelto borroso, pero nunca había estallado convirtiéndome en luz. No sabía cuáles serían las consecuencias. Sentí cómo todo** se volvía negro otra vez. Mi mente dejaba de funcionar, la velocidad del viaje iba disminuyendo. Pocos segundos después, me paré por completo. Sentía una tranquilidad enorme. Las pulsaciones me bajaban y mi corazón dejaba de bombear tanta sangre. Tenía la sensación de volver a mi cuerpo. La oscuridad entera se presentó ante mí. Relax. Más oscuridad. Poco a poco, me fui despertando. Mi consciencia estaba intacta, pero mi cuerpo reaccionaba muy lentamente.

Cuando al fin abrí los ojos, vi cómo el pequeño ser me estaba observando preocupado. Me incorporé con esfuerzo, y me trajo un plato lleno de comida. Le miré extrañado, no comprendía de dónde había sacado aquello. Después de titubear un poco, comencé a comer. Era la primera vez que ingería cosas decentes desde que había salido de mi hogar. Hasta aquel momento, solo me había alimentado de raíces y de pasta seca de jabalí.

—No podía comunicarme contigo hasta que estuvieses más fuerte —me dijo el pequeño ser mientras estaba terminando de comer.

—Me siento mucho mejor, gracias, ¿de dónde ha salido esta comida? —le pregunté curioso y confundido.

—Estuve investigando mientras dormías. No muy lejos de aquí, hay una pequeña cueva llena de comida. No sé de dónde salió, ni lo que significa, pero está en buenas condiciones. La verdad es que es un poco extraño. —Parecía desorientado.

—Cuando me desmayé viajé a otro lugar. Había un árbol, un carruaje, un monstruo medio humano y muchos fantasmas. —Se me hacía un nudo en la garganta al intentar hablar sobre ello. Las emociones volvían a mi alma, los escalofríos a mi piel.

—Quizás tengas el don de la bilocación temporal —me dijo pensativo—. Las tejedoras del destino te han podido traspasar un poco de su poder y por ello eres capaz de ver lo que pasó, lo que pasa y lo que es probable que pase. —El pequeño ser estaba muy preocupado, tanto que empezó a dar vueltas en círculos para tranquilizarse. Se ofuscó tanto que se le erizó el pelo de su cara. Nunca le había visto tan angustiado. Ojalá fuese capaz de leer su mente. Al menos, así me tranquilizaría un poco.

—¿Eso es posible? —le pregunté extrañado. Le miré fijamente, pero el pequeño ser había perdido la conexión mental. No éramos capaces de tener conversaciones largas. Tenía confianza en que algún día seríamos capaces de superar las barreras de la comunicación. Me incorporé muy despacio, y empezamos a caminar para adentrarnos en la cueva. Todo estaba muy oscuro y bastante húmedo. Caían gotas extrañas desde salientes del techo. Esta vez eran de un color azul celeste. A pesar de parecer inofensivas, intentamos que ninguna de ellas nos alcanzase. Era imposible no mirarlas. Eran enigmáticas. Parecían tan celestiales que te llamaban hacia ellas. Según iba avanzando, comenzaron a aparecer imágenes de mi pasado. La melancolía se apoderó de mí. Eran tan bonitas que de mis mejillas empezaron a caer lágrimas. Una vez más, debía ser valiente para no salir corriendo y volver al calor de mi hogar. Los dioses habían decidido un destino diferente para mí. Tenía que salvar a mi familia, y si volvía a casa no cumpliría la misión. Con mucho esfuerzo miré hacia otro lado. Una vez más, debía pensar en los demás y no en mí. Una vez más, tenía una batalla mental en mi cabeza. Tenía que aprender a no pensar en estas cosas. Aceptarlas tal cual venían y no querer huir. Aquellos pensamientos me debilitaban demasiado. Por otra parte, era la primera vez que estaba fuera de casa, así que era comprensible mi miedo. No era tan valiente como pensaba. Estaba frustrado.

Cuando atravesamos la sala, la cueva empezó a cambiar. Las columnas empezaron a ser más elaboradas. Estaban pulidas y con extraños dibujos. Parecían objetos geométricos. Pero al mirar más detenidamente, observé que se trataba de medias lunas entrelazadas con triángulos. Cada media luna se encontraba dentro de uno de los triángulos. Me parecía algo extraño. Quizás tuviese algún significado, pero desde luego yo no lo conocía. Cuando me acerqué a mirarlas, unas extrañas llamas del mismo color que las gotas que habíamos visto antes, empezaron a surgir en el suelo y se empezaron a expandir a lo largo de todo el pasillo. Por un momento, me olvidé de los símbolos y me concentré en las llamas. Habían surgido de la nada. Si algo había aprendido en este tiempo, es que nada sucedía por casualidad. Al final del pasillo, el fuego celeste se hizo más intenso. Era un fuego insólito, desprendía frío en vez de calor. No sabíamos qué estaba pasando, pero el presentimiento no era bueno. El pequeño ser se acercó a mi pierna asustado. Bajé la mirada y me percaté de que sus ojos rojos brillaban. Allí era donde, sobre todo, se encontraba su poder. Miré hacia el pasillo con atención, allí estaban las llamas, creciendo de manera continua. Cuando tocaron el techo escuchamos un fuerte gruñido. Mi cuerpo se estremeció. Pero no podía volver atrás, nada me esperaba allí. Vimos aparecer una pata blanca con una llama centelleante. El cuerpo del pequeño ser empezó a temblar. Estábamos paralizados por el miedo. Muy lentamente, fue apareciendo el resto del cuerpo. Ante nosotros se encontraba un gran felino blanco cubierto de llamas celestes. Su expresión fiera estaba acorde con sus colmillos afilados. Sus ojos brillaban de la rabia más pura. El fuego azul los inundaba. Se empezó a acercar hacia nosotros con pasos lentos pero firmes. Según avanzaba, todo lo que le rodeaba se iba congelando. No teníamos escapatoria, la entrada de la cueva había quedado tapada por las llamas. Cuando apareció el felino, volvieron a renacer. Nuestras dos únicas posibilidades eran quemarnos vivos o ser devorados. Pánico. Confusión. Desasosiego.

Sus ojos estaban centrados en mí. Brillaban. Tenían un color azul celeste que incluso llegaban a hipnotizar. Intentaba mantenerme sereno, pero era complicado. A pesar de su fiero aspecto, todo su cuerpo me invitaba a ir hacia él. Era una situación contradictoria. Sus movimientos eran tan armoniosos que, a pesar del salvajismo, cautivaban. Mi cuerpo iba hacia él, mientras que mi mente se negaba. El pequeño ser intentaba frenarme. El felino seguía avanzando sin dejar de mirarme. El hielo llegó hasta mis pies y me hizo retroceder un poco. Cuando aquella escarcha llegó al final del pasillo, unas ondas empezaron a desprenderse. Se metieron en mi mente y empecé a marearme. Me sentí endeble, como si las fuerzas se hubiesen evaporado de mi cuerpo. Al pequeño ser le empezaron a brillar los ojos de una manera como nunca antes. Consideraba que estábamos en verdadero peligro. Esta vez nadie nos podía ayudar para salir de esa situación.

Algo comenzó a cambiar en mi cuerpo. Aquella extraña sensación de que algo se removía en mi interior volvió. Estaba convencido de que no era parte de mi imaginación. Era una especie de parásito lo que tenía en mi interior. Vagaba por mi columna vertebral, como si fuese su hogar. No le había sentido desde aquel viaje en barco. Quizás había vuelto a mí porque me encontraba débil. Aquel felino había conseguido mediante las ondas bajar todas mis defensas. El parásito quería consumir aún más mis energías.

Empecé a sentir náuseas. Las mismas que en el barco. El sentimiento de impotencia total se adueñaba de mí. Tenía que ser más fuerte que él. Quizás pudiese llamar a **Hamingja; ella** me dijo que nunca estaría solo. Notaba la presencia del pequeño ser a mi lado, pero mi alma estaba sola. Sentía como si se hubiese despegado de mi cuerpo. Este yacía inerte en el suelo. Tenía los ojos abiertos, y actuaba según los impulsos nerviosos, pero yo no me alojaba dentro. Contemplaba toda la situación desde el techo. Veía al pequeño ser sudando y a su atacante caminando hacia nosotros. Mientras aquel dichoso parásito me reconcomía. Me había vuelto la lucidez, me había vuelto la fuerza, pero no era capaz de volver a mi cuerpo. No mientras aquella desagradable cosa **permaneciese en mi interior.**

—Ven a mí, Hamingja —convoqué a aquella misteriosa criatura—, ayúdame a volver a mi cuerpo, ayúdame a estar completo.

—Ten cuidado, joven —escuché una voz detrás de mí—. Te metes en problemas demasiado a menudo, y mi ayuda no es eterna —le advirtió aquella figura femenina que recordaba, tan llena de luz, tan difusa.

—No lo hago a propósito —me disculpé avergonzado.

—Lo único que puedo hacer es dormir al parásito, para que vuelvas a tu cuerpo, no puedo matarle. —Sopló entre sus dedos haciendo que cayese un polvo plateado sobre mí—. Es una magia muy superior la que lo mantiene

encadenado a ti, no sé contraatacarla, va a seguir dentro de ti, quieras o no.

—Abrió la palma de la mano y dejó volar un polvo plateado por toda la

estancia—. Es maligno, muy maligno y si no encontramos cómo echarlo, te

causará padecimientos muy grandes. Si logra separar tu cuerpo de tu alma

de manera definitiva, vagarás por los siglos de los siglos por el mundo de

los espíritus. —Y diciendo esto desapareció.

Cuando el polvo plateado se depositó completamente sobre mi cuerpo,

sentí cómo el parásito se dormía. No sabía cómo había llegado a mi cuerpo

ni por qué estaba allí, pero me aterraba todo lo que me había dicho

Hamingja. Cuando cayó en un profundo sueño, todo empezó a dar vueltas y

mi cuerpo inerte succionó mi alma. Nuevamente, volví a estar en escena.

Intenté quitarme todos los pensamientos de aquel parásito de mi mente,

tenía que concentrarme completamente en lo que tenía enfrente.

El gran felino se giró hacia el pequeño ser. No le subestimaba, podía

sentir la amenaza que suponía su presencia. Mi compañero empezó a levitar

y sus ojos se tornaron de color azul oscuro. Comenzó a desprender un vaho

blanquecino de la boca que se iba congelando a medida que se acercaba hacia el felino. **Entre** ellos dos se formó una extraña y poderosa conexión, no dejaban de mirarse fijamente. El hielo que se había formado entre ellos estaba lleno de energía. En la parte más próxima al pequeño ser, el hielo empezó a cambiar a color rojo. En el extremo opuesto, el hielo cambió a color celeste. Poco a poco, se iba tiñendo todo. Cuando colisionaron los dos colores, se produjo una pequeña explosión. La siguió un fuerte temblor que hizo que todo el hielo situado en la parte alta de la cueva cayese violentamente. No me dio tiempo a apartarme, un afilado carámbano me golpeó la cabeza. Me caí al suelo y borbotones de sangre empezaron a bajar por mi frente. Todo lo que pasó después estaba difuminado. El felino perdió interés en mí, y se acercó al pequeño ser. Empezó a caminar de manera extremadamente lenta. Estaba escrutando todos los movimientos de su oponente. No quería confiarse. Parecía estar muy habituado a combatir.

Todo el hielo que había caído de la parte de arriba dificultaba el acercamiento. Sin embargo, no cesaba en su empeño. Parecía que había cautivado su atención. El pequeño ser estaba quieto, no se movió de su sitio a pesar del peligro. Cuando vio que el felino blanco ya estaba cerca de él, empezó a levitar más alto. Buscaba una forma para ponerse a su altura. Me miró y se asustó cuando vio la sangre seca que me cubría la cara. Yo seguía un poco mareado. La pérdida del preciado líquido de mis **venas había sido** devastadora en mi organismo. Sin más miramientos, el pequeño ser decidió ponerse enfrente y luchar por los dos en caso de que fuera necesario. Su coraje era inmenso. Su rival se encontraba tan solo a unos pasos de él. Debía actuar rápido. Ahora, tan solo les separaba un suspiro. Faltaban segundos para decidir qué hacer. Aquel gran animal se había parado. Parecía disfrutar de aquel momento, ya que conocía perfectamente su superioridad. El pequeño ser estaba concentrado al máximo, no se perdía ni un detalle de los movimientos de su contrario. De repente, con un rápido salto, el felino se abalanzó sobre él. Logró apartarse por muy poco. El felino no perdió el tiempo y le dio un zarpazo en uno de sus brazos. El grito del pequeño ser se escuchó en toda la cueva. Se me partió el alma cuando lo escuché. A duras penas me levanté. Quería ayudarle, pero no sabía muy bien de qué manera. Haciendo caso omiso a todo, me apoyé contra las paredes y llegué hasta donde se encontraban los contrincantes. El pequeño ser me miró esperanzado y el felino, que se había olvidado de mí, cayó en la cuenta de que primero era más fácil acabar conmigo. Coloqué la mano verde en mi cabeza. No tenía tiempo para concentrarme del todo en mi poder, pero al menos quería intentar curar mis heridas superficiales. Conseguí lo mínimo, por el momento, tenía que conformarme con aquello.

Por lo menos, la sangre seca desapareció de mi cara, lo que aumentó mi visibilidad.

Dejó al pequeño ser de lado. El fuerte zarpazo que le había dado le había dejado satisfecho. Del pequeño ser no salía sangre, sino un desconcertante líquido, muy espeso y de color granate. Mientras pensaba qué hacer, le miraba y sentía al felino a escasa distancia. Sus ojos ahora eran de un color azul cian a juego con sus llamas. Las rayas negras del cuerpo habían desaparecido y su cuerpo era enteramente blanco. No sabía a qué se debía esa transformación, pero no presagiaba nada bueno. Con un rápido salto me tiró al suelo. No me lo esperaba. Esta vez el felino no había esperado a estar cerca de su presa para atacar. El golpe que me di en la espalda fue tan grande que hizo que todo mi cuerpo se estremeciese. Por suerte, había caído en la superficie plana, no en los cortantes hielos apilados. Me sentí levemente aliviado por ello. No me dio ni tiempo a levantarme. La velocidad del felino era vertiginosa. Con un golpe seco puso su zarpa sobre mi tronco. Sentí un dolor que me traspasó el cuerpo mientras oía cómo me crujía una costilla. La fuerza de aquel animal era indescriptible. Me estaba machacando con una facilidad pasmosa. En sus ojos había una satisfacción que me provocaba pavor. Quería acabar conmigo. El pequeño ser dejó de lamerse la **herida en cuanto vio cómo yo** volaba por los aires. Para no llamar la atención se fue acercando sigilosamente hacia nosotros. No tenía muy claro qué iba a hacer, pero quería que fuese un ataque sorpresa. **Cuando el felino se percató de que estaba a nuestro lado, no tuvo el suficiente** tiempo para reaccionar. Le había infravalorado. El pequeño ser se agarró fuertemente a mi pierna y cerró los ojos. Noté que una energía extraña traspasaba mi cuerpo. Mis manos empezaron a cambiar de color. Una luz dorada empezó a brillar a nuestro alrededor. Poco a poco, empecé a notar una leve brisa que no sabía desde dónde venía. Se fue intensificando hasta que un remolino se formó a nuestro alrededor. El felino se agarró con fuerza a mi brazo para no salir despedido. Me estaba arañando todos los músculos. El dolor me hizo gritar con toda mi alma. El remolino estaba compuesto por partículas doradas, hasta formar algo parecido a un sol gigante. El anillo principal estaba en el centro, y era el más potente. Se encontraba a cierta distancia de nosotros. Existía la posibilidad de que fuésemos devorados por su furia si se acercaba demasiado. Los anillos exteriores eran menos potentes. También brillaban, pero había menos partículas en su composición. Tenía la fuerza suficiente para desestabilizar a una criatura y lanzarla por los aires hasta tragársela al centro de su poder. **El pequeño ser estaba bien sujeto al suelo mediante** unas pequeñas pezuñas que le había crecido en los pies como consecuencia de su magia. A mí me tenía bien sujeto también. El problema radicaba en que el felino se había agarrado con tanta fuerza a mi brazo que la ventisca no le alcanzaba.

El remolino fue cogiendo fuerza por segundos. Empezó a formarse a nuestro alrededor, pero se expandió por toda la cueva. Todos los hielos que se habían desprendido empezaron a volar por los aires. Era un pequeño tornado en potencia. El felino se seguía agarrando a mi brazo con todas sus fuerzas. Me había hecho profundos desgarros en su lucha por no salir disparado. Muchos de mis músculos estaban totalmente destrozados. Era una carnicería lo que me estaba haciendo. Mis gritos de dolor retumbaban por todo el espacio vacío. El suplicio hacía que mi corazón palpitase a toda prisa. Intenté pensar con la cabeza fría y cogiendo fuerza, de donde no la tenía, empecé a mover la otra mano. La desplacé lentamente. Quería llegar hasta mi brazo dolorido, aunque era difícil dada la magnitud del viento. Mientras tanto, el pequeño ser seguía agarrado a mi pierna. Sus ojos brillaban y comenzó a entonar un leve cántico muy melodioso. El remolino de viento empezó a moverse en dirección contraria, desestabilizando al felino. Este cambio inesperado minó sus fuerzas y se soltó de mi brazo. Salió despedido y empezó a dar vueltas al ritmo que marcaba el tornado.

Mi mano por fin alcanzó mi brazo y sentí cómo cambiaba de color. Mis heridas se empezaron a curar dolorosamente. La desesperación se apoderaba de mí. El proceso era demasiado lento y solo conseguiría cerrar los desgarros más profundos. Tuve que cerrar los ojos, notaba cómo cada músculo se reconstruía como si me pinchasen un millón de agujas. Cada una de ellas me cosía una parte. En la superficie no se veía nada, pero sentía cada pequeña fibra en su totalidad. Debía pensar que cada punzada era para mi propia curación. Si no, enloquecería.

Mientras se terminaban de curar mis profundas heridas, el felino luchaba contra el tornado. Era un combate sin sentido, la potencia del aire era tan superior que no tenía posibilidad alguna. Al final, salió despedido hacia una pared. El pequeño ser paró repentinamente el cántico y todo se calmó. Todos los hielos que habían volado se cayeron al suelo produciendo tal estruendo que hizo retumbar hasta las columnas que estaban a lo lejos. El pequeño ser aprovechó ese momento de confusión para soltarse de mi pierna, cogerme la mano y ponerla sobre su herida. Esta empezó a cicatrizar sin problema alguno. Me hizo un gesto y nos acercamos al felino, ahora desmayado. Sin soltar mi mano le colocó la suya enfrente. Se estableció un tipo de vínculo misterioso. Unas pequeñas luces chispeantes aparecieron entre la palma de la mano del pequeño ser y el felino. Después cerró los ojos y se concentró. Imitándole, cerré los ojos yo también. Primero solo vi oscuridad, pero poco a poco esa visión se fue aclarando.

Empezamos a ver imágenes del felino. Su nacimiento y cómo creció. Llegamos a la conclusión de que era, nada más y nada menos, el guardián de la Dama Blanca. El lugar en el cual nos encontrábamos ahora, era su guarida secreta. Después, las imágenes empezaron a ser confusas. Alguien extraño se aproximaba y disparó algo al felino. Después de eso, no se podía mover, estaba paralizado y sufría mucho. Mientras tanto, vio que aparecían más seres oscuros, y él no podía defender a su Dama. Asaltaron la casa, mataron a todos los guardianes. El ataque les pilló de imprevisto. Ahí, vimos con claridad a la náyade. Era una doncella de alto rango de la Dama. Se la habían llevado metida en una mazmorra. Luego, las imágenes pasaron a la Dama Blanca. Volvió la oscuridad mientras la asediaban. En aquel momento, el felino se desmayó debido a la sustancia que le habían inyectado. Oscuridad. El pequeño ser soltó la frente del felino. Este seguía inconsciente. Por eso, nos había recibido de una manera tan hostil. Ahora lo comprendíamos. Nos miramos, no sabíamos qué debíamos hacer. El pequeño ser acarició al felino, que dormía profundamente y empezó a caminar. No estaba muerto, tan solo herido. Se recuperaría. Ahora por el momento estaba inconsciente, en un sueño profundo y reparador. Quizás con el tiempo viese que no éramos enemigos. Miré al pequeño ser, a pesar de su cara dulce, el pelaje oscuro que le recubría le daba un halo de misterio peligroso.

Dejando atrás al felino, nos adentramos en un largo pasillo. El hielo que había formado nuestro contrincante, había tenido un largo alcance. Debíamos andar con mucho cuidado para no tropezarnos. Cuando llegamos al final del pasillo, la imagen nos sobrecogió y revolvió el estómago. Había una gran muralla de hielo que impedía el paso. Estaba custodiada por dos duendes de descomunales proporciones. Ambos yacían decapitados a cada lado de la muralla. Las náuseas se apoderaron de todo mí ser. **Parecían tan jóvenes y llenos de vida** que me entraron ganas de llorar por aquella masacre. Sus ojos seguían abiertos, ni siquiera se habían molestado en cerrarlos como mandaba la tradición. Reprimiendo mis impulsos de desagrado, me acerqué a las cabezas. En sus ojos se veía el reflejo de la atrocidad vivida. Los cerré con pesar y les deseé un corto retorno a los dioses. Seguramente no se reencarnarían, parecían haber sido fieles guerreros. Después de la primera impresión de ver los cuerpos mutilados, miré fijamente la gran muralla de hielo. Se presentaba tan poderosa que era difícil no admirarla. No había ni el más mínimo hueco para atravesarla. Iba a ser muy complicado moverse de aquel punto. Miré al pequeño ser, él también estaba pensativo. Me alejé un poco, y me apoyé contra la pared. Aquel lugar estaba repleto de malas vibraciones. Tenía una sensación extraña en el cuerpo. En los pocos días que llevaba fuera de casa, me había vuelto muy sensible a todo tipo de energías. Las sentía en la piel y se me erizaba el vello. Desafortunadamente, solo había sentido malos presentimientos, jamás uno bueno. Esta vez no iba a ser diferente. El pequeño ser me miró con los ojos brillantes de alegría. Me acerqué a él tan rápido como pude. Había tenido una idea. Me señaló la muralla con una mano y con la otra me dijo que me aproximase aún más. Colocó una mano sobre mi rodilla, y un dedo de la otra sobre el hielo. Noté un cosquilleo por todo mi cuerpo y esperé a ver qué sucedía. De su pequeño dedo empezó a salir una luz rojiza. Poco a poco, fue apareciendo una prolongación en forma de uña. Muy fina pero muy fuerte. Cuando terminó de crecer, el pequeño ser acercó su dedo a la muralla y empezó a moverlo enérgicamente. Ante mi asombro se empezó a formar un pequeño agujero cilíndrico. Con un poco de esfuerzo traspasó todo el ancho de la muralla.

Cuando terminó lo sacó y caminó hacía el otro extremo de la muralla. Me hizo un gesto para que me acercase nuevamente y repitió la operación. Así lo hizo hasta cuatro veces, formando un pequeño cuadrado. Miró satisfecho su trabajo, y después su dedo, el cual ya había vuelto a su tamaño normal. Cogió mis manos y las colocó en el centro de aquel cuadrado. A pesar de la falta de instrucciones, comprendí sus intenciones. Me concentré al máximo. De mis manos empezaron a salir pequeños destellos dorados y verdes. El cuadrado de hielo reventó en mil pedazos. Un poco mareado del esfuerzo me di la vuelta y miré al pequeño ser. Fue la primera vez que solté una carcajada desde que había salido de mi casa. Estaba totalmente cubierto de polvo blanco. Encima de sus labios se dibujaba un pequeño bigote. Después de un breve momento de alegría, miré el agujero de la muralla. Era bastante pequeño, pero de alguna manera tenía que caber por él. Levanté al pequeño ser y se deslizó sin ningún problema al otro lado. Por mi parte era más complicado. Me quedé atascado unas cuantas veces, así que tuve que emplear la magia. Con mucho esfuerzo llamé la energía a mis manos. No tardó mucho en presentarse. Mi cuerpo se empezó a calentar. Esto me ayudó a convertir todo lo que me rodeaba en agua. No agrandé el agujero mucho **más, pero sí lo necesario para que al final pudiese pasar. Al llegar al** otro lado, sentí cómo las energías me fallaban y caía de rodillas. Debía aprender a no desgastarme tanto. Cuando contemplé lo que había en las inmediaciones, una nueva ola de náuseas apareció. Todo el hielo estaba teñido de rojo sangre. Di unos pasos para ver si la situación cambiaba, pero nada. Había cuerpos desangrados de duendes por todos lados. Allí se había producido un exterminio.

En mi interior la ansiedad crecía. No sabía quién había hecho eso, pero la venganza era irrefutable. Me habían enseñado que aquel sentimiento era negativo, pero en ocasiones así era inevitable. Miré hacia otro lado para intentar calmarme. En una pared cercana había algún tipo de señales. Me acerqué para comprobar lo que era. Un pequeño soldado yacía al lado. Al agacharme vi que se trataba de los arañazos de una pequeña mano. Miré al cuerpo que tenía al lado, tenía expresión de terror y las uñas llenas de hielo. Aquel valiente había luchado hasta el final. Una vez más, supe que aquella imagen se me quedaría grabada en el subconsciente durante mucho tiempo. Me agaché y cerré los ojos del pequeño soldado. Parecía que los asesinos no tenían piedad alguna. Suspiré. Intenté tranquilizarme. Debía estar centrado en la situación y en los posibles contratiempos.

Me levanté despacio y seguí avanzando. Dejé aquella sala de los horrores a mis espaldas. A pesar de que las paredes seguían teñidas de sangre, no había nadie. Esa zona había sido limpiada. Yo, por mi parte, seguía sin entender cómo podía existir alguien tan cruel. Cuando el pasillo terminó, apareció ante mí una esplendorosa sala. Era totalmente circular y de gran tamaño. A mi derecha se mostró un trono de mármol blanco. Las numerosas incrustaciones de esmeraldas que tenía desprendían un brillo intenso. Tenían una forma ovalada perfecta. Eran las réplicas de unos ojos observadores. Noté una pequeña ventisca. El pequeño ser se había unido a mi lado. Di unos pasos para avanzar. Miré otra vez al frente y me llamó la atención un gran panel de hielo. Nos acercamos a él con valentía. Era grueso y de unas dimensiones considerables. Cuando apenas estuvimos a unos pasos de distancia, apareció humo negro. Se extendió por toda la superficie a gran velocidad. No dejó ni un hueco libre. Le siguieron unas llamas negras. Formaron un círculo a nuestro alrededor. No tuvimos miedo, a pesar de no saber de dónde venía, parecía controlado. Nos quedamos quietos observando. Cuando estaban en su apogeo, las llamas se apagaron repentinamente. Una vez más apareció el humo negro. Tuvieron que pasar unos instantes hasta que el ambiente se empezó a aclarar.

En el panel se empezó a formar una imagen. La visibilidad era muy pequeña. No éramos capaces de distinguir más allá de nuestro propio cuerpo. El pequeño ser estaba nervioso a mi lado. Los cadáveres que habíamos visto no presagiaban nada bueno. El humo negro tampoco. Por si acaso, me puse en posición defensiva. No tenía muchas fuerzas, todavía me estaba recuperando del ataque del felino. Pero eso era algo que no importaba. No en aquellas situaciones al límite que estaba viviendo. Flexioné más las rodillas y levanté los puños. Después, pensándolo mejor, estiré los dedos. Mediante la fuerza no conseguiría nada. Si tenía alguna esperanza, era usando mi magia. Una vez más, me quedó claro que tenía que aprender a utilizarla. El problema era que no tenía tiempo para entrenar y aprender.

Se me empezó a formar un nudo en la garganta por la agitación. No sabía qué era lo que iba a salir de aquel gran panel de hielo. Estaba nervioso. Cada célula de mi cuerpo temblaba. Miré al frente con atención. La imagen era muy borrosa, y el proceso de clarificación muy lento. Flexioné aún más las piernas, extendí bien las manos. No quería ser pillado por sorpresa. Si tenía que luchar, estaría preparado. El contorno de la figura desapareció, y dio lugar a nuevas columnas de humo negro. Se entrelazaban entre sí de tal modo que parecía que estaban bailando. La imagen de un gran felino apareció. Era negro con unos ojos amarillo. También tenía unos grandes y afilados colmillos del mismo color. Rugió con tal fuerza que las paredes retumbaron. Cuando volvió otra vez el silencio, desapareció. Me quedé confundido por la situación, pero aun así, me preparé para lo peor. Mis piernas se separaron más todavía para aguantar el equilibrio en caso de envestida. El contorno de una nueva figura empezó a aparecer. Esta vez, el humo negro cesó y apareció una neblina blanca. Mis músculos se relajaron. Una figura femenina estaba creciendo ante mí. Una gran exhalación salió de mis pulmones cuando apareció la Dama Blanca.

—Me has encontrado muchacho —dijo con una sonrisa.

—¿Qué ha pasado? —pregunté señalándola a mi alrededor.

—Nos tendieron una emboscada —dijo tristemente—. Mi hermana Skule vino con sus secuaces.

—¿Tu hermana? —abrí los ojos de asombro.

—Sí, mi hermana. Ella no es como yo. Cayó en la tentación de la magia negra cuando era pequeña. Fue entonces cuando la perdimos del todo, ahora les sirve a ellos. —Salió una lágrima de su ojo izquierdo—. Estoy encerrada aquí mediante magias ancestrales, condenada a vagar entre el mundo de los vivos y los muertos, ya no os puedo ayudar.

—¿Qué podemos hacer? —pregunté esperanzado.

—Por mí no podéis hacer nada, pero sí debéis salvar a Kaysa, mi náyade consejera. En sus manos morirá, y ella es muy especial —suplicó.

—La salvaremos —dije con convicción, aunque apenas había sido capaz de cuidar de mí mismo, hasta aquel momento. No sabía cómo debía salvar a alguien si ni siquiera sabía si aguantaría vivo mucho más tiempo.

—Tan solo puedo hacer una cosa más por vosotros —dijo agradecida y chasqueó los dedos.

El ambiente se empezó a calentar. Cuando estuvo lo suficientemente caliente, la Dama Blanca chasqueó los dedos otra vez. Unas pequeñas llamas de fuego empezaron a surgir alrededor de un círculo imaginario. Toda la superficie se llenó de ellas. Eran de un color rojo intenso al principio, pero fueron cambiando de tono a medida que crecían. Desde naranja hasta amarillo. Cuando llegaron a este último color eran tan grandes que alcanzaban el techo. El calor era abrasador. Aquellas llamas empezaron a lanzar pequeños rayos de color rojo. De ellos, se empezó a formar una figura. Era el contorno de algo grande y poderoso. Cuando se fue aclarando la visión, pudimos comprobar que un gran caballo se estaba formando ante nosotros. Tenía unas patas muy fuertes y las crines de fuego. Era un purasangre de pose muy noble. El negro de sus ojos contrastaba con el marrón rojizo de su piel. Durante el proceso de formación de su cuerpo salían pequeños chispazos de fuego. El color de aquellas llamas era tan intenso que parecían venir del mismísimo centro de la tierra. Sus ojos reflejaban la arrogancia de ser único en su especie. Como último, se formaron unas largas y elegantes alas. Minúsculas llamas las recorrían. Cuando el caballo estuvo listo se presentó ante la Dama Blanca e hizo una reverencia.

—Aquí os presento a uno de mis más leales amigos. —Sonrió a lo que el caballo levantó las dos patas delanteras—. Os devolverá a la superficie.

—¿Cómo podemos montarlo si su cuerpo está poblado de llamas? —pregunté extrañado.

—Solo podréis conseguirlo si él os da permiso —replicó la Dama—; él ha nacido en las entrañas de las tierras, donde el fuego es indomable, de ahí su naturaleza salvaje. Si le demostráis lealtad, él os la demostrará a vosotros. Si no sucede así, os prenderá fuego hasta que quedéis reducidos a ceniza. —Y dicho esto el panel se volvió oscuro. Desapareció. Nos dejó solos ante él.

Miré fijamente al caballo, él hizo lo mismo conmigo. Me estudió minuciosamente. Sentí su aliento en cada célula de mi ser. Estaba muy concentrado y no se le escapaba ni un detalle de mis movimientos. No sabía decir si era de su agrado o no. Relinchó varias veces y se acercó unos pasos. Era más grande de lo que había pensado en un primer momento. Estábamos frente a frente, y podía notar el calor que desprendía. Alargó una de sus patas y la colocó al lado de mi pierna. Sus ojos me miraban tan fijamente que contuve la respiración. Me imponía temor, además de respeto. Relinchó fuertemente y bajó su cabeza a la altura de la mía. Con un movimiento rápido, apartó sus ardientes crines de mí, para que no me quemase. No sabía si había sido un gesto de misericordia, o, por el contrario, me estaba demostrando su prepotencia. En sus ojos aparecieron chispas de fuego intenso. Me quedé hipnotizado e incapaz de moverme. A nuestro alrededor, se formó un gran cuadrado de llamas. De esta manera, el caballo se aseguraba de que no tuviésemos forma alguna de escapar. El suelo empezó a cambiar. Se empezó a llenar de círculos de colores rojos y amarillos. Eran muy finos, pero iban moviéndose de un lado a otro. Me mareaba solo de mirarlos. Para evitarlo, fijé mi vista en el techo, mientras pensaba cómo salir de aquella situación. Cuando el caballo se dio cuenta, relinchó nuevamente. Como reacción a aquello, el techo se llenó de cuadrados que se empezaron a mover entre ellos. Otra vez, la sensación de mareo me invadía. Al final perdí el equilibrio y caí al suelo. El horror vino a mí cuando sentí que el suelo no había detenido mi caída. Avanzaba hasta el centro de la tierra nuevamente. Aquella era una experiencia que no quería volver a repetir. El pánico se apoderó de mi alma. Las emociones sobrepasaban mi capacidad de entendimiento. Me arrancaban mi esencia más profunda.

La temperatura del ambiente comenzó a cambiar. El sudor resbalaba por mi frente, mientras seguía cayendo. Furiosas centellas de fuego naranjas jugaban con nosotros. No nos llegaban a quemar, pero sí elevaban mucho la temperatura del ambiente. El suelo había desaparecido por completo. Cada vez caíamos más deprisa. La sensación de incertidumbre encogió mis sentidos. Miré al techo, allí los círculos se habían unido a la danza de los cuadrados. Sentía que la locura invadía todo mi ser. Mi cuerpo caía al vacío mientras que todo lo que me rodeaba se movía con la más absoluta tranquilidad. Era algo totalmente irreal, pero que por el contrario estaba sucediendo. Intenté cerrar los ojos, para comprobar que estaba soñando, pero una fuerza invisible me impedía pestañear. Círculos, cuadrados, fuego, llamas. Me sentía como un mero títere sin vida. El caballo no estaba por ningún lado. Miré a los lados, el pequeño ser también había desaparecido. Tan solo estaba yo, con mi pesadumbre y mi eterna caída. Una vez más, el corazón me latía desbocado. Miraba con la máxima atención cada hueco, cada pequeño panorama, pero todo era idéntico. Procuré buscar algún saliente donde agarrarme. Quería frenar aquella caída. No veía nada, tan solo altas llamas a mi alrededor. Conseguí cerrar los ojos unos segundos, quería despertarme de aquella pesadilla. Cuando los volví a abrir, formas geométricas empezaron a aparecer por todos lados. Se movían a una velocidad tan rápida que apenas me daba tiempo a seguirlas. Sentía cómo mis ojos se estaban quedando secos y mi mente se estaba descolocando por momentos. El desquicio saltaba de neurona en neurona para poseerme.

Cuando menos lo esperaba, y como surgida de la nada, una sombra negra empezó a materializarse. Apareció como un pequeño punto, pero fue creciendo hasta sobrepasar mi tamaño. La incertidumbre hizo que me encogiese. La sombra seguía creciendo no muy lejos de mí. Intenté tranquilizarme, y sacar la valentía que tan bien se había escondido. Me enfrenté a la sombra. Encontré un poco de fortaleza. Mis pensamientos se centraron en ella. Me olvidé de todo lo demás, incluso de que estaba en caída libre. Cuando la sombra ya estaba casi del todo materializada, y yo totalmente preparado para enfrentarme a ella, desapareció. Se convirtió en una neblina grisácea. Me asusté, aun así no bajé la guardia. Cosas extrañas estaban sucediendo. Fue entonces, cuando me di cuenta de que ya no estaba cayendo hacia el vacío. Estaba suspendido en el aire. Miré a los lados, las llamas seguían demostrando el poder de su esencia. Mi posición de piernas abiertas y puños elevados no cambiaba. Estaba a la defensiva esperando qué iba a ser lo próximo que me iba a atacar. Repentinamente, todas las llamas cesaron y volví a la estancia de la Dama Blanca. Ante mí se encontraba el trono y al lado de este, el pequeño ser. Me miró con cara de orgullo.

—Has superado la prueba —me dijo mentalmente.

—¿Qué prueba? —pregunté exaltado.

—No rendirte ante circunstancias adversas. —Sentía como si me susurrase en sueños—. El caballo de fuego accedió a llevarnos.

Dicho esto, mediante magia, apareció nuevamente el animal. Con un gesto de la cabeza, nos indicó que le siguiésemos. Con cautela, me dirigí hacia donde él nos llevaba. En el momento justo que íbamos a salir por la puerta, se produjo un estallido de luz blanca. Me cegó por unos instantes. Intenté recuperar la vista parpadeando hasta que más o menos alcancé a ver algo. La Dama Blanca se había materializado. Era una imagen muy borrosa y muy débil, probablemente no tenía la energía suficiente para realizar el conjuro.

—Ahora que ya saben que existes, no tengo por qué ocultar tu nombre, Erwan. —Sonrió la Dama—. Era indispensable mantenerlo en secreto, pero ya todos saben de tu existencia. Son capaces de notar tu presencia. Ya puedes saber tus orígenes.

—¿Mi nombre es Erwan? —pregunté feliz, por fin tenía otro nombre que no fuese niño o muchacho.

—Y él es Balder —señaló al pequeño ser—, representa la personificación de la luz, de la elocuencia y de la sabiduría —dijo orgullosa. El caballo relinchó fuertemente, algo estaba pasando.

—Juntos recorreréis un gran camino, pero tú eres… —Y un gran estallido se produjo. Mi oído derecho empezó a sangrar del ruido. Sonidos de cristales rotos retumbaban entre las paredes. La imagen de la Dama se hizo añicos hasta desaparecer.

Una vez más, me había quedado sin saber mi procedencia. El hechizo al que había sido sometida la Dama Blanca parecía demasiado fuerte. Le absorbía mucha energía y no le dejaba comunicarse durante mucho tiempo. Parecía que su hermana Skule era muy poderosa. Miré al horizonte, todo se había quedado sumido en una negra polvareda. Aquel sitio debía de haber sido bonito, aunque ahora había marcas de magia negra por todos lados. El caballo relinchó nuevamente, debíamos irnos. Miré al pequeño ser y nos dirigimos hacía una gran puerta de hielo. El caballo inhaló aire hasta llenar sus pulmones. Estaba intranquilo. Cerró los ojos y, con un fuerte suspiro, exhaló todo el aire haciendo que sus crines creciesen. El fuego en ellas se avivó y el caballo acercó su cabeza a la puerta. Dada la intensidad del calor que se desprendió, la puerta se deshizo completamente. Teníamos el camino libre para avanzar. Nos adentramos en un largo y estrecho pasillo. Tardamos mucho en abarcarlo entero. El camino era abrupto, y mis extremidades empezaron a pesarme de una manera irracional. Cuando al fin llegamos al final, nos encontramos con un gran agujero que llevaba hacia la superficie. Era similar al anterior, solo que más oscuro, no había ninguna luz que lo iluminase. Tampoco se veía una mínima luz que indicase dónde se encontraba la salida. Parecía muy largo. Por un momento sentí vértigo. Todavía no me había acostumbrado a alturas de aquel calibre. Me senté unos segundos en el suelo para asimilarlo. El pequeño ser se acercó a mí, y también se sentó. Me dio una rebanada de pan que sacó de un diminuto bolso que llevaba. Nunca se lo había visto, lo debió de coger de la sala de aprovisionamientos que habíamos visto antes. Con mucho gusto me lo comí. Necesitaba descansar un poco ahora que había tranquilidad en el ambiente. Nunca sabía cuándo se podían torcer las cosas hacia el lado oscuro del camino. El pequeño ser se durmió. Me inspiró tanta ternura y tanta paz que le imité.

CAPÍTULO 05

El caballo esperó pacientemente a que llegásemos. Cuando estuvimos a su altura, levantó las dos patas en el aire y volvió a caer con todo su peso. Seguidamente, cinco pequeños escalones de fuego aparecieron en el agujero. Cada uno distaba del otro aproximadamente dos metros. El caballo repitió la operación hasta diez veces. Las escaleras fueron apareciendo de forma sistemática, hasta que se perdieron en el horizonte. Cuando terminó, me miró y con un gesto de la cabeza me indicó que me subiese a su espalda. Para ello, cerró los ojos, se concentró y bajó la intensidad de sus llamas. Batió sus alas unas cuantas veces, hasta que las llamas se estabilizaron. Primero subió Balder, para después subir yo. Cuando estuvimos bien sujetos, el caballo empezó a saltar de un escalón a otro. Era una maniobra peligrosa. Los escalones eran de pequeño tamaño, y la superficie que **teníamos para agarrarnos era escasa.** Tuve que concentrarme mucho en los movimientos del caballo e intentar hacer un ejercicio de equilibrio para no caerme. La posibilidad de **precipitarme** hacia el vacío era una idea que quería desechar de mi cabeza. Cuando llegamos a la mitad del camino, un pequeño resplandor llamó mi atención. Duró tan solo un minuto, pero no me lo pude quitar de la cabeza.

Grité al caballo para que parase. Al principio no quiso, pero viendo mi insistencia lo hizo. Le costó mucho mantener el equilibrio durante tanto tiempo seguido. Hizo aparecer dos escalones más que le sirviesen de soporte. Cuando estuvimos más estabilizados, le pedí que descendiese un poco. Muy malhumorado me hizo caso, mientras el pequeño ser me miraba con curiosidad. Aquel diminuto reflejo se me había quedado grabado en la mente. No lo quería dejar escapar.

Con mucha dificultad bajamos un par de peldaños. Allí estaba. Miré al caballo para que hechizase una superficie más grande. Apenas aparecieron dos diminutos escalones. Le miré con gesto interrogativo. Movió la cabeza de un lado para otro. Quizás aquello significase que no podía hacer más. Me tendría que contentar con eso. Olvidándome de aquel tema, aunque no de mantener el equilibrio para no caerme al vacío, mis ojos se concentraron en aquello. Palpé con sumo cuidado la pared. Allí había un insignificante agujero. Con la otra mano acaricié el resto de la superficie. Estaba rugosa, pero no tenía ningún tipo de agujero. Aquello confirmaba mis sospechas, algo excepcional estaba pasando. Toqué con los nudillos. El sonido reproducido era hueco. Una sonrisa se dibujó en mi cara. Miré a mis compañeros. Parecían fascinados con el descubrimiento. Volví a concentrarme en el agujero. Iba a ser un problema hacerlo más grande. No disponía de sitio suficiente para moverme. Di un fuerte golpe en la pared. Apenas conseguí que se desprendiese arenilla fina. Miré a los otros, estaban con tan pocas ideas como yo. Mientras pensaba, Balder saltó hacia mí. Se mostró sonriente. Le hizo un gesto al caballo para que se acercase. Parecía que había tenido alguna idea. Me aparté de su camino, tanto como pude, dentro de aquel reducido espacio. Los ojos del pequeño ser se tornaron rojos. Respiró profundamente. Se estaba preparando para emplear su magia. Cuando abrió los ojos, se giró bruscamente hacia el caballo y cogió su cola. Las llamas que salían de ella eran muy potentes, hicieron que los ojos del pequeño ser se volviesen más oscuros. Con mucha destreza, colocó el pelaje entre sus dedos y lo pegó contra la pared. Tuvieron que pasar largos segundos hasta que sucediese algo.

Las rocas se empezaron a calentar. El aire subió de temperatura. Poco a poco, toda la **superficie donde estaba situado** el pelaje se empezó a derretir. Viendo los resultados, el caballo intensificó su potencia. En poco tiempo, se formó un agujero lo suficientemente grande **como para que pudiésemos pasar.** El fondo estaba muy oscuro, pero estaba convencido de que había algo. El caballo fue el primero en adentrase. Así, pudo iluminar el camino.

Cuando me adentré me quedé estupefacto. Nos encontramos en la antesala

de una gran estancia. Cuando avanzamos unos pasos más, vimos una gran

cantidad de puertas. No sabíamos qué camino debíamos seguir. Me acerqué

a la primera puerta. La abrí, de allí salió una peste verdosa. El ambiente se

llenó de partículas voladoras. Parecía como si tuviesen vida propia.

Después de esquivar nuestros cuerpos, se centraron en mí. Se apelmazaron

en el contorno de mi cuerpo. Cuando estuvieron todas perfectamente

alineadas, se pegaron a mi cuerpo. Empecé a notar cómo se adentraban en

mi cuerpo. Los granitos se expandieron por mi piel. El picor era tan

extremo que mis alaridos resonaban por toda la cueva. Empecé a rascarme.

Cuanto más lo hacía, peor tenía el cuerpo. A mis compañeros no les había

sucedido nada. Procuraba pensar en otras cosas para poder así concentrarme

y curarme llamando a mi energía verde. Era algo sumamente complicado.

El pequeño ser intentaba aliviarme. No podía hacer nada.

Los granitos me comenzaron a estallar. De ellos, salía un líquido

verduzco. Lo único que conseguí arrancándomelos es que los granitos se

multiplicasen. Hubiese preferido mil espadas a esto. Estaba al borde de la

paranoia. El pequeño ser me cogió otra vez las manos. Esta vez, logró que le mirase a los ojos. Con ello pude concentrarme unos segundos. Pocos, pero los necesarios para poner en marcha mi energía interna. Advertí una pequeña mejora. Era mínima. Debía concentrarme más. El pequeño ser no me soltaba las manos. Lo intenté otra vez. No aparté los ojos de él. Me inspiraba tranquilidad. Esta vez fui capaz de solidificar mis ideas y mis sensaciones. Noté cómo la energía se apoderaba de mí. Era una sensación reconfortante. Todo el líquido que me cubría fue absorbido otra vez por aquellas odiosas imperfecciones que se habían formado en mi cuerpo. Muy lentamente y con dolor, mi piel volvió a ser lisa.

—¿Qué ha pasado? —pregunté convaleciente y tratando de calmarme. Las sensaciones que había experimentado habían sido extremas.

—Algo valioso debe estar escondido aquí —reflexionó el pequeño ser—, demasiadas medidas de protección. —El eco de su pensamiento resonó por toda mi mente.

—¿Por qué a vosotros no os ha afectado? —pregunté un poco molesto ante la situación.

—Somos criaturas nacidas directamente en el fuego de la tierra, no somos una evolución de nada. Tanto el caballo de fuego como yo somos hijos legítimos de la diosa tierra, por eso, esta magia terrenal no nos afecta

—me explicó el pequeño ser—. Somos seres puros, en nuestra naturaleza no existen el egoísmo ni la codicia, no necesitamos pruebas de esfuerzo o de pureza —concluyó y cerró la conexión.

—Vale, entonces yo soy impuro y egoísta. —Y sonreí, a lo que me contestó el pequeño con otra sonrisa—. Vamos, pues, a descubrir qué hay oculto tras estas puertas.

Me levanté. Todavía quedaban ocho puertas. Detrás de alguna de ellas se encontraba algo. Lo podía presentir. El ambiente estaba cargado de magia ancestral. Supuse que detrás de cada puerta falsa había una trampa mortal. De la primera, me había librado debido a mis poderes curativos. No estaba muy seguro de que me sirviesen para atravesar las demás. Miré con atención. El caballo dio un paso adelante. Ya que no podía ayudarme de otra manera, al menos me quería proporcionar luz. Se lo agradecí con un gesto de la cabeza. Intentaba detectar cualquier mínimo cambio en las puertas. Una pequeña señal que me hiciese descubrir cuál era la verdadera. Examiné cada una de ellas. Eran idénticas. La decepción se apoderó de mí. Desde que me había adentrado en el bosque mis emociones se habían intensificado. Cada vez que sentía algo, lo sentía en su plenitud. Invadía todo mi ser. Intenté no dejarme llevar por aquello. Agudicé el oído. Cerré los ojos. Había muchos sonidos ocultos tras aquellas puertas. No sabía qué representaban. Me dejé llevar por la intuición. Con la mala suerte que tenía, probablemente la puerta que necesitaba no la abriría hasta el último lugar. No quería demorar más aquel momento. Me aproximé hasta la cuarta puerta. Sujeté el pomo con fuerza. Desprendía humedad. La mano se me llenó de agua en un momento. Respiré hondo y abrí la puerta con decisión. Según tiré de la puerta, una ráfaga de viento me hizo volar por los aires. Después de eso, el ambiente se quedó tranquilo. Aquella era la típica tranquilidad que me hacía tener los pelos de punta. No confiaba en ello. Me levanté del suelo. La puerta estaba oscura. Quizás había tenido suerte y había dado con la puerta correcta. Mientras iba caminando en esa dirección, unas pequeñas flores salieron volando del interior de la puerta. Me quedé impresionado por la belleza que desprendían. Se acercaron hacia mí y se situaron encima de mi cabeza. Se colocaron en forma de círculo y empezaron a girar a mucha velocidad.

De las flores se comenzaron a liberar unas pequeñas esporas. Me pareció anormal, pero tampoco me detuve a contemplarlo. Seguí avanzando hacia la puerta. Las esporas se movían a mi ritmo. Me estaban persiguiendo. Me paré. A lo mejor no había tenido tanta suerte como había pensado. Quizás aquello fuese otra prueba. No tuve que esperar mucho para conocer la respuesta. Me giré y según mi movimiento se completó, las esporas se adentraron en mi cuerpo. Me taponaron la nariz. No podía respirar. Por suerte, esto duró tan solo unos segundos. La primera reacción no tardó en llegar. Mis movimientos se ralentizaron hasta que no pude moverme. Procuraba llamar a mi energía interior, pero todo en mi cuerpo estaba ralentizado. Incluso mis pensamientos. Tenía las piernas agarrotadas. Noté los dedos de los pies extraños. Una fuerza se estaba apoderando de ellos y se estaban alargando. Miré mis manos. Les pasaba lo mismo. Comenzaron a crecer y crecer. De cada uno de mis dedos nació una ramificación. La cara se me llenó de musgo. Poco después, el resto de mi cuerpo. No tardó mucho en dejarme sin un espacio libre. Aquella capa vegetal se empezó a transformar. Se volvió más espesa. Más viscosa. Cambió de color. Empezó a oscurecerse, hasta formar una masa negra en mi piel. Llegado ese estado, me había vuelto completamente inmóvil. Ya no tenía cara. Estaba poblada por musgo negro. De mis pies empezaron a salir gigantes gusanos. Se querían apoderar de todo mi cuerpo. Lo consideraban su casa y como tal, tenían voluntad propia para parasitarlo. Balder estaba a mi lado, intentaba quitarme los gusanos de encima. Ardua tarea. La colonia iba aumentando de número. El musgo apenas había dejado unas pequeñas hendiduras en mis ojos para que viese lo que estaba pasando. Me estaba ahogando en mi propio cuerpo. Las flores desaparecieron. Las esporas dejaron de fluir por el ambiente. Habían completado su misión. La puerta se cerró de un portazo.

No quería rendirme. Entre todas las muertes que se me habían pasado por la cabeza, aquella era la más absurda. Noté un cosquilleo por los brazos, ahora ramificados. **Pequeñas arañas rojas estaban deambulando por ellos. Tenían los ojos puestos en mi cabeza. Era donde querían llegar. El pequeño ser intentaba espantarlas, pero no daba abasto entre los gusanos de** mis pies y las arañas de mis brazos. Estaba atrapado, no podía defenderme. Mi corazón latía cada vez más rápido. Mis órganos internos todavía estaban intactos. Desafortunadamente, a ese paso, no seguirían así durante mucho tiempo. Las diminutas arañas rojas producían en mí un afecto parecido al del parásito en mi columna. Quizás, fuese también algún tipo de arácnido. Procuré quitarme todas esas ideas de la cabeza. No quería despertarle otra vez. Hacía días que estaba dormido. Era lo último que quería, problemas fuera de mi cuerpo y desdoblamientos de mi alma.

El musgo que crecía en mi cara cubrió las pequeñas hendiduras que había dejado en los ojos. La oscuridad se apoderó del ambiente. El sudor empezó a recorrer mi cuerpo. Me sentía atrapado y la claustrofobia me ahogaba. Tenía la sensación de estar en el interior de un pequeño ataúd. Peor aún, enterrado vivo. Por mi cabeza volaron las imágenes del enterrador. No quería acabar como un alma sin destino, ni final. Mientras me asfixiaba en mis pensamientos, el pequeño ser estaba en plena acción. Había llegado a la conclusión de que quitarme de encima aquellos bichos no servía de nada. Cada vez que conseguía ahuyentar uno, aparecían otros tres. Repentinamente, tuvo una idea, miró al caballo de fuego fijamente. Era algo peligroso, pero no se le ocurría otra cosa. Fue hacía él y le cogió las crines. El caballo sin entender del todo lo que pretendía, bajó la intensidad de sus llamas para que no se quemase. Balder se encaminó hacia mí. Con las crines todavía en la mano, se acercó a mis pies. Hizo que algunos de los gusanos prendiesen fuego. Cuando se consumieron, se convirtieron en ceniza y se esfumaron. En aquel momento noté calor en mis pies. No sabía qué estaba pasando. Todo era confuso. El sudor de mi cuerpo aumentó. Mi miedo también. Estaba en estado catatónico.

El pequeño ser acercó lentamente las crines al resto de mi cuerpo. Las llamas de fuego estaban a poca intensidad. Aun así había riesgos. Estaba preocupado, esperaba que mi poder regenerador estuviese intacto. Una vez más, había que acudir a él. Por más que buscó otra solución, no la encontró. Suspiró. Le producía una enorme congoja **quemarme a propósito**. En el interior de aquel cuerpo de madera, la temperatura iba aumentando. Noté que el olor a quemado invadía todo el interior. Me ahogaba. Algo estaba sucediendo en el exterior y yo no era consciente de ello. Lo único que noté era la presencia cercana del pequeño ser. No podía abrir la mente para comunicarme con él, pero habíamos desarrollado un vínculo tan especial que era capaz de sentirle. Al otro lado de la membrana, Balder seguía con sumo cuidado ejecutando su idea. El caballo de fuego intentó reducir sus llamas al máximo. Mis pies, aunque inmovibles, habían quedado libres. Tenía algunas quemaduras muy serias, pero no podía reponerme en aquel momento. El estado de excitación e incertidumbre de mi mente era desmedido. En aquellas condiciones era imposible invocar magia alguna. A las afueras, mis compañeros seguían trabajando despacio en mi liberación. Ahora, era el turno de los brazos. Esto era más complicado de lo que pensaban. Las pequeñas arañas habían tejido numerosas telarañas. Eran fuertes y resistentes. Incluso al fuego. Había que insistir más y con mayor intensidad. Dentro de la corteza seguía yo. O lo que quedaba de mí. Estaba

sumido en el dolor. La fatiga se estaba apoderando de mí. No quería seguir

luchando contra aquel sufrimiento. **Sentía cómo los brazos se me estaban**

chamuscando. Mis plegarias eran inútiles. Acabaría carbonizado. Cuando

llegó el turno de mi cabeza, ya ni siquiera sentía nada. Me había

desmayado. Mis fuerzas habían minado.

Las lágrimas resbalaban por las mejillas del pequeño ser. Me dejó libre,

pero a qué precio. Cuando quemó el último trozo de musgo, recuperé la

movilidad. Aunque mi inconsciencia me lo impedía detectar. Caí fulminado

en el suelo. Mi cuerpo estaba marchito y chamuscado. El pequeño ser

intentaba transmitirme su energía. Tenía la esperanza de que no fuese tarde.

Mientras tanto, yo vagaba por el mundo de los sueños. El dolor de las

quemaduras había dado paso a un descanso placentero. Escuchaba que me

llamaban, pero no quería volver. Estaba bien. Tranquilo. No quería volver

al mundo del sufrimiento. A pesar de que no lo había visto, sentía mi

cuerpo calcinado. Necesitaría mucha energía para recomponerlo. No estaba

seguro de si a estas alturas iba a ser capaz de hallarla. Seguía andando por

mi mundo de colores y caras felices. Paisajes que solo había visto en los

libros de mi padre. Una vez más, me acordé de mi familia. Tenía que hacerlo una vez más por ellos. Debía recuperarme. Me costase lo que me costase. Era mi obligación y mi deber con ellos. Tan solo así podría salvarlos de una muerte segura. Si me dejaba llevar por las bellas imágenes, ellos probablemente vivirían horrores. Escuché de nuevo. Reconocí la voz del pequeño ser. Hice un esfuerzo para volver con él.

—Ven, vuelve a nosotros. —Su voz retumbaba en mi cabeza.

Balder cogió una pata al caballo y con ello su energía. Ahora que estaba convaleciente necesitaba la máxima para recuperarme. En torno a nosotros se formó una gran cúpula verde. La energía poco a poco iba volviendo a mí. Me sentí un poco más fuerte. No demasiado. Tan solo para ser capaz de abrir los ojos. Vi la cúpula que me rodeaba. Me quedé tranquilo. Sabía que estaba a salvo. Ni el dolor iba a conseguir que mi momento de paz se interrumpiese. Cerré los ojos. Descansé. Dormí. No soñé nada. Mi mente estaba ocupada por el dolor. Intentaba mitigarlo. Tan solo negrura. Ninguna luz. No me importó. Mi mente trabajaba. Mi cuerpo descansaba. Mi alma se encontraba en el limbo entre los dos. Sentí cómo mi cuerpo se recuperaba. Todavía era pronto, las quemaduras eran demasiado profundas. El parásito quería aprovecharse de ello. Quería despertar y salir para adueñarse de una vez por todas de mi alma. Una luz se encendió al final de la oscuridad.

Debía ser Hamingja que me protegía una vez más. Recordé sus palabras: «No estaré aquí para siempre, deberás aprender a protegerte tú solo». Por el momento confié en que no me abandonaría. Abandoné la consciencia. Me sumergí en la negrura. Maliciosa pero tranquila. Dormí profundamente.

Mientras, el pequeño ser mantenía la bóveda en funcionamiento todo el tiempo. Por turnos, iban aumentando la energía que la formaba. Unas veces, a través de su propia magia. Otras veces, a través del fuego del caballo. Era una tarea muy laboriosa. Estaba exhausto. Cuando me miró, se dio cuenta de que había superado la fase más crítica. Se tumbó a mi lado para descansar. Debía recuperar fuerzas. Le hizo una señal a su compañero para que se quedase vigilando. Si había el más mínimo fallo en la curación, mi vida correría peligro. El pequeño ser lo sabía perfectamente, por eso estaba tan preocupado. Pasaron los minutos. Abundaron las horas. Volaron los días. Exactamente cinco lunas aparecieron en el horizonte hasta que recuperé el conocimiento. Cuando me desperté, encontré al pequeño ser tumbado sobre mis piernas. Sonreí, seguramente se había desmayado de agotamiento. Ahora dormía plácidamente. Miré hacia el otro lado, allí estaba el caballo, también parecía cansado. Al verme consciente, se durmió. Me habían salvado la vida. Respiré aliviado. Había encontrado unos amigos que eran importantes para mí. Que habían arriesgado su propia vida para salvarme. Me sentí tremendamente agradecido. Por un momento, pensé que era la criatura más afortunada del universo. Por desgracia, aquel pensamiento se esfumó con la misma rapidez con la que había venido. Miré la cueva y las imágenes poblaron mi cabeza. Estaba empezando a recordar el suplicio. Mis ojos repararon en las puertas cerradas. Todavía no era seguro que saliese de allí con vida. Quedaban demasiadas puertas. Demasiadas posibilidades. Demasiados peligros.

Cuando despertaron los demás me puse en pie. Balder me dio algo de comer para recuperar fuerzas. Había perdido mucho peso en aquellos días dormido. Parecía un espectro de huesos. Cuando estuve preparado me situé delante de las puertas. Tenía que pensar con detenimiento cuál iba a ser mi siguiente paso. Un fallo podría ser mortal. Intenté concentrarme. Cada sonido, cada esencia eran importantes. Quizás la sensibilidad de mi percepción hacia aquellas cosas me ayudaría. Con mucho esfuerzo, dejé la mente en blanco. Empecé a caminar. Me acerqué a las puertas. Pasé la mano por la primera de ellas. Me concentré aún más. Sentí un pequeño aleteo. Ahondé más en mi mente. Liberé mis sentidos. No fui capaz de percibir otra cosa. Pasé a la siguiente puerta. Hice el mismo ritual. Al principio no palpé nada. Coloqué mi otra mano en la puerta. Tan solo

existía un susurro. Acerqué el oído. La imagen de una ola vino a mi mente.

Estaba en mitad del océano y escuchaba el agua mecerse de un lado hacia el

otro. Pasé a la tercera puerta. La impresión me paralizó. Los sonidos eran

fuertes. Duros. Salvajes. Algo inhumano estaba allí. Mi cuerpo entero se

estremeció. Pasé a la siguiente puerta. Y así hasta que acabé con todas.

Volví al centro de la sala. Mis compañeros me miraban con curiosidad.

—Tal vez tarde mucho en explicarlo, pero tal vez pueda mostrarlo —

reflexioné y coloqué mis manos encima de ellos. Dejé que todas las

sensaciones que había experimentado y todos los sonidos que había

escuchado detrás de aquellas puertas se materializasen para ellos.

—¿Cuál es la puerta correcta? —me preguntó el pequeño ser.

—No lo sé, es complicado. —Y me giré dándoles la espalda y mirando

las puertas fijamente. Al final me decidí por una de ellas. Seguramente no

era la opción más segura. Probablemente era la más terrible y mis amigos

se pensasen que era masoquista, pero había algo. Algo que no lograba

comprender, me llevaba hacia allí. Un poder magnético que no podía

ignorar. Me acerqué a la puerta. Nuevamente escuché los sonidos

enigmáticos y salvajes de alguna bestia. Suspirando y acercándome aún más, cogí el pomo con entereza. Lo giré un poco. **Sentí cómo se me erizaba** el vello. El corazón me empezaba a latir con rapidez. Intenté mantener la mente en calma y sobre todo despejada. Giré el pomo del todo. Empecé a abrir la puerta poco a poco. Nuevamente, respiré hondo. En cuanto abrí lo suficiente, un sonido inundó toda la estancia. Era espeluznante. Grave. Inquietante. Por un momento, me recordó los sonidos de la madre del pequeño ser. Procuré tranquilizarme. Autocontrol ante todo. Abrí la puerta un poco más. El sonido se hizo más fuerte. Se había transformado en gruñido. Busqué fuerzas en mi interior. Tiré del pomo de la puerta con fuerza y la dejé totalmente abierta. Una corriente oscura y fétida salió del interior. Me agaché con el tiempo justo como para que no me alcanzase. El aire de la cueva se quedó mustio. Era complicado respirar. Me levanté rápidamente. Separé ligeramente las piernas en posición defensiva. Estaba preparado para lo que viniese. Esperé. Nada. Cero. Me inquieté. Esperé. Traté de tranquilizarme. Nada. Vacío. Me acerqué a la puerta indeciso. De allí todavía emanaba un fuerte olor. Todo estaba en calma. Quizás fuese una trampa para que me adentrase del todo y una vez allí, encerrarme. No podía confiar en nada.

El pequeño ser se colocó a mi lado. El caballo de fuego al otro. Pero era mi prueba. Ellos no podían ayudarme. Seguía sin haber ningún indicio de nada. Avancé un poco más. Mis compañeros se quedaron detrás. Estaba en el límite entre la sala y el interior. Una nueva ráfaga de aire se produjo. Era muy fuerte. Me empujó hacia dentro. La puerta se cerró de golpe. Me quedé solo. Estaba asustado. El olor se volvió más intenso. Más nauseabundo. Me adelanté. Choqué con alguna piedra. No veía nada. Según me aparté una luz se encendió. Era insignificante. Apenas iluminó la piedra que tenía enfrente. Me quedé boquiabierto. Delante de mí había un pequeño libro. Tenía las tapas de cuero azul. Parecía muy viejo. Tenía miedo de cogerlo. **No veía qué había más allá. Agudicé el oído. Nada. A pesar de ello, no confiaba en la situación. Alargué** los brazos de manera muy lenta. Estaba atento todo el tiempo. Cuando toqué el libro, numerosos destellos salieron de la luz principal. Mis dos manos se encendieron. Adquirieron un tono muy fuerte. Más que ninguna vez. Iluminaron toda la estancia. Miré perplejo. Allí no había nada ni nadie. Tan solo una estancia vacía con un libro colocado encima de una piedra. Alargué aún más las manos. Todo estaba en calma. Sentí el cuero en mi piel. Estaba caliente. Aquello me sorprendió. Sentí un fuerte escalofrío. Llevé la mano hasta mi pecho. Una nueva ráfaga de viento me sorprendió. La puerta se abrió de golpe. En el otro lado, estaban Balder y el caballo de fuego. Me había parecido todo demasiado fácil. Di unos pasos más. Salí por la puerta. A mi espalda, la puerta se cerró bruscamente. Estaba confuso. **No sabía qué pensar.**

El pequeño ser fue el primero en moverse. Cogió el libro de mis manos. Cuando lo tocó, se llevó una descarga eléctrica. Lo intentó una vez más. Tuvo la misma reacción. El caballo de fuego se acercó al libro. Puso el hocico a una distancia prudencial del libro. Lo estudió con determinación, pero no descubrió nada. Levantó la pata y lo tocó con el menudillo. Nuevamente, una corriente eléctrica salió del ejemplar y fue a parar a mi compañero. Estábamos impresionados. Me senté calmado y cogí el libro en mis manos. No me pasó nada. Ningún tipo de magia se materializó contra mí. Intenté abrirlo. Estaba cerrado. Parecía muy viejo y desgastado. Señalé al caballo para que se acercase. Necesitaba luz. Estudié con detenimiento las tapas de cuero. Tenían enredaderas dibujadas en los bordes. En el centro había un gran ojo. No pude descubrir nada más. Estaba muy desengañado. Tanto sufrimiento para nada. Me guardé el libro en la mochila. A pesar de la decepción, en el fondo de mi mente sabía que quizás le encontraría alguna utilidad. Era momento de retomar nuestro camino. Volví a montarme sobre el caballo. Ayudé al **pequeño ser, y nos adentramos en** aquel abismo de escalones estrechos. Me hallaba tan derrotado que por un momento me quedé dormido.

Cuando estuvimos en el último escalón, el caballo saltó hacia el exterior. Fue todo tan brusco que me desperté enseguida. Me alegré de haber dejado atrás el submundo. Las alas del caballo se desplegaron majestuosamente. Volamos muy alto, para luego descender en picado. El aterrizaje fue abrupto, pero, al fin, podíamos respirar el aire de la libertad. Me apoyé contra un árbol y cerré los ojos unos instantes. Cuando los volví a abrir, un brillo lejano llamó mi atención. Ver luces o brillos en el bosque eran señales de peligro. Los pelos se me pusieron de punta. El pulso se me empezó a acelerar. Tenía muy mal presentimiento. Debíamos alejarnos de allí para no cruzarnos con aquel destello. Después de observar la situación era muy probable que exactamente eso sucediese. Debíamos actuar rápidamente. Miré a mis acompañantes. Ellos tampoco sabían qué hacer. No podíamos salir volando, ya que captaríamos su atención. Debíamos pensar con agilidad, aunque en momentos así era complicado. Por lo menos, estar al aire libre había llenado mis pulmones de aire fresco y en cierta manera eso me calmaba. Cogí un trozo de pasta seca de jabalí de mi bolsillo. Apenas me quedaba. Me apuré a masticarlo para coger más fuerzas.

El brillo azul **metalizado se estaba acercando hacia nuestra posición más rápido de lo que nos esperábamos. Si salíamos** corriendo, posiblemente nos oirían. Estábamos atrapados. La única opción que nos quedaba era trepar al árbol más cercano e intentar pasar desapercibidos. Con silenciosos gestos, indiqué a mis compañeros el plan. El pequeño ser y yo empezamos a trepar. Cuando ya estuvimos en lo alto, caí en la cuenta de que el caballo no podía trepar y no **tendría dónde esconderse. Le miré preocupado. Él** me miró a mí y de repente vi como una llama se encendía en sus ojos. Empezó a emitir un suave sonido. Parecía el ruido que hacen las hojas de los árboles cuando el viento juega con ellas. Las llamas de sus crines empezaron a arder de forma más violenta. El color rojo se acentuó, y probablemente, se podría ver a kilómetros de distancia. Cuando las llamas alcanzaron su plenitud, empezaron a volverse más oscuras. Pasaron a rojo oscuro, para finalmente volverse grises y negras. Una ola de alegría me invadió, de esta manera, podríamos pasar desapercibidos. Cuando hubo terminado su transformación, el caballo se agazapó detrás de unos matorrales. Así, en un silencio **sepulcral, esperamos** nuestro destino. Mientras tanto, aquel brillo se acercaba cada vez más. Cuando estaba a escasos metros de nosotros, más brillos del mismo color **aparecieron. Aquello era una** pésima señal. Llegué a contar hasta diez, pero mi visión se perdía entre los árboles. Podía ser que hubiese más. Tenía un nudo en el estómago, el estruendo que se empezó a escuchar por todo el bosque era ensordecedor. Me faltaba el aire. Cada vez estaba más cerca, pronto llegaría a nuestra posición.

Por todos lados se escuchaban pasos firmes. Eran muy pesados y sonoros. El resto del bosque estaba en silencio. Era un mutismo inquietante. De vez en cuando, el estruendo de algún árbol caído resonaba en el vacío. Después **de eso, todo se quedaba en calma. Aquel brillo era lo único que perturbaba los sentidos. Sentí cómo el pequeño ser me tocó el brazo. Le miré y cerró los ojos. Volví a mirar hacia delante y noté cómo me empezaron a llorar los ojos. Una energía invisible empezó a fluir entre su mano y mi** brazo y me llegaba directamente a los ojos. Cuando dejaron de llorar, vi una sorprendente visión. Todo lo que me rodeaba se había vuelto de un color más claro. El pequeño ser me estaba dando, en aquel momento, parte de su visión. Miré a lo lejos y me concentré en el brillo. Todo se fue volviendo más claro por momentos. Mantuve la vista fija en aquella zona. Instantes después, se empezó a materializar de donde procedía el esplendor.

Un pequeño ejército se encontraba ante nosotros. Eran ocho seres extraños. Nunca los había visto. Mediana estatura, pero muy corpulentos. Una armadura de color azul metalizado cubría un peludo torso. Su boca estaba compuesta por dos cuernos muy poderosos y tenían un ojo en la frente que se movía constantemente. Sus manos eran grandes y llenas de escamas, lo mismo que sus pies. Tragué saliva. Tenían una constitución muy fuerte como para enfrentarse a ellos. En el centro una mujer vestida de negro movía los brazos animadamente. Tenía una tez muy pálida, casi enfermiza y grandes rizos negros caían sobre sus hombros. No conseguí ver más porque el **pequeño ser** cortó la visión y recuperó su energía. Me escondí como pude en aquel árbol. Si nos descubrían estaríamos perdidos. El corazón me latía a una velocidad desorbitada. A pesar de intentar tener una actitud positiva, los malos presagios se apoderaban de mis sentidos. El miedo entumeció mis músculos. La sangre burbujeaba en mi garganta. Estaba tan agarrotado que ni siquiera sentí el leve viento que se levantó. En mi mente se había quedado paralizada la imagen desgarbada de la mujer.

Con cada paso que daban, la tierra se estremecía más. Después, silencio otra vez. Los árboles habían enmudecido. La brisa del viento empezó a ser más fuerte según avanzaban. Formaba un extraño remolino. Hojas grisáceas giraban en torno a ellos. La carcajada de la mujer se escuchaba por todas partes. Cada vez que esto sucedía un humo negro les acompañaba durante unos minutos. El olor a quemado era nauseabundo. Avanzaban sin prisa, pero con paso firme. Cuando ya estuvieron en mi campo de visión pude ver a la mujer. Sus ojos amarillos eran espeluznantes. Estaban llenos de rabia y odio. Su gran boca azulada en cambio denotaba satisfacción. El ritual del humo parecía que relajaba su tensión. Estaba quemando las hojas de los árboles, simplemente por diversión. Alguien cuyo desahogo era quemar algo vivo, no podía tener ningún tipo de sentimientos. Cada vez que lo conseguía, los ojos se volvían de un color negro profundo. La satisfacción reinaba en ellos. A pesar de todo, había algo en su aspecto que me resultaba familiar. La observé detenidamente. Intenté atravesar las paredes de mi mente y llegar a los archivos más profundos de mi cerebro. Muy debajo de aquella fachada de hechicería negra, encontré un parecido lejano. La imagen de la Dama Blanca apareció en mi mente. Aquella debía de ser su hermana. Skule, la hechicera negra más poderosa por aquellas tierras. Había escuchado que estaba bajo el mando de aquellos que yo no conocía, hombres y mujeres poderosos. La mayoría hechiceros, pero algunos mestizos con poderes excepcionales. A la cabeza estaba el más perverso de todos. Nadie le conocía. Nadie pronunciaba su nombre. Todo el mundo sabía de su existencia. Esta élite del mal había causado la destrucción de la vida del bosque y sus habitantes.

Skule era la encargada directa de mantener el bosque apagado de vida. El conjunto de sus facciones denotaba crueldad. Me fijé detenidamente en su cara. Tenía una profunda cicatriz en la mejilla. Inesperadamente cuando quemó la última hoja de la cicatriz le empezó a salir sangre. Ella se paró bruscamente y se llevó la mano a la herida. Recogió la sangre y la miró con atención. Sus ojos empezaron a girar de forma muy rápida. Seguidamente, olisqueó la sangre y una mueca apareció en su rostro. Levantó la vista y empezó a mirar con atención a su alrededor. Había algo que la inquietaba. La herida no sangraba a menos que un torrente de energía positiva la perturbase. Es decir, hacía demasiados años que no sangraba. Aquello la puso furiosa. Miró otra vez la mancha de sangre. Apretó la mano con fuerza. La sangre se congeló y cayó al suelo en forma de dos pequeñas piedras. Sus ojos se volvieron enteramente negros. La saliva se le comenzó a formar en la boca. Sintió que cerca de allí había sangre fresca que quería ser derramada. Un aura negra apareció a su alrededor. Sus súbditos se apartaron de su lado. Incluso ellos estaban asustados. Jamás habían visto a su señora en tal estado de excitación. Tenía ansias de matar al traidor que estaba ocupando su bosque. Así es como ella lo sentía. Era su bosque, y de

nadie más.

Las hojas estaban totalmente quietas. Los árboles no se atrevían a

moverse, ni a producir ningún sonido. Skule no parecía nada satisfecha. No

veía nada que la llamase la atención y eso la enfurecía aún más. Levantó los

brazos bruscamente y comenzó a mover los dedos ágilmente. Parecía como

si tocase un piano imaginario. Una neblina oscura comenzó a surgir de la

nada a su alrededor. Cuando la neblina terminó de cubrirla, llevó otra vez

su mano a la herida. Cogió nuevas gotas de sangre. Esta vez las llevó a su

boca y las saboreó. Echó la cabeza para atrás. Cuando la volvió a subir sus

ojos habían cambiado de color. Ahora eran negros como el azabache con la

pupila amarilla. Empezaron a moverse en círculos otra vez. Esta vez

repararon en mí. Sonrió. Sin dejar de mirarme, levantó los brazos y empezó

a hacer gestos de un lado a otro. Con ello, consiguió que se apartasen todas

las hojas de los árboles cercanos. El pequeño ser y yo quedamos a la vista

de todos. Los seres monstruosos se quedaron boquiabiertos. Enseguida

levantaron sus lanzas en señal de feroz alegría. Pensaban que íbamos a ser

un excelente manjar.

Skule nos miraba fijamente, ni siquiera parpadeaba. Se empezó a acercar poco a poco. Sin prisa. Cuando estaba a escasos metros, se paró y dio una violenta patada a la corteza de un árbol. Cuando miró las ramas, sus pupilas empezaron a brillar y comenzó a soltar aire gris por la boca. Las ramas del árbol fueron arrancadas bruscamente con aquel aire. Se formó una gran tempestad que fue a parar directa a nosotros. Fue un movimiento tan rápido que no tuvimos **tiempo de reaccionar.** Sin quererlo, éramos el epicentro de aquella bestia de aire. Sus paredes invisibles nos impedían movernos del lugar y escapar. Skule había sido muy hábil al conjurar aquello. Se quedó parada observando nuestra reacción. Al ver que estábamos atrapados, su carcajada resonó entre los árboles. El pequeño ser se estremeció con aquella risa. No revelaba nada bueno. Intentando disimular lo máximo posible, miré al suelo. El caballo de fuego seguía escondido detrás del matorral. Por suerte, no le había descubierto. Miré otra vez a la mujer. Seguía teniendo la sonrisa dibujada en su cara. Chasqueó los dientes, y se elevó por los aires. No alcanzó mucha altura, **pero sí la** suficiente como para mirarme a los ojos directamente. Se acercó caminando sobre el aire.

—Así que tú eres el temeroso Erwan —me dijo con una profunda voz— con tu fiel escudero Balder —y se rio nuevamente—. No sois más que apestosos niños.

Sus monstruos la siguieron y se colocaron en un círculo debajo de ella. Comenzaron a golpear el suelo con el pie de forma muy violenta. Sus lanzas y sus hachas miraban al cielo y se movían a un ritmo frenético. Estaban excitados ante la visión. Cuanto más ruido producían con los pies, más animados estaban. No sabía qué hacer. Por un lado tenía a una asesina, por otro lado un ejército de monstruos. Notaba el miedo del pequeño ser a mi lado. Aquello tampoco ayudaba. Tenía el cerebro totalmente entumecido por el terror. Miré hacia abajo. Los monstruos eran espeluznantes. Las armaduras de color metalizado brillaban más que nunca. Era de noche y la luna impactaba de lleno en ellas. La hechicera pensaba **detenidamente cuál iba a ser su próximo paso. Parecía estar saboreando con gusto aquel momento de confusión.** A mi lado, el pequeño ser intentaba respirar profundamente para paliar su miedo. En cambio, yo no sabía disimular mis emociones, un sudor frío resbalaba por mi piel. Había momentos en los que mi respiración se entrecortaba, y entonces era capaz de oír los latidos de mi corazón. Para matar el aburrimiento mientras pensaba qué hacer con nosotros, Skule empezó a derribar árboles. Con pequeños movimientos de sus dedos, conseguía que se partiesen en dos. Despúes de crear un círculo de árboles destrozados en torno a nosotros sonrió.

—Ahora ya no tenéis forma de huir, estáis solos y **abandonados** —en su voz se podía distinguir la excitación de un depredador que va de caza—, tantos años esperando al salvador para liquidarte tan pronto. —Se acercó a mí con gesto irónico. Había dejado de hacer magia negra, **sus ojos volvían a ser de un inquietante amarillo.** Cuando estaba tan cerca de mí que podía sentir su aliento en mi nuca, el último árbol cayó. El caballo relinchó fuertemente. El árbol le había rozado y de un salto salió de su escondite. A pesar de la sorpresa, Skule reaccionó rápidamente e hizo crecer una enredadera de espinas de la nada. Rodeó al caballo con habilidad a pesar de la resistencia que opuso este. Nuestro sueño de escapar se había esfumado en cuanto la primera espina rozó al caballo. Nos habíamos quedado sin el factor sorpresa. Me encontraba a la intemperie, intentando surcar una tormenta demasiado grande. La maga miró al cielo y susurró unas palabras. Las nubes negras se empezaron a agolpar encima de nuestras cabezas. Se avecinaba una gran tormenta. El primer rayo no tardó en llegar. Impactó en una de las raíces de nuestro árbol. Empezó a oler a quemado. Mientras tanto, los truenos se escucharon por todas partes, retumbando en los oídos. Los relámpagos hicieron del cielo una danza de luces y sombras. Los rayos comenzaron a nacer por todo el cielo. Se expandían con mucha facilidad y pronto llegaron a la tierra. Los impactos eran fuertes. Algunos incluso hacían que la tierra temblase. Aquello parecía llenar de gozo a Skule. Otro rayo alcanzó una nueva raíz del árbol. Esta vez se estremeció entero. A pesar de ser un árbol oscuro, parecía que no estaba de acuerdo con aquel tipo de abuso. Se volvió a estremecer. Skule miró con el entrecejo fruncido. Aquel árbol, aunque mínimamente, se estaba revelando. Si ella decidía fulminar algo, la enfurecía que alguien intentase lo contrario. Movió los brazos en círculos para acentuar la tormenta. El estruendo que producía era más monstruoso que antes.

El caballo relinchaba sin parar, quería librarse de sus ataduras. Debido a las espinas, cuanto más se movía, más daño se hacía. Estaba desesperado. Al mirarle, sentí una punzada de dolor en el pecho, sus alas tenían serios desgarros. Un fuerte ruido me devolvió a la realidad. Los rayos impactaban por todos lados. Primero iban por decenas, pero ahora no dejaban un lugar sin devastar. Toda la superficie olía a quemado. Estaba masacrando los pocos árboles que habían quedado a nuestro alrededor. Nuevamente satisfecha, centró toda su atención en nosotros. Se acercó aún más y contempló atentamente al pequeño ser.

—¿Qué especie de animal eres tú? —preguntó y al ver que no contestaba se enfureció otra vez, lo consideraba una ofensa.

—No sabe hablar —intervine rápidamente.

—Encima de ser unos niñatos, ¿estáis mudos? —y se empezó a reír con malicia—, esto va a ser más aburrido de lo que pensaba. No me podéis suplicar clemencia. —Invocó una cuerda y la ató en la cintura del pequeño ser. Lo elevó por los aires en dirección a la tormenta. Me quedé paralizado de miedo. El pequeño ser intentaba librarse de aquello, pero no podía. En sus ojos residía su fuerza, pero no conseguía que cambiasen de color para hacer magia. La influencia de Skule era demasiado fuerte y su magia demasiado negra. Había perturbado su equilibrio. Verle tan indefenso me llenó de ira. Mis manos empezaron a brillar. Esta vez no eran ni verdes ni amarillas, era un color rojo oscuro. Según más veía en peligro a mi compañero, más me brillaban. Intenté salir de aquella trampa en la que estaba metido. Era imposible, todavía no tenía tanta fuerza. No podía enfrentarme a Skule de manera directa. Uno de sus súbditos se dio cuenta de mis movimientos. Empezó a gruñir hasta que llamó la atención de su ama. Ella miró divertida, y reforzó la magia que me tenía cautivo. Mientras, con la otra mano soltó un trozo de cuerda y el pequeño ser quedó expuesto a los rayos. Un nuevo impacto en una rama cercana hizo al árbol temblar.

De repente, una idea brilló en mi mente. Estiré bien los dedos, y coloqué mis manos encima del tronco. No sería suficiente, pero por lo menos ganaría tiempo.

La magia empezó a fluir de mis manos. Tenía una ligera idea de lo que quería hacer, pero no sabía cuáles serían las consecuencias. Intenté proyectar toda mi fuerza hacia el árbol. Era complicado, nunca había intentado algo tan grande con un ser estático. Skule no me prestaba atención, estaba entretenida haciendo sufrir al pequeño ser. El árbol empezó a moverse lentamente de un lado hacia el otro. Parecía como si despertase de un largo letargo. Empezó a cambiar de color progresivamente. Se iba aclarando. Evolucionó de negro a gris, y de ahí, a tonos rojizos oscuros. Cuando finalmente adquirió la misma tonalidad que mis manos, Skule se percató. Sus súbditos empezaron a atacar al árbol. Con sus hachas causaban fuertes dolores al árbol en las raíces. La savia comenzó a salir de su interior en forma de lágrimas. La negra hechicera sacó un amuleto y lo proyectó hacia mí. Era una piedra de color azul oscuro que desató un brillo infernal a su alrededor. Un rayo de luz salió de ella, atravesó la barrera mágica de la **hechicera e impactó en mi cuerpo. Hielo es lo que sentí. Una capa de hielo invisible envolvía todo** mi cuerpo y me impedía respirar. Intenté no perder la concentración. El color del árbol seguía aumentando, la vida estaba volviendo a él. Si conseguía aguantar un poco más con mi magia, la voluntad propia del árbol también aparecería. El hielo me estaba entumeciendo los músculos. Poco a poco, los dedos de la mano me dejaban de funcionar. La palma de la mano también se congeló, y mi magia se interrumpió. Miré a Skule con desprecio, estaba disfrutando mucho con aquel momento. A los dos nos tenía a su merced. No podía moverme, luchar contra ella era imposible.

De aquel amuleto surgió una cuerda de fuego. Me apresó sin ninguna dificultad. El contraste entre hielo y fuego fue despiadado. El dolor que sentía era tan profundo que no podía parar de gritar. Sentía que iba a estallar en mil pedazos. Dos titanes habían chocado en mi cuerpo y estaban luchando por ganar. Cada colisión entre fuego y hielo hizo que mi cuerpo sufriese un calambre. Siempre terminaba con un fuerte espasmo. Skule me elevó. Me dejó a la misma altura que al pequeño ser. Ahora, los dos éramos marionetas de la tormenta. De reojo, me pareció que el árbol empezaba a brillar y movía sus ramas con más rapidez. Skule debió de darse cuenta también porque miró de inmediato. Sin darle tiempo a reaccionar, una de las ramas alcanzó mi cuerda. La rompió en dos y me precipité al vacío. Fui perdiendo el conocimiento por momentos. A veces luz, otras sombras. Me golpeé la cabeza cuando toqué el suelo. Perdí el conocimiento. Justo cuando estaba cayendo en un sueño provocado, me pareció ver una sombra grande entre los árboles. Después oscuridad.

En la oscuridad empecé a ver espectros. No quería estar allí. Estaba volviendo al árbol donde me había encontrado con aquel ser despreciable y su carruaje lleno de almas perdidas. Intenté luchar contra eso con todas mis fuerzas. Me partiría el alma ver a mi pequeña princesa otra vez entre los barrotes. Creé una fortaleza mental para escapar de allí. Sentía mi cuerpo húmedo, y quería volver hacia él. Mi esencia se había separado de él en contra de mi voluntad. Por un momento, tuve miedo de despertar al parásito. Siempre que mi esencia y mi cuerpo se habían separado de una manera brusca, las consecuencias habían sido desastrosas. Procuré que el pánico no se apoderase de mí. A pesar de mi intento por mantener la calma, escalofríos recorrían mi cuerpo constantemente. Aquella bilocación hacía mermar mis fuerzas de manera más rápida. Intenté concentrarme aún más, pero cuanto más me acercaba a aquel lugar, más recuerdos de mi visita anterior venían a mi mente, y me resultaba muy complicado. Un calor repentino recorrió mi cuerpo. Me empezaron a arder los pies y se extendió por todo mi cuerpo. Oscuridad. Abrí los ojos y noté cómo mis pulmones se quedaron sin aire. Debilidad. Oscuridad. Me costó abrir los ojos y acostumbrarme a aquella luz repentina. Parecía que había conseguido volver a la realidad. La luz me cegó. Era azul celeste y la fuente no se encontraba lejos de mí. Me puse la mano en la frente para protegerme los ojos. El pequeño ser estaba a mi lado. También había caído desde las alturas y todavía se encontraba inconsciente. El grito de Skule me devolvió a la realidad. Era un grito desgarrador, lleno de odio y rabia. La luz era demasiado cegadora para poder analizar la situación. Me di la vuelta y allí vi cómo los monstruosos súbditos de la hechicera negra se acercaban a pasos apresurados. Me levanté de un salto. Grité al pequeño ser. Debía despertarse, teníamos que enfrentarnos a ellos. Yo solo no podría con todos ellos.

En el lado de la luz, los ruidos y gritos eran muy extraños. Skule estaba luchando contra alguien. Volví a mirar al pequeño ser, se estaba despertando poco a poco. Un sudor frío empezó a resbalar por mi espalda. Los primeros ataques los tendría que afrontar yo solo. Eran demasiados. Necesitaba un plan. Otra vez, percibí varias sombras detrás de los árboles lejanos. No sabía si era mi imaginación, estaba confundido. No había tiempo para pensar más, volví a mirar las armaduras azules. El primer soldado dio un salto inesperado e impactó contra mí. Me tiró al suelo. Mi columna vertebral crujió por el impacto. Me había pillado desprevenido.

Me costaba respirar.

Mientras me recuperaba del golpe, escuché cómo el viento empezaba a silbar. Eran sonidos cortantes, como los de un arma. Me levanté rápidamente. Las sombras se movieron con rapidez. No tenía muy claro quiénes eran, pero me inyectaron esperanza. Me acerqué al que quería ser mi verdugo. Esta vez le pillé desprevenido yo a él. Le impacté un puñetazo por detrás de las rodillas. Cayó e intentó clavarme una de sus pezuñas. Logré esquivarla en el último momento. Giré hacia la derecha. Le di un certero golpe en el cuello. Se quedó inmóvil. Intentó atacarme nuevamente utilizando sus escamas. Le engañe y golpeó al aire. Le agarré el brazo y se lo clavé por encima del estómago. Se retorció de dolor y cayó. Era el primer caído en batalla. Se había quedado sin respiración. Era muy probable que su propia membrana le hubiese perforado un pulmón. El primer ser al que quitaba la vida. Me di asco a mí mismo, pero no tuve opción. Aquella imagen no se borraría de mi mente. Le dejé atrás. Me acerqué a los árboles para ver de cerca las sombras. El pequeño ser no se apartaba de mi lado. El olor a sangre inundó aquel claro de bosque. Las sombras se movían con rapidez. Unas luces desconocidas impactaron en algunas armaduras. Ahí lo vi claramente, los druidas habían acudido en nuestra ayuda. No pude contemplar la escena durante mucho más tiempo.

Un monstruo se acercó a mí por la derecha. Otro apareció a mi izquierda.

No tenía mucho margen de movimiento. Debía actuar con convicción. No

tenía armas. Mi instinto y mi cuerpo eran mi única defensa. Por suerte, era

ágil. El engendro de la derecha estaba apenas a un metro. Flexioné las

rodillas para prepararme.

Me di la vuelta para comprobar dónde se encontraba el pequeño ser. Fue

un microsegundo, pero la bestia aprovechó para acercarse y darme un

zarpazo en la cara. Noté cómo la sangre caliente empezó a resbalar por mi

mejilla. Aquello me enfureció más. No iba a dejar que aquellos tiranos

acabasen con nuestras vidas. Intenté correr esquivando a mis oponentes. Lo

pensé mejor. Mis manos desnudas no iban a ayudarme en la lucha,

necesitaba alguna ayuda. A pesar de que mis movimientos eran rápidos,

varios zarpazos hicieron trizas algunos de mis músculos. Me dolía.

Procuraba aislar el pensamiento en el fondo de mi mente. Al final, conseguí

llegar a uno de los druidas. Enseguida, comprendió mis intenciones. Me tiró

un largo bastón de madera. En comparación con las poderosas hachas,

parecía un juguete. Lo miré preocupado por mi vida. No tenía otra opción,

otros dos monstruos se acercaban corriendo hacia mí. No entendía de dónde

166

salían tantos. La primera vez que los vi, eran muchos menos. A pesar de que era un dato importante, no podía pensar en ello en aquel momento. Intenté mantener la calma y concentrarme. Mis músculos ensangrentados y doloridos me pedían a gritos un alivio. Debía realizar un esfuerzo mayor para controlar mis impulsos. Flexioné las rodillas y extendí los brazos. Me había dado cuenta de que era la mejor posición de espera. Me quedé quieto a esperar aquellos segundos antes del combate que se hicieron eternos. Respiré hondo. Llamé a la paciencia y al autocontrol. El primer engendro se apresuró dando desmesurados saltos. Tenía una agilidad asombrosa. Intenté impactar mi arma en su estómago pero fallé y me golpeó la cabeza. Me quedé aturdido. Me esforcé en reaccionar lo más rápido posible; el segundo soldado, ya estaba allí. Blandió su hacha y golpeó el suelo. Aparté mi pie en un acto reflejo y salvé mis dedos de la masacre. El primer soldado volvió al ataque. Me giré hacia la derecha, después a la izquierda. A pesar de su fuerza, yo le ganaba en velocidad. A lo lejos, me pareció distinguir al pequeño ser corriendo hacia mí. No pude prestarle más atención. Ejecuté un nuevo salto al aire, antes de que le diese tiempo a preparar su ataque, le di un golpe certero en las rodillas. Soltó un grito que resonó en todo el bosque. Su armadura brilló y empezó a caer con torpeza. Le golpeé en el estómago. No conseguí mucho, la armadura azul estaba muy bien reforzada. El segundo guerrero se acercó, hice movimientos de confusión. Intentaba cambiar mi trayectoria. Me agaché lo máximo que pude. Su hacha se clavó en un árbol, aproveché el momento. Le propiné un golpe en los tobillos. Se retorció de dolor. El primero vino cojeando, pero muy enfadado. Corrí hacia él. Imprimí fuerza a mis piernas y salté. Mi bastón se clavó en su cabeza. Cerré los ojos, demasiada crudeza. Escuché un reventón. Caí de espaldas. Sabía que detrás de mí dejaba a alguien sin vida. Una vez más, quitaba la vida a alguien. Noté una sacudida en mis brazos. Era un reflejo de la repulsión hacia mí mismo. Procuré reprimir mis instintos débiles. Luego tendría tiempo de la autocompasión. Miré hacia Skule, seguía habiendo destellos azules, blancos y negros en la zona donde se encontraba ella. La fuerza magnética que se estaba creando a su alrededor era espeluznante. Se estaba transformando en una burbuja que en poco tiempo los aislaría del resto. Las luces cesaron un momento. Asks, el gran felino de guerra, estaba al lado del maestro druida. Los miré perplejo, no me esperaba su presencia. Los dos miraban desafiantes a Skule. La miré a ella, tenía la piel intacta, tan solo unos pequeños desgarros en su ropa. Con una mano cogió el amuleto que tenía en el cuello y con la otra empezó a lanzar un potente humo negro. Pronto, toda la superficie se sumió en la más absoluta oscuridad.

Era imposible mirar hacia algún lado, y el valiente que lo intentaba conseguía por respuesta un abismal escozor en los ojos. Sonidos huecos y golpes al aire se escuchaban perdidos por el horizonte. Aquella pérdida de visión había enfurecido a los monstruos. Destellos muy leves salían de sus armaduras, casi imperceptibles. Debía intentar concentrarme en mis otros sentidos. Sentí la mano del pequeño ser apoyada en mi gemelo. Me daba la seguridad de que yo había perdido con cada golpe recibido. Cerré los ojos y expandí mis oídos. Demasiados sonidos lejanos y ninguno cercano. Debía separarlos y meterlos en cajones diferentes de mi mente. Intenté escuchar los detalles. Tenía un soldado enfrente. No podía calcular exactamente a qué distancia estaba. Di un paso hacia él, pero no sentía su presencia. Intenté ser cuidadoso y dar unos pasos más. Cuando percibí el frío que desprendía su cuerpo, mi bastón habló por sí solo. En círculos golpeó sus rodillas haciéndole caer. Gritó de dolor y alertó a los demás. Vinieron corriendo tropezándose con todo lo que había a su paso.

En el otro lado del claro, una llama azul empezaba a renacer. Era débil y parpadeante. El hechizo que había ejecutado Skule era demasiado fuerte para poder contrarrestarlo. Mientras intentaba concentrarme, recibí un certero golpe en la cabeza. Un dolor agudo estalló en todo mi cuerpo. Con dos grandes zancadas me alejé de allí. Eran demasiados para poder salir victorioso. Debía idear algún otro plan. Aislé mi dolor como pude y volví a concentrarme en el oído y en el olor. El repicar de las hachas empezó a ser rítmico. Estaban destrozando algo, aunque no sabía el qué. Miré a lo lejos, las llamas azules de Asks seguían sin producir luz suficiente. Algo estaba sucediendo y huía de mi conciencia. Me estaba poniendo nervioso. Unas cuantas astillas llegaron a mis manos. Ahora lo comprendía, aquellos abominables seres estaban intentando talar el árbol. Como reacción a ello, una luz potente roja se encendió. El árbol entero se iluminó y comenzó a brillar. Sentir las hachas contra su tronco debió enfurecerle. Seguramente, aquel había sido el detonante para devolverle a la vida. A la reacción. A su propia defensa. Sus raíces empezaron a moverse en todas las direcciones posibles. Iluminó toda la superficie con su color. El tronco parecía como si estuviese hirviendo. Salía vapor de agua por cada una de sus hendiduras. Las astillas que se habían desprendido por los cortes empezaron a flotar por el aire. Las raíces renacían de sus magulladuras, para ser más fuertes que antes. La corteza emprendió el cambio. Una figura se dibujaba y desdibujaba en cuestión de segundos. Tomaba formas humanas. Sus ramas se convirtieron en millones de largos dedos acabados en uñas afiladas. Cuando todas y cada una de las ramas adoptaron su forma, apareció la imagen de una mujer. Unos grandes ojos castaños se movieron observando todo. El resto de su cara era rojiza como el árbol. Sus uñas empezaron a moverse y las formas de unos pequeños diablillos empezaron a nacer de las astillas rotas. Se colocaron junto a ella y comenzaron a observar todo lo que les rodeaba. La batalla se había quedado paralizada. Incluso Skule y los druidas miraban boquiabiertos lo que estaba sucediendo delante de sus ojos. Las facciones perfectamente angulosas de la fémina y la dureza de sus ojos, hacían de ella un ser asombroso. Con una de las ramas, ahora convertida en brazo, se tapó la cara y empezó a soplar a través de sus dedos.

Un polvo rojizo inundó toda la superficie. Se posó sobre nuestros hombros e hizo que todos nos estremeciésemos. Aquel polvo afectó incluso a Skule y Asks, así como al maestro druida. La dama del árbol sonrió satisfecha, y siguió lanzando su hechizo mágico. Intenté esquivarlo, pero mis movimientos se habían ralentizado. Cada uno de mis músculos pesaba el doble. Miré al pequeño ser en busca de ayuda, pero también tenía problemas con su desplazamiento Me centré en el fondo de la explanada. Mucho más allá de los soldados. La lucha se había paralizado y los oponentes se miraban desconcertados. Aquella pausa suponía para ellos un giro inesperado de la situación. Skule había perdido la ventaja que tenía porque sus contrarios se estaban recuperando de sus ataques. Cuando volví a mirar a la mujer del árbol, los diablillos ya no se encontraban con ella.

Giré la cabeza con mucho esfuerzo. Era complicado verlos, porque el aire

todavía estaba cubierto por la neblina negra de Skule. Entorné los ojos para

fijar más la atención en los pequeños detalles. Allí los vi, jugando entre los

soldados. Dando saltos y estudiándolos minuciosamente. Ellos se divertían,

pero los monstruos se enfurecían por momentos. Concentrado en aquella

imagen, me sobresalté cuando el pequeño ser puso su mano sobre mi

pierna. Había superado aquel estado de ralentí. Cogió mi mano y me

impregnó de su energía. De mis manos se originó un brillo intenso y pronto

me sentí más ligero. Un pequeño destello de energía apareció a mi

izquierda. Los poderes de Skule estaban volviendo, debía aprovechar aquel

instante que tenía de ventaja. Cogí el bastón y empecé a atacar a los

soldados. Se escucharon gritos de asombro primero, que **pasaron a gritos de**

dolor. Un fuerte golpe en las rodillas, otro en el cuello. Un chillido agudo

significaba el reventón de una vena. La sangre salpicaba toda la explanada.

Había perdido la cuenta de cuántos había matado. Los súbditos de Skule se

enfurecieron hasta límites insospechados. Debía actuar rápido, porque en

cuando recuperasen sus movimientos, irían a por mí con más ahínco que

antes.

Ahora me hallaba en una situación complicada. Los druidas todavía seguían atados al conjuro. Los monstruos habían sido liberados y buscaban venganza. Corrí lo más rápido que pude hacia los druidas. Estaban indefensos, empezaban a controlar sus movimientos, pero todavía eran demasiado lentos. Me puse delante de ellos, pero ante la furia de mis adversarios no tenía muchas opciones. Todavía eran muchos. Miré a mi alrededor y me concentré. El sonido del caballo de fuego me llegó a los oídos. Todavía seguía encerrado. Repentinamente tuve una idea brillante. Salté entre las raíces del árbol para llegar hasta él. Me podría servir de ayuda. No entendía cómo no se me había ocurrido antes. Veloz como un rayo le solté de sus ataduras. Tuve que esforzarme mucho para no quedar atrapado por una enredadera que surgía en mis pies. Cuando el caballo se liberó extendió sus alas y adoptó otra vez su color de piel original. Empezó a avanzar a mi lado. Las enredaderas no cesaban de dificultarnos el camino. Había crecido hasta unas dimensiones que mis ojos no alcanzaban a ver. Se expandió por todo el claro del bosque. Estaba entorpeciendo la existencia de todos los presentes. Observé que a los que más se movían les zambullía por completo entre sus hojas. Decidí paralizar mis músculos. Mis pies quedaron atrapados, pero el resto de mi cuerpo se vio libre. Miré a la mujer del árbol. Observaba satisfecha la situación. Busqué a los pequeños duendecillos. Habían abandonado sus travesuras con los monstruos. Ahora estaban entonando extraños cánticos y saltaban alrededor del origen de la enredadera. Eran ellos los que favorecían el crecimiento. Estaba confundido, no sabía cómo afrontar la situación. El caballo relinchó a mi lado. Batió sus alas y alzó el vuelo. Se perdió en el horizonte. Me quedé atónito. No esperaba que nos abandonase en esos momentos de necesidad. Una parte de mi esperanza se marchitó.

Cogí el bastón e intenté golpear aquella maleza que había enredado mis pies. Era fuerte, pero mis ganas de escapar de allí eran infinitas. Dos de los soldados habían sido tragados por completo. No quería correr la misma suerte. Intenté moverme con más rapidez que las enredaderas. Golpeé a las que estaban cerca del pequeño ser para que también se librase de su cárcel. Entre los dos intentamos llegar al origen. No era fácil, los diablillos nos estaban haciendo la vida imposible. Parecía como si nos considerasen sus enemigos. Por suerte, el pequeño ser me impregnó de su energía y conseguí que mis manos desprendiesen calor. La energía roja volvía a fluir otra vez por mis venas. De esta manera, conseguí controlar aquellas salvajes hojas. No les gustaba el ardor, así que ya no se enredaban en torno a mis piernas. Por fin, había logrado avanzar. Cuando llegué, empecé a golpear con el bastón fuertemente las raíces. Eran más duras de lo que pensaba, y, probablemente, no conseguiría acabar con ellas. Al menos, iba a intentar debilitarlas. Los diablillos se dispersaron, y la falta de canto afectó mucho a las enredaderas. Dejaron de crecer y perdieron fuerza. Aproveché aquel momento de confusión de todos los presentes para adentrarme en la explanada y ponerme del lado de los druidas. **Estaban bastante desmejorados y su energía había mermado. No estaba muy seguro de que fuesen capaz de aguantar muchos más embistes. Teníamos que encontrar** otra estrategia. La lucha cuerpo a cuerpo les desgastaba demasiado. Los monstruos estaban mejor preparados. Eran soldados de profesión. Los druidas tan solo eran soldados de corazón.

Justo cuando los soldados se disponían a atacar otra vez, unos destellos de luz aparecieron en el cielo. El caballo de fuego estaba volando por encima de nuestras cabezas. Me dio un vuelco al corazón. Respiré aliviado. Al fin y al cabo, no nos había abandonado. Mi alegría aumentó cuando me di cuenta de que no estaba solo, había dos caballos más con él. Eran de complexión mucho más pequeña y de un reluciente blanco. Sus largas crines plateadas ondeaban en el viento. **Sus ojos de un azul intenso** desprendían tanto frío como el hielo más puro. Sus alas tenían la misma forma que un halcón. En la frente tenían un prisma que estaba rebosante de energía. Desprendía chispas de electricidad con cada aleteo. Se posaron sobre la tierra con un porte majestuoso y bajaron la cabeza en señal de respeto hacia los druidas. Sin ningún tipo de miramiento empezaron a atacar a diestro y siniestro a los soldados. El caballo de fuego dibujaba en el aire figuras llenas de calor y fuego que luego impulsaba hacia sus enemigos. Mientras tanto, los caballos blancos dejaban salir la electricidad de sus prismas y los soldados recibían importantes descargas que dejaban todo su cuerpo temblando. Aquellos monstruos intentaban defenderse como podían, pero se encontraban ante seres muy superiores. Me quedé tranquilo, abandoné a los druidas y me desplacé hacia donde se encontraba la lucha de titanes.

La fuerza de Asks estaba menguando, y el maestro no era lo suficientemente fuerte para soportar los ataques de Skule. Con los rayos y truenos que estaba lanzando ella, había quemado los pocos árboles que habían quedado en pie. El poder de los druidas residía en la naturaleza. Skule lo sabía muy bien, por ello se empleaba a fondo en la destrucción del entorno. A su alrededor, tan solo había terror y desolación. Una vez más, quedaba claro que no respetaba la vida en ninguna de sus manifestaciones. Con pasos alargados me situé al lado de Asks y proyecté mis manos hacia ella. Cada una de ellas adquirió su color habitual, una dorada y otra verde.

El pequeño ser estaba a mi lado, sus ojos empezaron a cambiar de color, también se estaba preparando para atacar con su magia. De su mirada emanaba tanta fuerza que incluso daba miedo. Potentes encantamientos salieron por su boca, y mis manos empezaron a brillar más. A pesar de que no éramos suficientemente fuertes, íbamos a conseguir tiempo con todo aquello. No la victoria. Sí tiempo. Recé a los dioses. Estábamos luchando por devolver la vida a su bosque. Al espacio que ellos habían creado hacía tantísimo tiempo. No nos podían dejar desamparados. No podían ser tan egoístas, como para crear algo y después dejarlo a su merced. Pensé en ellos. Las fuerzas de la naturaleza tenían que ayudarnos. Aquello era mi esperanza, y en aquel momento no tenía más.

La fuerza de Skule era cada vez más poderosa. Sus rayos nos estaban aplastando. Los controlaba con una agilidad pasmosa. A pesar de que éramos más, no podríamos sobrellevar aquello mucho tiempo más. Las embestidas eran demasiado fuertes. La electricidad se acumulaba en forma de cordones finos en torno a sus dedos. Jugaba con las palmas de sus manos y salía disparada hacia nosotros. El último rayo nos había pillado por sorpresa. Mientras nos recuperábamos, Skule movió los dedos con más rapidez a la vez que entonaba un cántico con voz grave. El ambiente se empezó a llenar de partículas negras otra vez. Una vez más, quería dejarnos a oscuras. Probablemente, deseaba darnos el último golpe de gracia. Acabar con nosotros para siempre. El miedo se apoderó de nosotros. Esta nueva estratagema nos sirvió para que reaccionásemos. Los ojos del pequeño ser brillaron más oscuros que nunca. El fuego de Asks se volvió de un color puramente celeste. El maestro druida comenzó a mover su largo bastón en círculos. Por mi parte, situé las palmas de mis manos mirando al cielo. Estaban encendidas y brillaban con vibrantes colores. Un pequeño arcoíris se formó a nuestro alrededor. Nuestros poderes se unificaron en uno. La mayor parte de la magia se depositó en Asks. Magnificamos su energía, formando una potente y gruesa nebulosa celeste. Miré al frente, ella era más fuerte. En comparación, nuestra fuerza era nula. Nos estaba ganando terreno. No aguantaríamos mucho más. Aquella nebulosa tan solo nos protegía, no servía para ganar el duelo. Miré a los caballos, seguían ocupados, no podían ayudarnos.

Escuché un golpe seco. Miré alarmado. El maestro druida se había desmayado. Nuestra nebulosa se hizo más pequeña. La magia de Skule seguía avanzando. La nuestra retrocedía. Era extraño que el maestro no aguantase mantener la magia, pero no tenía tiempo de lamentaciones. Necesitaba soluciones. Nuestra cúpula de protección se empequeñecía por momentos. No entendía cómo era posible que Skule tuviese más poder que al empezar. Todos estábamos cansados y doloridos, nuestras energías se habían mermado al mínimo. Ella era todo lo contrario, se había crecido con nuestro sufrimiento. Una de sus manos agarraba fuertemente el amuleto que tenía en el cuello, la otra mano, apuntaba hacia nosotros. Supuse que aquel extraño colgante era lo que le daba fuerza. Tenía que averiguar qué era y qué contenía. Con brusquedad dejó su otra mano libre y empezó a mirar al cielo. Pronunció palabras en un lenguaje desconocido para mí. No hubo cánticos, tan solo palabras. Vi cómo Asks se estremecía a mi lado, debía de haber entendido sus gritos. Un segundo después, los truenos empezaron a escucharse por todo el bosque. Rayos de energía impactaron con fuerza, desafiaban nuestra magia. Estábamos siendo atacados por dos frentes, aquello era demasiado para nosotros. Sentí cómo varios mareos hacían que perdiese la concentración. Intenté aguantar. Los ojos de la hechicera negra se activaron con movimientos muy rápidos. Eran negros, del color del ónix más puro. Miró otra vez al cielo, y los impactos de la tormenta se intensificaron. Sin mucho esfuerzo, rompió finalmente nuestras barreras. Nos quedamos al descubierto. Intenté activar mis manos otra vez, pero era demasiado tarde. Ella había sido más rápida, había conjurado unas cuerdas para que nos atasen. Formaron un círculo a nuestro alrededor.

Intenté soltarme, era imposible, cada vez que las tocaba una descarga eléctrica recorría mi cuerpo. Era un voltaje tan alto que después del temblor inicial, mi cuerpo se quedó lleno de marcas. Se acercó hacia nosotros a paso lento. Estaba disfrutando de cada instante. Aquella victoria sobre nosotros la llenaba de satisfacción y orgullo. A pesar de la magia que estaba utilizando para mantenernos presos, los ojos cambiaron a su color normal. El amarillo que desprendía era fulminante. Sus movimientos lentos pero precisos recordaban al reptar de una serpiente. Comenzó a humedecerse los labios y a enseñar los dientes. Nos miraba fijamente, para ella éramos unas presas a punto de ser devoradas. Mis fuerzas se evaporaban poco a poco. Miré a mis compañeros, les pasaba lo mismo. Procuré liberar mi mente de la presión. Notaba cómo todo el poder oscuro de la hechicera se concentraba allí y después se expandía al resto de mi cuerpo. Traté de cerrar mi mente. Pensar en blanco.

—El gran Erwan muerto debido a una tormenta, un accidente que conmociona a todo —gritó Skule, desafiándome—. Los amigos que te buscaste no son lo suficientemente fuertes ni astutos para mí, sois tan solo unas sucias ratas. —Estaba tan cerca que me acarició con una de sus uñas. Me la clavó en la mejilla, estaba tan afilada que parecía de acero. Me hizo una raja que atravesó la mitad de mi cara, hasta llegar a la comisura de mis labios. Noté cómo gotas de sangre se deslizaban por mi boca, era un sabor salado y cálido. Me estremecí entero al pensar que, efectivamente, mi vida podría acabar de una manera tan triste. La hechicera nos dio la espalda y empezó a conjurar más rayos. Esta vez iban dirigidos hacia los caballos blancos y los druidas. Parecía que quería acabar con todo aquel ser vivo que nos hubiese ayudado. Cuanto más gritaba sus conjuros, más se elevaba en el aire. Sus brazos estaban extendidos en señal de bienvenida. Cada rayo que impactaba contra el suelo era una bendición para ella y una maldición para nosotros.

Bajó la mirada un momento y apretó aún más las cuerdas que nos ataban. Estaban tan ásperas que gritamos de dolor. Pequeños hilos de sangre empezaron a empapar nuestra ropa. La impotencia estaba aniquilando nuestro estado de ánimo y nuestras esperanzas. Un movimiento rápido se produjo a mi derecha. Giré la cabeza tanto como pude. No llegué a ver la situación entera. Una de las raíces del árbol se estaba moviendo por el suelo hacia nosotros. Fui el único que me percaté de aquellos movimientos. Los rayos estaban impactando contra el árbol y sus raíces empezaron a actuar al respecto. Cuando estuvo a poca distancia de nosotros, se levantó con un movimiento muy poderoso. Golpeó con fuerza la cuerda que nos ataba. No consiguió liberarnos. Dio otro golpe certero. Estaba debilitando la magia. Los pequeños duendecillos también corrieron en nuestra ayuda. Un grito de consternación me hizo mirar arriba. Dos enormes raíces se habían elevado hasta la altura de la copa de los árboles y habían golpeado a Skule sin que ella se diese cuenta. Por un momento, perdió la concentración y el equilibrio. Cayó de espaldas. Una tercera raíz se elevó y la volvió a golpear. Intenté levantar las manos para poder lanzar algún hechizo. Era imposible, aquella cuerda, además de mantenernos prisioneros, había absorbido toda nuestra energía. Miré a mi alrededor. Intentaba buscar la manera de ayudar al árbol. Al final, se había posicionado a nuestro favor y no podíamos dejarle solo. Era una oportunidad de oro. Un brillo de colmillos apareció entre la penumbra de los árboles lejanos. Miré con atención. Era algo oscuro, no podía distinguirlo muy bien. Todavía había neblina acumulada en el ambiente. Era el camuflaje perfecto para aquel ser. Sus colmillos afilados era lo único que destacaba. Me entró miedo. Había una alta posibilidad de que fuese un secuaz de Skule. Si recibía refuerzos no podríamos vencerla jamás. Horror.

Las raíces seguían creciendo y moviéndose, intentando golpear a su enemiga. Ella, por su parte, no se quedaba quieta y lanzaba **rayos contra el** árbol. En una de las ocasiones, dio de lleno en una de sus raíces. Esta, en vez de morir, se duplicó en dos. Se separó justo en donde había impactado aquel rayo. El árbol se había enfurecido. Aquel estado de ánimo propició que su magia se hiciese más fuerte. La ramificación había sido increíblemente simétrica. El disgusto de la hechicera aumentó y decidió dejar de utilizar aquella magia. Se concentró y comenzó a utilizar su propia energía. Lanzaba conjuros que hacía que saliesen manchas negras en el árbol. La dama del árbol se enfureció aún más y produjo un pequeño terremoto. Todo tembló y se produjeron profundos surcos en la tierra. Mientras tanto, los colmillos no se movieron del sitio. Justo por encima de ellos se veían unos ojos que estaban estudiando todos y cada uno de los movimientos. Era muy confuso saber cómo iba a evolucionar aquella situación.

Skule se había repuesto y se encontraba contrariada por las reacciones de la mujer del árbol. No se lo esperaba, y no sabía muy bien cómo actuar. Sabía que solo era cuestión de tiempo, puesto que era mucho más **fuerte**; aun así sus ansias de venganza aumentaban. En cuanto encontrase una oportunidad, ganaría aquel duelo. Miré hacia el bosque. No había ni rastro de aquel ser. Ningún brillo que denotase su presencia. Sentí una nueva cuerda en mis pies. No contaba con aquello, inmediatamente me preparé para defenderme. Pegué un salto y la cuerda atrapó al pequeño ser. La hechicera tiró de ella y el pequeño ser salió volando por los aires. Fue a parar a sus pies. Con ello, consiguió que los ataques de las raíces cesasen. Nos encontrábamos en una situación complicada. No podíamos dejar que Balder fuese su rehén. Sopesé todas las posibles soluciones, pero ninguna me convencía. Un pequeño resplandor distrajo mi atención. Los colmillos volvieron a aparecer. En dos saltos, aquel ser se situó por detrás de Skule. Mi sorpresa fue máxima cuando descubrí de quién se trataba. Era la Bestia. Sus ojos brillaban y pedían represalias. Con un poderoso zarpazo arañó toda la espalda de Skule. La había pillado desprevenida. No se esperaba aquel ataque. Estaba totalmente desconcertada. Incluso me pareció ver un atisbo de miedo en su mirada. Soltó la cuerda del pequeño ser, el cual se quedó atónito. La hechicera se volteó y sin tiempo a nada más cayó de espaldas. La bestia se abalanzó sobre ella. Le clavó sus pezuñas en los hombros y enseñó su furia. Su cabeza se movió con fuerza hacia el cuello de Skule. La furia más profunda se había apoderado de ella. Quería arrancárselo de cuajo. Justo en aquel momento, la hechicera se convirtió en una estela de polvo negro y desapareció. La bestia perpleja se quedó mirando el suelo unos instantes. Revolvió el polvo con violencia. Allí no había nada. Después nos miró a nosotros, inclinó la cabeza a su hijo y con tres saltos desapareció en la oscuridad del bosque. Se fue tan rápido como había venido. Todo sucedió en pocos minutos. Parecía un espejismo. Tuve que respirar hondo para darme cuenta de que estaba vivo. Para cerciorarme de que lo que estaba viviendo era real. Miré al pequeño ser. Su expresión estaba serena. No expresaba miedo, tampoco tristeza. Simplemente observó una vez **más cómo el único ser que había conocido durante toda su vida se marchaba. En sus ojos vi la pregunta.** Probablemente la cuestión era si había elegido bien su camino. Si separarse de todo lo que conocía había sido la mejor decisión. Miró al suelo. Intuía que a pesar de todo no se arrepentiría. Había seguido a su corazón.

CAPÍTULO 06

Todo estaba en la más profunda quietud. Ni siquiera el viento se atrevía a mover alguna pequeña hoja. Todos los presentes nos habíamos quedado vigilantes. No confiábamos en aquella situación. Un sentimiento de culpabilidad revoloteaba en el ambiente. Había habido demasiadas bajas en aquella batalla. Uno de los caballos blancos se acercó al maestro druida. Este seguía inconsciente, la lucha con la hechicera había agotado todas sus fuerzas. Respiraba con mucha dificultad. Parecía estar en las últimas. No podíamos permitirlo. El caballo acercó su prisma al pecho del maestro. Empezó a cambiar de color, de transparente pasó a un aguamarina magnético. Desprendía pequeñas luces plateadas que se filtraban por los poros de su piel. Cuando hubo terminado se levantó y se alejó hacia los demás caballos. El pecho del maestro se empezó a mover con regularidad, y su respiración se volvió menos trabajosa. Sus ojos se abrieron y empezó a toser violentamente. Se estaba recuperando poco a poco. Desaparecida mi preocupación por él, observé a todos, algunos estaban gravemente heridos. El pequeño ser me cogió de la mano para que me acercase a ellos. Instaló mis manos encima de los cuerpos de los heridos. Empezaron a brillar débilmente. Las heridas menos profundas se curaron fácilmente. Lamentablemente, para algunos era demasiado tarde. Entre la batalla con los cuervos y este encuentro habían caído siete hombres. Aquello no podía volver a ocurrir. Demasiadas bajas en tan solo dos batallas. Intenté mirar para otro lado para reprimir las lágrimas. Habían dado la vida por mí y yo no podía curarles. Les había defraudado. Me concentré en la imagen que tenía enfrente. El pequeño ser estaba mirando fijamente a la dama del árbol. Los pequeños diablillos estaban a su lado también. Me acerqué a ellos a ver si podía sacar algo en claro.

—¿Quién eres? —pregunté a aquella mujer.

—Soy la ninfa de este árbol, y tú me has despertado —contestó.

—¿La magia roja de mis manos fue la que te despertó? —le pregunté pasmado a la vez que orgulloso.

—Sí, llevaba dormida tantos años que ya no reconocía a los seres que me rodeaban —sonrió—. Estoy en deuda contigo, pero no creo que me pueda quedar mucho más, estoy agotando mis energías. La oscuridad tiene un poder demasiado fuerte —empezó a tornarse en color rojo oscuro para pasar a violáceo. Su energía estaba muriendo por momentos.

—¿Los demás árboles son como tú? —le pregunté.

—Sí, Erwan, todos son como yo, pero las ninfas duermen profundamente y no podrán despertar a menos que vuelva la luz —parecía muy triste mientras decía estas palabras—. Balder y tú debéis tener cuidado, algunos árboles están tan infectados que al final sus ninfas murieron. Ahora están habitados por monstruos oscuros de alma negra —dijo mientras se esforzó en dar su respiro final. Seguidamente se convirtió en el árbol oscuro y quieto que había sido antes.

Me quedé pensativo. Multitud de imágenes se agolparon en mi cabeza. Desde el pueblo en llamas, hasta el árbol de las almas, para acabar en la batalla que acababa de vivir. Había una conexión entre todos los hechos. Tenía que haberla, pero no era capaz de descifrarla. No sabía exactamente hacia dónde me llevaba el camino. Todos los seres con los que me había topado hasta ahora me conocían. Habían adoptado sin ningún problema el hecho de que de alguna manera la luz podría volver a sus vidas. A mí, en cambio, lo que más me preocupaba era salvar a la náyade de mis sueños y a mi pequeña princesa. Había tanto mal en nuestro mundo que ni siquiera era capaz de imaginarme que yo solo pudiese con aquello. Tenía que ser un error. Una serie de catastróficas desdichas me había llevado a aquella situación. Miré mi entorno, era invariable. Tan solo desolación y oscuridad.

Era poco probable que aquello cambiase. Sentí cómo dentro de mí la luz de la esperanza se apagaba un poco más. Habíamos ganado una batalla, pero definitivamente estábamos muy lejos de ganar la guerra. Habíamos pasado toda una época en oscuridad. Lo más probable es que así continuase. Los movimientos de los caballos blancos me hicieron volver a la realidad. Mis dudas se esfumaron. Suspiré. Una vez más tenía que afrontar el camino negro.

Los caballos blancos no se entretuvieron mucho más tiempo con nosotros. Igual de rápido que llegaron, se fueron. No sabía de dónde eran ni qué representaban, pero era una lástima que aliados tan valiosos desapareciesen en el horizonte. Intentaron volar junto con las nubes bajas para no ser descubiertos hasta que, al fin, pudieron perderse en las alturas del cielo. Rápidamente, los druidas se convirtieron en sombras, y también se fueron. Llevaban consigo a sus muertos, debían darles un enterramiento digno de su condición. Querían hacerlo antes de que los cuerpos se descompusiesen. Debido a la magia negra de Skule, el proceso de putrefacción era más rápido. Aquella ceremonia duraría unos días, así que nos íbamos a quedar en la más absoluta soledad. Nadie a quién recurrir, cuando el peligro de muerte volviese a llamar a nuestras puertas. Después de comer algo y descansar, decidimos continuar nuestro camino. Cuando nos levantamos, los diablillos hicieron su aparición. Me extrañó que no hubiesen desaparecido junto con la mujer del árbol. Intenté hablar con ellos, pero no me hacían caso. Tan solo se dedicaban a jugar y a saltar de un lado hacia otro. Al final me cansé y dejé de prestarles atención. Nos pusimos en marcha, el caballo de fuego había adoptado otra vez las tonalidades oscuras para pasar desapercibido.

—¿No tienes la sensación de que los árboles son más oscuros aquí? —le pregunté al pequeño ser.

—Es cierto, están más infectados —me contestó mentalmente. Aquel restablecimiento de conexión me llenaba de tranquilidad—. Si mis cálculos no fallan, nos estamos acercando hacia la parte media del bosque. Es una zona mucho más peligrosa que la que acabamos de atravesar, no se sabe exactamente qué hay allí, pero las leyendas cuentan que torturas inimaginables esperan a quien se atreve a adentrarse —dijo mirándome a los ojos fijamente.

—Entonces, ¿hasta ahora estábamos en la periferia? —pregunté atónito.

—Sí, tan solo era el extrarradio. —Y dicho esto cortó la conexión. Me quedé inquieto por aquella afirmación. Un nudo se formó en mi estómago, si aquellas leyendas eran ciertas, tan solo habíamos atravesado la parte fácil del camino. Lo que nos esperaba no sería nada bueno, no sabíamos qué había allí. Jamás habíamos tenido alguna noticia de lugares tan remotos. Era demasiado tenebroso. Los seres que habitaban esos terrenos no permitían la vida de otros que no fuesen sus semejantes.

Iniciar nuevamente el camino se me hacía muy pesado. Ahora que sabía que lo que nos esperaba podía ser peor que lo que habíamos vivido hasta ahora, me costaba más. Todo el bosque sabía mi nombre y eso me inquietaba. El caballo de fuego alzó el vuelo unos segundos para averiguar qué dirección debíamos seguir. El norte era el curso deseado, y hacia allá nos señaló. Encontramos un camino estrecho por el que avanzar. Los árboles cada vez eran más altos y el paisaje más oscuro. Tapaban incluso la leve luz de la luna que intentaba penetrar en vano entre sus hojas. Por suerte, mis ojos eran claros y podía captar mejor aquellos insípidos destellos de luminosidad. Las ramas de algunos árboles estaban rotas y parecían espectros lóbregos. Era inquietante, me sentía vigilado por alguien que se mantenía oculto. Descansamos un rato, pero tampoco nos queríamos entretener demasiado. No confiábamos en el paisaje que nos rodeaba. Estuvimos lo justo para curar nuestras heridas. Las mías no tardaron mucho. Mi piel volvió a ser tersa y suave. Mis magulladuras habían sido menos graves de lo que pensaba. Me sentía tan fuerte y sano como antes. Cuando curé todo mi cuerpo, me centré en la cara. Todavía me escocía la herida que me había hecho Skule. Con mucho cuidado llamé a la energía curativa. Me acaricié despacio la mejilla. La sangre seca se limpió y desapareció. La herida se cerró y sentí cómo nuevamente podía mover la cara sin problemas. No contento con eso, le puse ímpetu para limpiar la cicatriz que se me había formado. Fui incapaz. Lo intenté de nuevo. No podía. Miré al pequeño ser. Él giró la cabeza de un lado hacia otro. Cesé en mi empeño. Aquella cicatriz se quedaría en mi piel como el recuerdo amargo de mi encuentro con ella. A pesar del momento de tristeza que me supuso aquello, me levanté. Empecé a caminar con decisión.

Cuanto más avanzábamos, peor era la sensación. Volvía a sentir cómo alguien nos vigilaba. Escalofríos recorrían todo mi cuerpo y el sudor frío empañaba mi frente. Unas caras comenzaron a aparecer en los árboles. Me asusté, no sabía si era real o había sido mi imaginación. Intenté agudizar la visión, pero todo se quedó quieto. Me distraje unos segundos y miré al suelo. Después, otra vez a los árboles. La angustia corrió por mis venas. Otra nueva cara, no pude distinguirla, desapareció enseguida. Miré a mis compañeros, nadie había visto nada. Todo estaba en relativa calma. Aquella que me ponía los pelos de punta. Aquella que predecía que algo inesperado iba a suceder. Antes de que mis pensamientos pudiesen seguir en aquella dirección, una punzada en la columna vertebral me devolvió a la realidad. El parásito estaba nuevamente luchando por salir al exterior. Sufrí una contracción en el brazo. El parásito debía de haberse enredado con alguno de mis nervios. Una fina punzada de dolor me recorrió entero. Automáticamente mi cabeza se echó para atrás. El dolor me llegó hasta el cerebro con mucha rapidez. Me hizo perder el equilibrio y caer al suelo. Noté que Balder estaba a mi lado. No sabía qué me estaba pasando. Una densa espuma comenzaba a salir de mi boca. Parecía un ataque. Quería gritarle al pequeño ser que no era así. Que era el veneno del parásito el que me hacía esto. No podía hablar. Tenía la boca llena de aquella espuma.

Me transporté lejos de allí. Volaba a la altura de las nubes. Algo me sujetaba. Miré arriba. Una especie de araña de diez patas me tenía bien sujeto. Dos poderosas alas salían de su espalda. En cuanto me miró, lo supe. Aquel era el parásito. Había conseguido salir y llevaba mi alma hacia algún lado. Luché para soltarme. Si mi alma quedaba libre, podría volver a mi cuerpo inerte. Era inútil. De nada sirvió. La araña me cogió con más fuerza.

Inyectó más adhesivo a sus patas. Estaba perdido. Me quedé quieto. Comprendí que no podía hacer nada. Los árboles no estaban tan oscuros como los recordaba. Eso tan solo tenía un significado. Estábamos volviendo atrás. Pronto se alzó ante mí el gran acantilado. Ya lo conocía, había estado allí una vez. El mar estaba embravecido. Las olas rompían muy alto. El agua casi llegaba hasta el bosque. Algo no marchaba bien. El parásito me depositó sobre el suelo. Cuando mis pies tocaron las duras rocas del acantilado, la araña desapareció. En su lugar, una pequeña luz brilló y se adentró en mi cuerpo. El dolor de la fusión me ametralló la cabeza. Otra vez, nos habíamos convertido en un solo ser. Me desesperé. No sabía cómo iba a solucionar aquella situación. Al dolor de cabeza se unió el malestar de millones de agujas imaginarias clavándose por todo mi cuerpo. Cuando por fin cesó, me di la vuelta dispuesto a volver al bosque. Una nueva punzada en mi rodilla me detuvo. No era un dolor muy grande, pero sí muy molesto. Otro pinchazo en la otra rodilla. No podía andar. Me toqué las extremidades. No había nada fuera de lo normal.

Me puse en pie y emprendí mi vuelta. Justo cuando iba a dar el primer paso, un llanto llegó a mis oídos. Procuré seguir. No fui capaz. Eran sollozos tan desgarradores que me di la vuelta. Busqué el origen de aquel sonido. Me acerqué al borde del acantilado. Me quedé extrañado. Era mucho más pequeño de lo que recordaba. Di unos cuantos pasos más, parecía que el sonido procedía de la playa. Me quedé muy quieto. Había unas sombras oscuras que se estaban moviendo con rapidez. Me agazapé. Escuché atentamente. Los llantos seguían siendo intensos. Agudicé más la vista. Había tres sombras. Dos parecían humanas y la tercera era más pequeña y formaba una bola. Justo en aquel momento comenzaron a encender fuego. Cuando las llamas alumbraron el ambiente pude ver la escena con claridad. Había dos figuras altas y oscuras. Estaban cubiertas por largas capas que les tapaban las caras. Una de las figuras tenía en sus manos un pequeño bebé humano. La tercera figura era una peluda araña. Era de minúsculo tamaño. La segunda figura se acercó a ella y la cogió en brazos. Los dos encapuchados se colocaron enfrente. Les separaba el fuego. Procuré agudizar la vista más aún. Encima del fuego bailaban agujas plateadas. Una de las figuras cogió la primera aguja y se la clavó suavemente a la araña en una de las patas. Seguidamente la otra figura cogió otra aguja y se la clavó al bebé en uno de sus brazos. El grito del bebé fue ensordecedor. Se me partía el alma por momentos al escucharle sufrir tanto. Poco después, sentí como un hilo de sangre aparecía en mi bíceps.

Me pareció extraño, pero no le presté demasiada atención. Estaba demasiado concentrado en el ritual.

Repitieron el proceso en otras seis ocasiones. En total siete agujas. Siete gritos. Cuando clavaron la última. El fuego se volvió más intenso. Las figuras entonaron un cántico. Sus voces eran oscuras. Sonaban profundas y tétricas. **Me entraban escalofríos solo de escucharlos. Un hálito blanquecino se escapó del bebé.** Otro de la araña. El fuego amainó. El bebé comenzó a llorar y a retorcerse en manos de la atroz silueta. Los dos vapores se cruzaron por encima del fuego. Este adquirió un tono rojo luminoso. La araña dejó de agitarse en el acto. La figura que la sostenía se movió rápidamente. Se acercó a la orilla y arrojó el cuerpo al mar. Por suerte, el bebé seguía vivo. Había dejado de llorar, pero se zarandeaba inquieto. Me escondí un poco más. No quería ser descubierto. Cuando me moví, vi siete delgados hilos de sangre. Eran pequeños, pero los podía sentir perfectamente. Me quedé paralizado. **No podía ser que aquel bebé fuese yo.** Mientras las imágenes seguían rondando por mi cabeza. El parásito se movió dentro de mí. Aquello solo significaba una cosa. Lo más probable es que no pudiese deshacerme de él jamás. Lo que todavía no comprendía es por qué habían insertado una parte de la esencia de la araña en mi cuerpo.

Cerré los ojos. Necesitaba tranquilidad para pensar. Cuando volví a abrirlos, todo se movía a mucha velocidad. Estaba viajando otra vez a mi cuerpo. Respiré aliviado. Por lo menos, sabía cuál había sido el origen.

Abrí los ojos. Me encontraba tumbado junto al pequeño ser. Me estaba transfiriendo su energía para que me recuperase. No tenía palabras para contarle lo sucedido. Todavía no tenía las ideas claras. Después de descansar y comer un poco, proseguimos el camino. A pesar de que parte de mi mente estaba ocupada analizando las imágenes que había visto, mis sentidos estaban alerta. No había olvidado aquel baile de caras que había visto justo antes de mi viaje astral. Nada era lo que parecía. Las cosas eran cambiantes. No podíamos bajar la guardia. No volví a ver aquellas caras, pero no podía dejar de pensar en ellas. Venían una y otra vez a mi mente con las formas más terroríficas posibles. Unas veces, tenían rasgos humanos, otras veces animales. Incluso en alguna ocasión era complicado definir las figuras. Me estaba obsesionando, pero era tan real que numerosos escalofríos me recorrían todas las partes del cuerpo cada vez que pensaba en ello. Por otra parte, nuestro camino seguía un sendero muy oscuro pero tranquilo. El silencio era absoluto. Apenas veíamos a un metro de distancia. Las rocas salientes dificultaban nuestro avanzar. Las horas pasaban rápidas. Nuestros pasos eran lentos. Intentamos buscar algún sitio para trasnochar, pero ninguno nos parecía lo suficientemente seguro. Los duendecillos se adentraron en el bosque. Miré al pequeño ser y les seguimos. Era mejor alejarse del camino durante la noche. Había muchos espíritus que vigilaban los caminos por las noches. Eran espectros de lo que un día fueron humanos, pero sucumbieron a los poderes de la magia negra. Al morir, sus cuerpos se momificaron y se convirtieron en almas prisioneras de Skule y sus secuaces. Tenían la obligación de informar a sus amos de cualquier anomalía que sucedía en el bosque.

Cuando estuvimos en una zona tranquila, el pequeño ser se sentó. Teníamos que descansar. Llevábamos tantas horas caminando que los dedos de los pies se me habían hinchado y algunas cicatrices se me habían resquebrajado. En aquel estado no aguantaría una nueva batalla. Coloqué mis manos sobre ellos. La curación empezó enseguida. Por su parte, el pequeño ser seguía sentado tranquilamente. Parecía que se estaba preparando para algún ritual. Adoptó una mirada seria y un gesto de preocupación. Cruzó las piernas y cerró los ojos. Su respiración se ralentizó y empezó a flotar en el aire. No se elevó mucho, pero lo suficiente como para que al principio nos quedásemos mirándolo sin pestañear. Dado que aquello iba para largo, me distraje mirando cómo los diablillos se hacían bromas entre sí. Cuando al fin el pequeño ser dejó su meditación me acerqué a él. Estaba totalmente pálido y con los ojos aterrorizados. Me alarmé, ¿qué había visto? Le hablé, pero no me contestó. Le zarandeé, pero tampoco respondió. Se encontraba petrificado.

El pequeño ser se hallaba tan aterrorizado que durante unos segundos no reaccionó a nada. Intenté consolarle, pero ni aquello ayudaba a calmar sus temblores. En aquel momento apareció Asks, me asusté. No me lo esperaba, se había evaporado como si fuera aire después de la batalla. Sus llamas azules volvían a relucir en todo su esplendor. Se acercó a mí a paso lento. Suspiró profundamente y empezó a lanzar fuego azul de su boca. Era un fuego delicado, no pretendía quemar a nadie, tan solo dibujar un lienzo. Con diversas imágenes me explicó que no podía permanecer estancias prolongadas en la tierra. Debía volver bajo ella para recargar su energía. Allí es donde se encontraba su fuerza. Cuando terminó, miró al pequeño ser con preocupación. Inclinó la cabeza, se puso a su altura y le animó a ser valiente. Debieron de tener una conversación mental. La sola presencia de Asks calmaba mucho el ambiente. Su fuego enfriaba todo. Incluso el sentimiento de miedo. Las llamas azules también tenían un efecto calmante sobre las personas alrededor. El pequeño ser soltó mi pierna y me tocó la mano. Una vez más, estaba estableciendo una conexión mental conmigo. A la vez que hacía eso, me indicó mediante gestos que tocase a Asks. Supuse que así podría traspasar la información a él también. Cerré los ojos. Solidifiqué mis pensamientos. Me concentré. De repente, me encontré en un torbellino. El aire era muy fuerte y me arrastraba de un lado hacia otro. Cuando finalmente paró, me encontré en una sala oscura.

En el centro de la habitación había una mesa alargada y muchas sillas. Cada una de ellas tenía su nombre grabado en plata. Miré los nombres: Astra, Alfihari, Jotan, Bjorn, Sutherland… no me dio tiempo a mirar más. Una gran puerta de madera se abrió ante mis ojos y empezaron a entrar ellos. Su vestimenta se formaba por largas capas de colores negros y grises oscuros. Una gran capucha cubría sus rostros. Cada uno de ellos se sentó en aquellas sillas con nombre. Cuando estuvieron todos en sus sitios, dejaron sus caras al descubierto. Mi cuerpo se **estremeció cuando enfrente de mí vi a Skule. Tenía algunos arañazos en la cara, posiblemente secuelas de nuestro encuentro. Parecía enfurecida.** A su lado, se encontraban hombres y **mujeres muy** pálidos. Su piel era blanca como la porcelana. Uno de los hombres tenía una cicatriz que le traspasaba la cara de un lado hacia otro, otra mujer tenía los dedos de la mano derecha rojizos, color sangre… Cada uno tenía una característica particular. Además del color de piel, su rasgo común era la tenebrosa mirada. Unos ojos eran azules, otros blancos brillantes, los terceros rojos sangre, pero todos tenían la misma expresión. Muerte y destrucción era su credo. La intimidación su modo de actuar. La devastación su destino. La magia más oscura dominaba el ambiente. Una neblina blanca empezó a aparecer y volví al bosque. Estaba totalmente aterrorizado por lo que había visto. Ahora ya comprendía el *shock* que había sufrido el pequeño ser. Me senté en el suelo para tranquilizarme un poco. Aquella visión había hecho despertar unos temores que sobrepasarían a cualquier ser humano.

—Skule está reuniendo a la Élite de sus guerreros, lo que has visto es un consejo de guerra —me explicó el **pequeño ser**—. No le gustó lo que pasó en la batalla. Que el árbol despertase no ha sido buena señal para ellos. El ser supremo la ha aconsejado que organice este consejo.

—¿Hay más seres como Skule? —pregunté aterrado.

—Sí —contestó Balder con la voz quebrada—. Lo que has visto es tan solo una reunión. Lo más probable es que actúen por separado. Aunque entre todos ellos se consideren familia, no soportan la presencia de seres con el mismo grado de poder. A lo máximo a lo que se puede aspirar de ellos es que vivan en pareja. Esa es una ventaja que tenemos —paró unos segundos estremeciéndose otra vez—, en el caso de que actuasen juntos, la destrucción del bosque y de todo lo que lo rodea sería inmediata. Nada orgánico sobreviviría. Es muy probable que por el momento nos infravaloren, por eso se esfuerzan lo justo, tenemos que aprovecharnos de ello —concluyó.

Me quedé sin palabras. Sé que con la última frase quería darme esperanzas, pero después de lo visto, necesitaba algo más que un simple pensamiento positivo.

Decidimos que lo mejor sería quedarse en el mismo sitio un día más. Teníamos la certeza de que era un sitio tranquilo, un punto fuera de los radares de la Élite. En todo ese tiempo no habíamos visto nada sospechoso y tampoco lo habíamos sentido. Nuestras percepciones jamás se relajaban. Era vital que el pequeño ser averiguase más sobre aquella reunión. Mientras él se concentraba, los demás intentamos buscar comida, o al menos hojas no contaminadas que pudiesen servir de sustento. Era complicado, pero Balder necesitaba la máxima energía. Lo que estaba haciendo era magia muy avanzada, y su desgaste físico demasiado elevado. Por más que lo intentaba, no lograba transportarse hacia aquella reunión. No sabía cómo había sido capaz de abrir la puerta hacia allí la primera vez; por eso ahora le resultaba tan complicado. Pasó un día entero, pero no obtuvimos respuestas. La frustración era más grande a medida que pasaba el tiempo, aunque procurábamos no mostrarlo. Al final del día, Asks desapareció, los duendecillos se alejaron para jugar y yo me senté a esperar. No soportaba estar sin hacer nada, pero no tenía otra opción. No apartaba los ojos del pequeño ser. Sus muecas eran de dolor. A pesar de que estaba totalmente agotado, luchaba por encontrar la puerta que le transportase allí.

Aparté la mirada. Me concentré en el sonido de la brisa contra las hojas para relajarme. Un ruido atrajo mi atención. Miré inquieto hacia el pequeño ser. Este comenzó a sudar, tenía una expresión muy seria. Sus manos estaban tan tensas que empezaron a temblar. Sin necesidad de preguntar me quedó claro que se estaba adentrando en la reunión. Me situé a su lado. Me cogió la mano bruscamente. La imagen de Skule apareció ante nosotros con toda claridad. La reunión estaba más avanzada de lo que vimos la última vez. No sabíamos cuánto tiempo había pasado. Había multitud de pergaminos en el centro con dibujos geométricos. Un hombre de dimensión sobrenatural se levantó. Con un vistazo rápido vi su nombre en la silla. Era Jotan. Se dio la vuelta y me sobresalté. En su espalda aparecieron cuatro poderosos cuernos. Dio un golpe en la mesa y todos se levantaron y salieron de la sala.

—Os mostraré nuestra creación —dijo orgulloso y miró a una mujer llamada Astra. Era de una belleza inusual, pero en sus ojos se podía ver una crueldad infinita. Sus dedos estaban manchados de sangre reseca. Había cometido tantos delitos innombrables que aquella mancha se le había quedado de por vida. **Por cómo jugueteaba con ellos, no parecía que le importase lo más mínimo. Incluso, daba** la sensación de que aquella marca la llenaba de satisfacción y orgullo. Salieron de la sala y bajaron unas escaleras. Les seguimos a una distancia prudente. Se dirigieron hacia una sala más grande, llena de columnas y salientes. En el centro había un enorme cuadrado, tapado con una tela. Jotan se acercó y la quitó con fuerza. A la vista quedó una enorme jaula.

—Os presento a nuestra nueva creación, un arma de guerra por excelencia, Axel —dijo orgulloso ante el aplauso de los demás. Una magnífica criatura creada a partir de las tinieblas apareció ante ellos. Tenía forma humana, pero dos grandes alas negras nacían de su espalda. Su poderoso cuerpo estaba creado especialmente para la lucha. Sus inquietantes ojos azules hablaban de destrucción. Había hielo en ellos. Sentí que aquella iba a ser nuestra peor pesadilla.

—¿Esto lo vas a utilizar para luchar contra los rebeldes? —preguntó Skule maravillada.

—Cierto —contestó orgulloso Jotun—, no habrá ser vivo que pueda sobrevivir a la cólera de Axel, es más fuerte que cien hombres, más ágil que cualquier felino y vuela más rápido que un halcón —me estremecí al escuchar aquello—, todavía no está del todo listo, de momento, tan solo le mandaremos para unas misiones de reconocimiento, para que conozca la tierra donde va a cazar.

—¿Cazador nato? —preguntó Skule con una sonrisa—. Me gusta.

Un estallido se produjo entre nosotros. Salimos despedidos hacia lados opuestos. Me di un fuerte golpe en la cabeza y me desmayé. Las conmociones que había experimentado al ver aquellas imágenes de Axel produjeron un cataclismo en mi cuerpo. La oscuridad se adueñó de mi mente. Dejé de sentir. Cuando me desperté, extrañas sensaciones recorrieron todos mis sentidos. Intenté levantarme, pero la cabeza me daba demasiadas vueltas. Escuché atentamente, no había nada fuera de lo normal. Cerré los ojos para relajar mi mente y calmar mi cuerpo. Me costó mucho, pero lo conseguí. Una vez en pie, comprobé que todo siguiese igual. El pequeño ser seguía en el suelo. Estaba profundamente dormido. Su energía se había desgastado por completo. Me acerqué más. Tenía un corte muy feo en la mejilla. Coloqué mi mano encima para curarle. Intenté pensar y aclarar mis ideas, pero demasiadas incógnitas poblaban mi cabeza. Repentinamente, vinieron a mi cabeza las imágenes del poblado quemándose. Después viajé al carruaje de las almas perdidas y olvidadas. Por último, mi cabeza se detuvo en Kaysa, la náyade, y en mi pequeña princesa. Miré otra vez al pequeño ser. Tuvieron que pasar muchas horas hasta que despertó. Estaba inquieto.

—Debemos ir a buscar a la náyade —le dije en cuanto se despertó—. No podemos demorarnos más. No somos capaces de luchar contra la élite guerrera que hemos visto. —Mi mente nadaba entre la frustración con la marea en contra. Era el estado que me llevaba acompañando todo el viaje. Me veía demasiado débil para poder afrontar el nuevo peligro. No sabía cómo debía actuar ni qué camino seguir. No entendía por qué me habían elegido para enfrentarme a Skule y sus secuaces. Tampoco entendía quién había tomado esa decisión. Tenía demasiadas preguntas, demasiadas responsabilidades y ni una sola explicación de nada. Seguramente, existía alguna criatura mucho más preparada que yo. Lo peor de todo es que parecía que Skule no era la primera cabeza pensante. No quería imaginarme qué tipo de ente estaba detrás de todo aquello. Debía de ser mucho más poderoso que cualquiera de los que habitábamos aquel mundo. Si en aquella reunión que había visto estaban tan solo sus súbditos, no quería ni imaginarme cómo sería su señor. Intenté salir de aquella espiral de pensamientos autodestructivos. Al fin y al cabo, no me llevarían a ningún sitio. Tendría que enfrentarme a todos mis miedos y salir adelante. Era la única opción que tenía. No podía estar compadeciéndome de mí mismo toda la vida, a pesar de que desde que había salido de casa lo hacía a menudo. Debía estar a la altura de las circunstancias. Con una fortaleza renovada, me levanté y recogí mis cosas.

Era muy complicado caminar entre los árboles. El terreno era demasiado espeso como para poder avanzar a paso ligero. Después de pensarlo mucho, descartamos el sendero principal. Era demasiado peligroso. De esta manera, quedábamos menos expuestos a ojos avizores. Aquello me recordaba a mis primeros días de viaje. Atravesaba un laberinto idéntico. Por todos lados había poderosas raíces que salían de la tierra. Tardamos un día entero en avanzar tan solo unos pocos kilómetros. Aquello no era fructífero. Debíamos buscar otra solución. No nos detuvimos hasta que no cayó la profunda noche. Cuando acampamos, me detuve a mirar los árboles. **No entendía cómo cada uno de ellos tenía una ninfa en su interior. Parecían tan oscuros y solitarios que lo veía imposible. En los libros que había estudiado siempre se había visto a estos seres mágicos como pequeñas y frágiles criaturas del bosque. Llenas de colorido y vida. Justo cuando me iba a dar la vuelta para volver a nuestro improvisado campamento,** las vi. Aquellas caras me pusieron los pelos de punta otra vez. Eran alargadas y tenían unos ojos grises ovalados. Parecían grandes hoyos de desesperación. Al cabo de unos segundos, unas manos aparecieron a los costados. Fueron a parar directamente hacia su cabeza. Era la representación exacta de un grito de terror. No había sonido alguno. No hacía falta. Tan solo ver la imagen acrecentaba el pánico. Quería ir a avisar a los demás, pero mi cuerpo estaba paralizado observando aquellas imágenes. Estuvo allí unos pocos minutos más, pero luego se fue desvaneciendo. Aparecieron en su lugar unos dientes afilados. Poco a poco estos también se fueron desvaneciendo. La superficie del árbol se quedó nuevamente lisa. Me acerqué y esperé, pero nada. Toqué el árbol, pero solo conseguí clavarme un par de astillas. Volví confundido junto a los demás.

Asks ya había vuelto de sus escapadas solitarias. Les hablé de lo que me había sucedido. Ninguno me supo **decir qué era lo que significaba aquello.** No anunciaba nada bueno. Decidimos que dada la situación, descansaríamos solo un par de horas. Teníamos que continuar el camino lo antes posible.

Ninguno fuimos capaces de dormir lo más mínimo. Los párpados se nos caían por el cansancio extremo. Andar tanto y comer tan solo raíces nos había dejado totalmente fatigados. Incluso así, cada vez que cerraba los ojos, veía la reunión de la élite y después las caras talladas de los árboles. Las pesadillas volvían una y otra vez a mi cabeza. La sensación era terrible. Me sentía perseguido. Me sentía observado. Me sentía vigilado. A los demás no les pregunté qué les sucedía. No hacía falta. Hacía tiempo que ninguno de ellos podía dormir en calma. Si el camino seguía siendo tan duro no estaba muy seguro de que pudiésemos sobrevivir durante mucho tiempo más. Las condiciones eran demasiado extremas. Aun así, una vez más, **buscamos fuerzas donde no** las había y proseguimos el camino. Llegamos a una gran explanada. No había nada, pero por lo menos el camino era fácil. Aquello no me gustaba tampoco. Si algo habíamos aprendido es que detrás del camino fácil, se encontraba el peligroso. Así fue. Mi teoría quedó confirmada una vez más.

Las tierras cenagosas con las que nos encontramos al salir de la explanada eran indescriptibles. **Según avanzábamos, el lodo** nos empezó a subir hasta las rodillas. El olor nauseabundo nublaba mis sentidos. Todo parecía podrido a nuestro alrededor. Cuando avanzamos un buen tramo, multitud de siluetas aparecieron en la superficie. Eran dibujos que aparecían y desaparecían con mucha rapidez. Un ruido se escuchó a lo lejos. Instintivamente miré hacia la derecha. Algo se estaba aproximando por los aires. Era demasiado tarde para que nos pudiésemos esconder. Nos quedaban apenas unos minutos para que aquello estuviese a nuestra altura. Mi corazón comenzó a latir desenfrenadamente. La sangre se bombeó al resto de mi cuerpo con tanta **velocidad que me encontraba medio mareado. A** pesar de ello, no perdía la consciencia de lo que estaba pasando a mi alrededor. Aquella cosa que volaba era más grande que un pájaro. Más rápida también. No cabía duda. Debía de ser él. Axel. Estaba aterrorizado.

Miré al caballo de fuego. Le indiqué mediante gestos que escapase volando. En aquel momento, sus llamas eran negras, no supondría para él un gran esfuerzo pasar desapercibido. Los demás debíamos buscar una solución rápida. Cuanto más se aproximaba aquel ser volador, más grande era. Me recordaba vagamente a los cuervos contra los que luché tiempo atrás. No podíamos pelear contra él. Nos aplastaría sin pestañear. Desde lejos parecía poderoso, no quería ni imaginarme cómo sería de cerca. Tenía que quitarme esa imagen de la cabeza. No me dejaba pensar con claridad. Mis ojos fueron a parar abajo. Miré al lodo, las extrañas siluetas seguían apareciendo. De alguna manera me resultaban familiares. Tenían algunos rasgos que se podían asemejar a la ninfa del árbol. Por desgracia, no podía afirmarlo. Se movían con mucha rapidez. Aparecían y desaparecían. No eran estáticas. La sucesión de imágenes era demasiado rápida. Mareante.

Miré al cielo, el volador se aproximaba. Di un paso hacia atrás. Me asusté. El lodo se empezó a elevar a mi alrededor. Miré mis pies. Se estaban hundiendo. La tierra que había debajo de ellos, había desaparecido. En un intento desesperado, miré a los demás. Estaban teniendo los mismos problemas que yo. Intenté luchar contra ello, aspiraba a salir de aquel humedal. Era imposible. El movimiento de las siluetas se empezó a volver frenético. Nos estaban invitando a adentrarnos en la ciénaga. Empezaron a

surgir pequeños montículos. De ellos crecieron ramificaciones. Por último,

se transformaron en delgados brazos. La sucesión fue demasiado rápida. No

nos dio tiempo a volver sobre nuestros pasos. Tiraron de mi ropa. Cogieron

los pequeños agujeros que había en mis pantalones y me arrastraron hacia

abajo. Luchaba con todas mis fuerzas, pero mis pies se hundían y aquellos

brazos precipitaban mi hundimiento. No quería, pero no tuve otra opción.

Eran demasiado fuertes para luchar contra ellos. No podía pedir ayuda a

nadie, todos estábamos batallando contra lo mismo. Al final, aquel ser

volador iba a ser **el menor de nuestros problemas. Todavía no nos había**

descubierto, una tenue sombra de árboles cercanos nos daba cobijo. El lodo

se tragó rápidamente todo mi pecho. Iba a por mi cuello. Todo pasaba tan

rápido que no podía hacer nada. Yo no quería, intentaba con todas mis

fuerzas mantenerme a flote. Al final, mi cabeza sucumbió a las

circunstancias. Respiré fuerte y procuré tomar el último aliento. A pesar de

la situación, por alguna razón sabía que aquel no era mi final.

El lodo me tragó por completo. Estaba consciente. No podía abrir los

ojos. El barro me impedía mover los músculos de mi cara. Estaba atrapado.

Mi cuerpo estaba pegajoso. Aquella masa viscosa de tierra intentaba infiltrarse en mi piel. Intenté que el oxígeno aguantase el máximo tiempo posible en mis pulmones. Procuré mover los brazos para salir. Nada. Aquel fango era demasiado firme. La ciénaga parecía tener vida propia. Cuanto más me movía, a más velocidad caía hacia el fondo. Intenté quedarme quieto, pero entonces mi angustia aumentaba. Mis fuerzas vitales se estaban perdiendo. Traté de mirar a mi alrededor, pero la oscuridad era espesa. Estaba perdiendo el conocimiento. Estrellas fugaces aparecían ante mis ojos. Aquello eran malos augurios. Las estrellas impactaban contra el bosque y todo empezaba a arder. Esperaba que solo fuese fruto de mi imaginación. Deseaba que no fuese una premonición. Estaba divagando. Viajando por mi subconsciente. Cuando dejé de poder distinguir la realidad de mi propia ficción, noté algo inesperado. Mis pies empezaron a bailar en un espacio vacío. Poco a poco, aquella sensación fue subiendo al resto del cuerpo. Primero mis rodillas, y luego mi cadera entera. Pensaba que debía ser mi imaginación otra vez. Seguramente estaría delirando. Momentos después, el único que quedaba preso de aquella viscosidad era mi cuello y mi cabeza. El resto de mi cuerpo colgaba y se movía. Igual que la hoja de un árbol. Como si se derrumbase un barranco, mi cabeza quedó libre y mi cuerpo cayó a mucha velocidad. Me caí encima de algo duro. El golpe que sufrió mi cabeza fue decisivo para que perdiese el conocimiento. Oscuridad. Vacío absoluto.

En el fondo de mi inconsciente sabía que lo que estaba viendo no era real. A pesar de ello no podía dejar de soñar. Rosas de fuego invadían mis pensamientos. Era un símbolo, representaba algo. No lograba entenderlo. Después, árboles oscuros aparecieron en mi mente. La mayoría de ellos eran flotantes, otros estaban anclados al suelo. Rayos y truenos completaban el paisaje. Era un laberinto de imágenes lo que pasaba por mi cabeza. Me estaba volviendo loco. Aunque ya me había pasado en varias ocasiones, no conseguía acostumbrarme a aquello. Quería relajarme. Dejarme llevar por las imágenes sin agobios. No era posible. Debía pensar que aquello era tan solo un viaje mental. La utopía de lo irreal. Me adentraba tanto en esas visiones que mi alma volaba de un sitio a otro con rapidez. No le daba tiempo a llegar a un sitio y ya iba a otro. Parecía que me quería mostrar demasiadas cosas en poco tiempo. Me detuve. Quizás no fuese tan ficticio. Quizás eran señales, peligros, advertencias. Empecé a correr de nuevo, no sentía los pies, ni el suelo debajo de ellos. Aun así, sabía que estaba corriendo. Todo era confuso. Sabía que estaba en peligro. Miré al cielo, allí estaba Axel, me había descubierto y me acechaba. Su cuerpo era más grande y musculoso de lo que recordaba. Todavía tenía cierta ventaja sobre él, pero avanzaba hacia mí. Cuanto más se acercaba, más sudores me entraban. Agudicé los sentidos. Una dulce voz empezó a escucharse a lo lejos. A pesar de estar amenazado por la gran sombra de Axel, me dejé llevar por aquella melodía. Cerré los ojos. Era un momento mágico. Estaba gratamente embrujado. Cuando los volví a abrir estaba en una habitación pequeña. De nuevo había viajado a otro lugar sin darme cuenta.

Había rosas de fuego dibujadas por todas las paredes. Iban apareciendo poco a poco, hasta llenarlo todo. Cuando la pared estuvo totalmente cubierta, desaparecieron. En su lugar, aparecieron rosas de agua. Se produjo un estallido y la voz que había escuchado se intensificó. En el suelo quedaron resquicios de fuego y de agua. Guiados por la voz, se entremezclaron y apareció una imagen. A pesar de que era la primera vez que la veía, supe que era Kaysa. Su largo cabello negro y la intensidad de sus ojos azules la delataban. Parecían inmensos océanos en los que sumergirse. Su tez de porcelana estaba apagada. Sus muecas de dolor eran constantes. Debía de haberla costado mucho trabajo establecer aquel vínculo conmigo. Se la veía frágil. Estaba pidiendo ayuda a gritos silenciosos. Debíamos darnos prisa en encontrarla. Tan deprisa como

apareció su imagen, desapareció. Fue una conexión corta, pero intensa.

Sentí como después de aquello la luz volvía a mí. La respiración volvía a

ser pausada y lo que antes había oprimido mi pecho, había desaparecido.

CAPÍTULO 07

Me desperté con un dolor de cabeza intenso. Salía de mi espalda, y escalaba hasta la última terminación nerviosa de mi cerebro. Allí, estallaba en mil pedazos y se repartía por mi cuerpo. Por un momento, tuve miedo. Pensaba que era el parásito que volvía a despertar en mi columna. Había estado dormido durante varios días. Me tanteé el cuerpo. Seguía allí. Sentía cada músculo que tocaba. Aquello era buena señal. Mi alma no se había desprendido. Tan solo había viajado mi mente. Todavía no era consciente del poder que tenía. Las manos y la bilocación. Parece ser que esta se podía producir con mi alma, o solo con mi mente. Eran datos que tenía que tener en cuenta. Tal vez si solo viajaba mi mente, conseguiría tener apaciguado al parásito. Debía averiguar cómo tener control sobre aquellos viajes. Por mi bien y por el bien de los demás.

Tuve que sentarme muy lentamente. Me apoyé contra una pared. No podía abrir del todo los ojos. Tan solo una consumida luz entraba por el borde de mis pupilas. Afiné mis oídos. No se escuchaba ningún ruido en las cercanías. Eso era buena señal. Con aquella relativa calma los músculos se me destensaron poco a poco. Levanté las manos, y me las coloqué sobre la cabeza. La concentración no era algo que fuese fácil en aquellos momentos. No, cuando no sabía a qué atenerme. Estaba descartado que me rindiese, debía intentarlo. Hice fuerza. La bomba nuclear de mi cabeza estalló y se propagó nuevamente hacia el resto de mi cuerpo. Era una hemorragia de tormentosas imágenes y malas energías. Conseguían formar en mi sangre pequeñas burbujas de presión. Las pequeñas detonaciones de aquellas burbujas cumplían bien su deber. Tensión. Dolor. Propagué todo hacia mis manos. De alguna milagrosa manera, conseguí que empezasen a brillar de forma leve. Por el momento debía ser suficiente. A pesar del miedo de aquel explosivo, intenté concentrarme otra vez y una nueva ola de energía llegó a mis manos. Esta vez cogieron más intensidad y consiguieron calmar el dolor de mi cuerpo. Hasta que no se produjo un tercer estallido, no conseguí calmarlo del todo.

Respiré profundamente. Abrí los ojos con mucha cautela. A mi lado, encontré al pequeño ser. Sonrió al ver que me había recuperado en mayor o menor medida. Se arrimó a mí y me dio una raíz. Me instó a que me la comiera. Enseguida me sentí mejor. El panorama se aclaró un poco más. Al fin, me encontraba en plenas facultades para interactuar con mi entorno. No sabía dónde me encontraba. A mi alrededor había enormes piedras. Todas ellas estaban colocadas de forma simétrica. Era una pequeña sala circular de la cual salían muchos pasillos. Miré al techo, también era de piedra. Me quedé pensativo. No recordaba cómo había llegado hasta allí. Tan solo venían a mi mente imágenes de lodo. De cómo me tragaba y me dejaba sin oxígeno. Después de eso, sentí una libertad inesperada. A partir de ahí, oscuridad y un nuevo viaje astral. Y ahora que estaba despierto, lo único que me rodeaba eran densos bloques de piedra. De alguna manera, habíamos alterado las leyes de la naturaleza. Habíamos encontrado la entrada hacia algún lugar que todavía no sabíamos qué era. Observé los pasillos. Había muchos. No sabía qué camino escoger.

—¿Por dónde deberíamos ir? —le pregunté al pequeño ser, el cual levantó los hombros en señal de incertidumbre—. Debemos pensarlo bien.

Un ruido se escuchó a mis espaldas. Me di la vuelta y apareció Asks. Me quedé sorprendido. Desde su última desaparición, no sabíamos nada de él. Supuse que había seguido nuestro rastro. Al contrario que los demás, no se dio ningún golpe en la cabeza. Estaba algo confundido, pero nada más. Se acercó a nosotros sin bajar la guardia. No conocía aquel sitio y no se sentía cómodo con eso. Era demasiado estrecho. A pesar de haberse criado bajo la superficie de la tierra, no estaba acostumbrado a espacios tan reducidos. Las estancias de la Dama Blanca eran mucho más amplias. Por un momento la eché de menos. ¿Qué habría pasado con ella? Tenía la pequeña esperanza de que nada malo. Ella era como la luz que brilla en la oscuridad. Anhelé tener una luz que me guiara. Desde que había salido de casa, solo había encontrado oscuridad por el camino. Era demasiado deprimente. Abandonando la nostalgia, presté la máxima atención a todos los pasillos que nos rodeaban. Eran exactamente iguales. Ninguna marca distintiva, ningún sonido fuera de lo común, ningún saliente de roca. El pequeño ser se acercó a una pared. Cerró los ojos y empezó un ritual. Cantaba en voz muy bajita, casi parecía un susurro. Colocó sus manos encima de una de las rocas. Las situó de manera totalmente simétrica. Inmediatamente después, colocó la frente y aumentó un poco el tono de voz. En torno a toda la sala se empezó a formar una capa de energía. Iba cambiando de colores. Era un espectáculo impresionante. Incluso las llamas de Asks se volvieron de un color celeste más intenso y aumentaron su tamaño. Cuando la capa de energía desapareció, las piedras se llenaron de marcas. Había de todos los tipos y de todos los tamaños. Me acerqué, era complicado distinguirlas, todas tenían el mismo color gris. Muchas de ellas eran símbolos que yo no conocía. Fui revisando una a una, pero eran demasiadas. De repente, una de ellas me llamó la atención. Estaba en el lado contrario al que me encontraba yo. Era de un leve color rojo oscuro. Me acerqué a toda prisa. Mi alegría fue inmensa cuando descubrí que tenía la forma de una rosa. Se encontraba situada en una de las entradas.

—Esta marca debe de ser de la náyade. —Sonreí satisfecho. Le hice unas señas a mis compañeros para que me siguiesen. Me adentré en un oscuro pasillo. La humedad me azotó con fuerza, pero en aquel momento era optimista. Debía serlo. Seguí adelante hasta que aquella sala se quedó lejos. Estaba ilusionado. Probablemente ya estaríamos cerca de la náyade. Quizás, ella nos pudiese explicar muchas de las cosas que no entendíamos. Nos diría cuál sería nuestro camino. Cómo debíamos seguir. Quién era ella. El motivo por el que era tan importante para la Dama Blanca. Teníamos demasiadas preguntas y ninguna respuesta. Ella era nuestra esperanza. Nuestra guía para encontrar la luz en nuestras almas perdidas.

El pasillo era muy largo y muy estrecho. Encontramos algunas antorchas. La mayoría parpadeaban levemente. La luz proporcionada era escasa. Apenas nos permitía ver un poco más allá. Caían gotas desagradables del techo, que en algunas zonas era tan bajo, que teníamos que arrastrarnos a gatas. Por un momento, me acordé de las gotas negras. Todo mi cuerpo se estremeció. Esperaba no encontrarme con ellas. El silencio era sepulcral. Era capaz de escuchar mi propia respiración. Paré un poco para descansar. Esta vez, estábamos en un espacio con unos techos muy altos. Cerré los ojos, intenté imaginarme algo feliz para no deprimirme. Los demás me imitaron. Tampoco se encontraban cómodos. El sonido de un aleteo me devolvió a la realidad. Miré alarmado de donde venía. Mis ojos fueron a parar al techo. Un manto de murciélagos cubría todo. Les habíamos despertado. El pánico se apoderó de mí. Sus ojos brillantes nos observaban con atención. Poco a poco, se despertaron todos. Parecían excitados de vernos. Era muy probable que no hubiesen comido algo decente en mucho tiempo. Éramos un manjar exquisito para ellos. En cuanto sus dientes afilados asomaron de su boca, no nos quedaron dudas de que eran carnívoros.

Intentamos volver sobre nuestros pasos. Quizás habíamos escogido mal el camino. Los murciélagos empezaron a volar en círculos por encima de nuestras cabezas. Se les veía capaces de producir heridas mortales si hincaban sus grandes incisivos. En la superficie, había visto seres de la misma especie. Aunque grandes, eran inofensivos y solo se alimentaban de insectos pequeños. Los que nos sobrevolaban, eran de pequeño tamaño, pero exageradamente rápidos. Según iban bajando, sus dientes se iban alargando. Nuestro tiempo de reacción se acortaba. Asks aumentó el tamaño de sus llamas. Quería asustarles, pero no lo consiguió. Estábamos desconcertados. Todo era tan rápido, que no nos dio tiempo a volver al pasillo por completo. Justo en el momento en el que retrocedimos un poco, un destello me llamó la atención. El pequeño ser también se había dado cuenta de aquello. Proyectó un pequeño haz de luz hacia ese lugar. La forma de una rosa apareció. Mis pies se paralizaron. Era la señal de que estábamos siguiendo el camino correcto. Miré arriba, a pesar de que en esa parte, el techo era muy alto, se podía distinguir perfectamente el titánico nido que había allí formado. Angustiado, miré al otro lado. Si mis cálculos no fallaban, la entrada a la segunda parte del pasillo estaba aproximadamente a unos ochocientos metros. Los murciélagos tardarían apenas un minuto en estar a nuestra altura. Era imposible. Miré a los pequeños diablillos, estaban escondidos detrás de Asks. No podía contar con su ayuda. Necesitaba pensar rápido. Se me ocurrió una idea, me acerqué al felino. Le indiqué que empezase a expulsar llamas de fuego por la boca. No era un plan definitivo, pero debíamos ganar tiempo.

Aquel fuego repentino les confundió. Subieron hasta el techo. Aprovechamos aquel momento para avanzar. Nos movimos rápido. Nos encontrábamos a mitad de camino cuando descendieron en picado. Las llamas de Asks ya no eran capaces de retenerlos. El primero aterrizó en mi cabeza. Enseguida, empezó a revolotear entre mi pelo. Me clavó sus dientes en la parte derecha. Pegué un grito. Puse todo mi empeño en quitármelo de encima. Se había enredado totalmente. Era muy complicado hacer algo al respecto. Me hizo otra pequeña incisión. Los demás murciélagos comenzaron a revolotear a nuestro alrededor. Miré al pequeño ser. Vino corriendo y me tocó brevemente la pierna. Me inyectó una dosis fuerte de energía. Mis manos empezaron a calentarse. Justo antes de que el murciélago me clavase los dientes por tercera vez, le agarré por el pescuezo. Me concentré aún más, y le hice una quemadura con mi mano dorada. Un chillido muy agudo salió de su garganta. Conseguí apartarle de mí. Salió volando a toda prisa. Sabía que aquella quemadura le había hecho enfurecer. En cuanto se le pasase el susto, volvería a atacarme con rabia. Fue complicado aumentar mi concentración cuando veía que mis compañeros estaban siendo atacados. Además, el dolor que estaba bajando por todo mi cuerpo mermaba mis energías. Tenía la esperanza de que los murciélagos no tuviesen veneno en sus incisivos. Procuré aislar aquellos pensamientos en la misma celda en la que estaba encerrado el dolor. Me concentré una vez más en la energía que circulaba por mi cuerpo. Levanté los brazos y el ambiente empezó a calentarse. Formé una pequeña capa protectora de calor en torno a mí. Intenté expandirla a los demás, pero fue imposible. Fui hacia donde estaba el pequeño ser. Corrimos a toda velocidad hacia el otro extremo. Mi energía cada vez era más débil. No iba a conseguir transportar a todos.

Con el pequeño ser a salvo, me sentí más tranquilo. Contemplé unos segundos la situación. Era bastante complicada, Asks no sabía qué hacer con tantos murciélagos. Además, se habían dado cuenta de que nos habíamos escapado y volaban hacia nosotros. De repente, una idea afloró en mi cabeza. No sabía si iba a funcionar, pero estaba decidido a arriesgarme. Dejé de lado el manto de calor que me envolvía, y salí corriendo hacia el felino. En aquella carrera sentí cómo la presión sanguínea me empezó a subir. La cabeza me estallaba de dolor. Cada vez me salían goterones de sangre más grandes de ella. Querían nublarme la visión, pero no iba a permitirlo. Mi voluntad era de acero. El camino era medianamente corto, pero los murciélagos me perseguían sin descanso. Intentaban por todos los medios clavarme sus largos incisivos. Los manotazos eran lo único que por el momento me salvaban. Aquello no les gustó. Reaccionaron. Sus cuerpos empezaron a temblar y a producir sonidos extraños. Iniciaron una rápida metamorfosis. Su pelaje se empezó a transformar en astillas negras. Ya no podría seguir mi técnica defensiva, si no quería acabar con las manos llenas de ellas. Eran demasiado puntiagudas. Probablemente me desgarrarían los músculos en cuestión de segundos. No podía arriesgarme.

—¡Aguantaaa! —grité con fuerza al felino. Aquellos engendros le estaban rodeando por todas partes. No sabía qué hacer, estaba desesperado. Di dos pasos más y me situé a su lado. Le miré a los ojos—: Saldremos de esta —le dije esperanzado.

Poco a poco, todos los murciélagos se transformaron. Aquellas astillas les crecieron por todas partes. Eran demasiados para luchar contra ellos. Se juntaron en un círculo. Cuando formaron la perfecta circunferencia, un chillido muy agudo salió de ellos. Sus cuerpos empezaron a dividirse y multiplicarse. De cada división se formaba un ser completo y simétrico al anterior. Nuestros problemas crecían con aquellas multiplicaciones. Me limpié la cara, quitando toda la sangre que tenía acumulada. Respiré fuertemente y puse mi mano sobre Asks. Sentí el fuego recorriendo mis venas. Se entremezcló con dolor. La palma de la mano se me estaba quemando. Intenté ignorarlo. Era complicado. Debía obedecer a mi mente. Cuando las llamas de Asks alcanzaron mi codo, la cueva comenzó a adquirir un tono azulado. Mientras tanto, los murciélagos no dejaban de multiplicarse.

La quemadura que se me estaba produciendo en la mano era muy dolorosa. No sabía si podría curarme de aquello. Debía arriesgarme, no teníamos otra solución. En la cueva cada vez había más y más murciélagos. Asks y yo estábamos en medio de todo. Respiré lo más hondo que pude. Las puntas de las llamas me alcanzaron el hombro. Levanté el otro brazo. Cerré los ojos y pegué un grito que retumbó en cada una de las rocas. **Sentí cómo la energía de Asks se adueñaba de cada una de mis células y las llenaba de fuego. Aquellas pequeñas llamas me subieron hasta el cuello. Bailaron en mi espalda y bajaron poco a poco por mi otro brazo. Cuando llegaron a su destino final, noté cómo la mano se me empezó a calentar. En ningún momento abrí los ojos. Me dejé llevar por mis otros** sentidos. La palma de mi mano ya estaba lista. Estaba suficientemente caliente. Extendí los dedos lo máximo que pude. Otro grito salió de mi boca. Los pulmones me retumbaron. Dejé salir el fuego que estaba acumulado dentro de mí. Me sentía poseído por él. Asks también aumentó su concentración. Las llamas cada vez corrían más rápido por mi cuerpo. Mi brazo empezó a girar en círculos. Los murciélagos empezaron a chillar. Sus gargantas emitían ruidos capaces de romper los tímpanos. Lo ignoré como pude. Me adentré aún más en mi ser. Me concentré en cada centímetro de mi piel. En cada llama. Un círculo enorme de fuego se formó a nuestro alrededor. La circunferencia perfecta. El dolor se estaba haciendo insoportable. Mi cuerpo era demasiado buen canalizador. La cicatriz que tenía en la cara como recuerdo de Skule me empezó picar, la magia negra que tenía acumulada en ella estaba actuando y propagando malestar al resto de mi cuerpo. La mano que se apoyaba sobre Asks estaba en carne viva. Levanté aún más el brazo contrario. Las llamas llegaron hasta el techo. La mayoría de los murciélagos habían ardido. Aprovechamos ese momento. Corrimos hacia donde se encontraba el resto. Me tiré de cabeza al pasillo. Algunos de los murciélagos que habían sobrevivido empezaron a perseguirnos. La furia les había enloquecido totalmente. Corrimos hacia el agujero. Asks me ayudó en lo que pudo. A pesar de mis traspiés, logramos llegar antes de que apareciesen los murciélagos. No me quedaban fuerzas para luchar contra ellos. Aparecieron los duendecillos. Rápidamente crearon una enredadera con la cual taparon el agujero. Sonreí, por fin habían servido para algo.

Estaba agotado y el dolor pudo conmigo. Oscuridad. Busqué la luz. Me rendí. Estaba agotado. El dolor era indescriptible. El sueño llegaba cargado de morfina. Oscuridad.

Algo de luz. Un atisbo de esperanza. Oscuridad otra vez. Mis pensamientos divagaban por el infinito. Sentía mi respiración. Era extraño, estaba consciente en mi inconsciencia. Las manos me ardían de dolor. Una de ellas estaba tan quemada que no sabía si podría recuperarla del todo. Probablemente me quedarían marcas de por vida. El pequeño ser paseaba de un lado hacia otro preocupado, Asks estaba demasiado cansado e intentaba reponerse y los duendecillos jugaban con la enredadera. No tenía fuerzas, mis ojos permanecían cerrados. Oscuridad otra vez. Esta vez en vez de adentrarme en mi entorno, viajé muy lejos. Más allá del bosque. Un reducto de paz se apoderó de mí. Me asusté, no estaba acostumbrado a ello. Tuve miedo de que el viaje de mi alma despertase al parásito. Estaba demasiado débil para luchar contra él. Mis miedos se deshicieron lentamente. Me relajé. La calma de aquel lugar era infinita. Subí hasta las nubes y me senté en una de ellas. Veía todo desde allí. La desolación y la tristeza eran la definición perfecta del panorama. Todo oscuro y sin vida. Estaba muy cansado, incluso allí sentado. Se me cerraban los ojos y tan solo quería dormir. Adentrarme en aquel mundo de los sueños que había oído que existía. No sabía si era real, las pesadillas poblaban las mentes de los habitantes del bosque. Sueños bonitos pocos, por no decir ninguno. Por una vez, me gustaría dormir tranquilo, pero no estaba seguro de ello, nunca me había pasado. Cerré los ojos, pero algo llamó mi atención y los volví abrir. Un olor familiar llegó hasta mi nariz. Respiré profundamente y todos mis sentidos reaccionaron inmediatamente. Ante mí, apareció la imagen de mis padres.

—Sigue tu camino, hijo —dijo mi madre—, este es tu destino, eres nuestra salvación.

—En la lejanía estamos contigo —continuó mi padre y me tendió la mano—, apóyate en mí. No estamos a tu lado físicamente, pero sí en tu corazón.

—Abre los ojos —la sonrisa de mi madre hizo que una lágrima me resbalase por la mejilla—. Vuelve de donde viniste, no te quedes aquí. Podrías perderte y no encontrarías el camino de vuelta a tu cuerpo —explicó ella.

—Vuelve, eres fuerte —me animó mi padre—, estaré contigo hasta el final.

Oscuridad de nuevo. Confusión. Todo volvía a ser oscuro y duro. No sabía si estaba preparado para volver. Me había gustado aquel momento de serenidad y tranquilidad. No quería volver a las tinieblas. No me gustaba aquel mundo lleno de desolación. Estaba mermando mi estado de ánimo y mis esperanzas. Oscuridad de nuevo. Tranquilidad otra vez. Silencio sepulcral. De repente, la imagen de mis padres. Me señalaban un túnel. Al fondo había una luz. Existía movimiento. Mi madre me sonrió una vez más, sus ojos denotaban dulzura y amor sincero. Empezó a caminar hacia la lejanía. La seguí sin perder más tiempo. Me guardé su sonrisa en el corazón. Jamás la olvidaría. Era la fuerza que necesitaba para seguir adelante.

Me desperté con dificultad. Mi conciencia volvió a ser plena. Durante el sueño había reparado varias partes de mi cuerpo, sobre todo mis brazos. Cuando mi visión se aclaró, comprobé que la mano más dañada no había vuelto a su estado normal. Tenía un color más oscuro que el resto del cuerpo. La piel estaba más rugosa. Por suerte desprendía un pequeño brillo. Parecía que sus facultades habían quedado intactas. Tardé en recuperarme del todo. El pequeño ser daba paseos y traía raíces comestibles. No sabía de dónde las sacaba, aunque tampoco me importaba demasiado. Me había acostumbrado a ellas. Tenía muchas cosas en las que pensar. Quería reforzar mi poder. Todavía no había conseguido averiguar cómo surgía. Cómo conseguía hechizarlo. Aun así, estaba orgulloso de tenerlo. Nos había salvado la vida en varias ocasiones. Intenté recordar si mis padres tenían algún poder especial. En aquel momento me acordé de que no eran mis padres biológicos. Por primera vez en mi vida tuve curiosidad por ellos. ¿También eran como yo? ¿Habían tenido habilidades especiales y por eso les habían matado? Eran preguntas sin respuesta y probablemente era algo que nunca sabría. Debía focalizarme en otras cosas, en algo donde existiese contestación.

La luz. Aquel era mi destino. Encontrarla y llevarla de vuelta al cielo. No sabía cómo podía hacerlo. Me agobiaba, los días pasaban y no veía progresos de ningún tipo. Cuando nos recompusimos de nuestra batalla con los murciélagos, nos pusimos en marcha otra vez. El nuevo pasillo era más oscuro que el anterior. Lleno de humedades y gotas por todos lados. Sentía la pesadez de la capa mojada en mis hombros. Esto, añadido al cansancio, hizo que mi paso se ralentizase. Incluso en alguna ocasión me dio la impresión de que la pared se movía. Me pareció advertir figuras dibujadas en las rocas. Cuando las miraba atentamente tenía la sensación de que no eran inmóviles. En las rocas siguientes empezó a aparecer musgo. Poco a poco, se expandía por todo el espacio. Parecía como si nos estuviésemos acercando a algún lago. Debido a la aparición del musgo, muchos de los símbolos dejaron de ser visibles. Esta carencia me desanimó un poco. Habíamos emprendido aquel camino sin fin. Tan repetitivo, tan sombrío. A pesar de eso, estaba convencido de que el musgo se desplazaba. Descansamos un poco. Todo estaba en silencio, no nos apetecía ni hablar. Aquel paisaje estaba mermando nuestro positivismo. Los duendecillos ya no saltaban, y el pequeño ser refunfuñaba.

—Hay algo extraño en el ambiente —le comenté al pequeño ser.

—Ya me he dado cuenta, algo en este lugar no me encaja del todo, el musgo se está moviendo, al igual que las estampas de las rocas —su voz me retumbó en la mente—, voy a probar una cosa, es arriesgada, pero no se me ocurre otra idea, colocaos formando un círculo.

Le obedecimos al instante. Cerró los ojos. Le imitamos todos, incluso los duendecillos. Cuando estuvimos listos comenzó a murmurar unas palabras en un idioma que no conocía pero que sí escuchaba en mi cabeza. Eran muy rítmicas. Sentí cómo algo a nuestro alrededor se empezó a mover. Tenía mucha curiosidad, pero no me atreví a abrir los ojos. Fueron movimientos muy rápidos, casi como ráfagas. Cuando el pequeño ser me soltó la mano abrí los ojos. Estábamos rodeados por multitud de espectros.

Se parecían a los que había visto en el carruaje del medio-hombre. Todos

parecían aterrorizados. Muchos de ellos estaban cubiertos por los trozos de

musgo que había visto antes. Miré las paredes, estaban limpias. No había

ningún símbolo ni nada. La información comenzó a encajar. Cada uno de

los símbolos representaba a uno de aquellos espíritus. Todos parecían

horrorizados. Asustados por haber sido invocados. Todos se juntaron en la

proximidad del pequeño ser. Su frente comenzó a brillar. Sus ojos también.

A pesar de que el color de los espectros era inexistente, se pudo distinguir

claramente cómo sus frentes comenzaron a brillar también. Se produjo una

extraña conexión entre las mentes de todos y la del pequeño ser.

Vendavales de pensamientos cruzaron aquella conexión mágica. Fue un

momento muy intenso. El ambiente estaba lleno de electricidad. Los

intercambios de información eran constantes. Para el pequeño ser, aquellos

espectros eran como un libro abierto. Después de segundos que se hicieron

eternos, los entes cortaron la conexión. Parecían demasiado cansados. Al no

tener cuerpo material, ese tipo de magias les fatigaba aún más que a

nosotros. El pequeño ser les hizo desaparecer a todos en cuanto notó su

agotamiento.

—Las noticias son peores de lo que esperaba —dijo el pequeño ser. Cuando se dio la vuelta vi en sus ojos una profunda tristeza.

—¿Qué pasó? —le pregunté.

—Son almas perdidas, parecidas a las que viste en tus pesadillas. La diferencia es que estas están condenadas a vagar por las paredes de este lugar por los siglos de los siglos. —Balder había establecido con ellas una profunda empatía.

—No entiendo —le miré desconcertado.

—Alguien ha estado practicando la nigromancia —me empezó a explicar y viendo mi cara de incertidumbre prosiguió—. Es una magia negra muy poderosa. La más complicada que existe. Quién haya sido, ha intentado la adivinación a través de la invocación de los espíritus de las personas fallecidas.

—Eso es algo muy grave —reflexioné—. ¿Ha sido Skule?

—Me temo que Skule no tiene el poder suficiente para realizar algo así. Se necesita un grandísimo poder para ello. Esto es algo muy superior a ella. —El terror apareció en los ojos de él—. Si ella es tan solo un títere, no me quiero ni imaginar lo que hay por encima de ella. —Me quedé sin palabras. Asks también se mostró inquieto.

Cuando proseguimos el camino, el panorama no cambió. Al menos, el musgo del suelo era mullido e insonorizaba nuestras pisadas. Ya no estaba atento a los símbolos. Sabía que siempre estarían allí. Moviéndose y pidiendo un auxilio silencioso. Una ayuda que jamás les podría llegar. Estaban malditos. Después de horas, algo cambió. El camino se volvió empinado. Estábamos subiendo cuesta arriba. Tenía que agarrarme al suelo para no perder el equilibrio. Por suerte no era muy largo. Poco tiempo después, llegamos a una pequeña sala. Había una ventana en uno de los lados. Al otro lado se veía algo de iluminación. Con mucha cautela me asomé. El vértigo invadió todos mis sentidos. Tuve que apartarme de allí. No pude volver a asomarme hasta que me tranquilicé. Era un miedo que tenía desde pequeño. No podía superarlo así como así. No era fácil. Cuando asumí la altura, respiré profundamente y mi cabeza volvió a asomarse. Nos ubicábamos en un escarpado acantilado. Abajo en el suelo había luces. Al agudizar el oído, escuché un murmullo. Intenté ver más allá, pero no distinguí las figuras. Justo cuando iba a retirarme de la ventana, algo llamó mi atención. La marca de una rosa de fuego a mitad de camino entre el suelo, y donde estábamos nosotros. Aquello era buena señal, el camino era el correcto. El problema sería la bajada por el **acantilado y quiénes** eran ellos. Debíamos idear un plan. Era complicado. Íbamos a dar palos de

Kristina Rybosova

ciego. No **sabíamos a qué nos estábamos** enfrentando. Los tres nos sumimos en un océano de ideas varias. Algunas tan improbables como inverosímiles. Otras más **probables, aunque arriesgadas. Era difícil ponerse de acuerdo.**

Si volvíamos sobre nuestros pasos, llegaríamos a la cueva de los murciélagos. Si bajábamos por el acantilado, nos descubrirían. ¿Qué otras opciones nos quedaban? Volví a mirar por la ventana. Allí estaba la rosa. Era la más grande que habíamos visto hasta entonces. Aquello tenía que ser una señal importante. Quizás estuviésemos cerca. Miré al suelo, ahora había cuatro guardianes. Aquello representaba un gran problema. Miré a mis compañeros, estaban demasiado exhaustos para pensar. Dado que allí estábamos a salvo, acampamos para descansar un par de horas. El tiempo para nosotros se había vuelto tan relativo que ya habíamos perdido completamente la noción de la noche y el día. En cuanto cerré los ojos, las pesadillas volvieron a mí. Poblados quemados, personas hechas prisioneras y ejecutadas, los sollozos de los niños inundaban mis oídos. A pesar de estar profundamente dormido, sabía que era un sueño. Sin embargo, ello no me quitaba la angustia. El sufrimiento de aquellas personas había sido real. Todo lo que yo había visto en mis sueños había sucedido. Eso me aterrorizaba. Tantas emociones humanas juntas eran **demasiadas para mi alma**. Me sentía frágil. Las telarañas de nervios que recorrían mi cabeza estaban demasiado saturadas. Debía encontrar un equilibrio para que no me afectase tanto.

Me desperté empapado en sudor. Teníamos que **avanzar; si no aquellas** pesadillas se comerían mis recuerdos más felices. Me vino a la mente mi pequeña princesa, no sabía que había pasado con ella. Miré por la ventana para comprobar cómo estaba la situación. La rosa brillaba más que nunca, solo había un guardián. Era nuestra oportunidad. Teníamos que aprovecharla. El pequeño ser dio instrucciones a los duendecillos. Debían tejer una enredadera que no fuese demasiado grande, para que pasase desapercibida, pero sí lo bastante fuerte como para que pudiésemos bajar por ella. **Enseguida, se pusieron** manos a la obra. Con sus manos intentaron teñirla del mismo color que las rocas. Más o menos consiguieron camuflarla. Había que reconocer que eran muy habilidosos. Con suavidad, la enredadera se deslizó por la ventana y llegó al suelo. Cerré los ojos para relajarme. Era hora de intentar bajar. Yo era el primero, el pequeño ser me seguiría. Asks no estaba convencido con la enredadera, iba a buscar su propio método. Cuando mis pies se quedaron colgando, me di cuenta de que era más empinado y alto de lo que esperaba. Me entró taquicardia. Estaba demasiado nervioso. Procuré tranquilizarme otra vez. Me centré en la imagen de la enredadera. Esperaba tener bastantes fuerzas como para bajar hasta el suelo. Mis músculos estaban en tensión. La enredadera era dura como una piedra. Tan solo llevaba un cuarto de camino, cuando multitud de heridas empezaron a nacer en mis manos. Me escocían endiabladamente. Procuré aguantar y respirar profundamente. No podía hacer ruido. Todo mi cuerpo estaba en tensión. Conseguí bajar a la mitad, allí descansé un poco.

Ruido. Mis sentidos se pusieron alerta. El sonido de las pisadas retumbaba por los pasillos de abajo. Por algún lado se acercaban más guardianes. Nuestros planes habían caído en desgracia. Eran seres demasiado grandes. Si aparecían demasiados, jamás podríamos con ellos. Por suerte, todavía contábamos con el factor sorpresa. A estas alturas no podíamos echarnos para atrás. Me quedé quieto. No tendría las suficientes fuerzas para volver trepando. Miré abajo, distinguí a los guardias. Efectivamente, se multiplicaron. Era una situación que no habíamos previsto. Mi cerebro funcionaba a la velocidad de la luz para encontrar una solución. Miré al símbolo de la rosa para que me diese fuerza. El fuego en ella había comenzado a arder con más fuerza. ¿Cómo era aquello **posible?**

No importaba. Estaba convencido de que era un buen presagio. Un soldado más apareció. Este último portaba una pequeña bandeja. Con risas se acercó a los demás y les señaló lo que tenía. Los demás lo toquetearon con sus grandes manos de cuatro dedos y lo devolvieron a su sitio. Se me revolvieron las tripas solo de **imaginarme cómo aquella** comida se acercaba a mi boca. Aquel ser se acercó al otro extremo de la superficie. Se adentró allí sin ninguna dificultad. Supuse que allí habría otro pasillo. Pocos minutos después, se escuchó el ruido de una pesada puerta. Allí debía de ser donde tenían a la prisionera. Cuando volvió las risas siguieron. No se movió del círculo. Los sonidos que emitían se expandían por todo el espacio y retumbaban en las paredes. Era parecido al chirrido de una puerta. Parecía que su conversación era muy animada. Estaban bastante distraídos. Con decisión bajé otro segmento. Me cuidaba mucho de no hacer ruido. No podíamos estropear el factor sorpresa.

Asks, por su parte, se fabricó pequeños escalones de fuego. Eran similares a los que había hecho el caballo de fuego tiempo atrás. La diferencia radicaba en el tamaño; los de Asks eran considerablemente más pequeños; y en el color celeste de estos últimos. Saltaba de un escalón a otro con habilidad. Según avanzaba, sus creaciones iban desapareciendo. Pronto nos cogería ventaja. Cuando miré abajo, calculé la distancia que podíamos **tener. Llegué a la con**clusión de que ya habíamos recorrido las tres cuartas partes del camino. Pronto estaríamos en el suelo. Descendí otro buen trecho. Quería curarme las manos. Las tenía llenas de sangre seca. No tenía tiempo. Debíamos actuar con rapidez. Estábamos al alcance de los ojos de aquellos guardianes. Tarde o temprano nos descubrirían. Respiré profundamente para saltar al suelo. Una ola de miedo recorrió mi cuerpo. A pesar de ello no tenía otro remedio. Miré arriba para asegurarme de que los demás estaban conmigo. Visto desde allí, parecía que habíamos bajado un abismo de piedra. El pequeño ser no se encontraba lejos. Los duendecillos tampoco. Aunque no tenía mucha fe en que estos últimos pudiesen hacer algo. Por su parte, Asks siguió avanzando utilizando sus escalones de fuego. Me obligué a mirar al suelo. Mi cabeza trabajaba a una velocidad de vértigo para trazar un plan. Llegué a controlar mis impulsos y pude concentrarme para analizar de forma rápida a aquellos guardianes. Tenían un tamaño mucho más robusto de lo que esperaba. Sus caras negras eran complicadas de describir. Pero el sentimiento que producían era claro. Terror. Sus cuatro poderosos dedos me recordaban a las garras de la bestia. Eran peligrosos, debíamos evitarlos a toda costa.

—Erwan, el bastardo de los duendes, ha llegado —grito repentinamente uno de los guardianes con una tronadora voz. Aquello me sorprendió. Mi sangre se heló. Solo podía significar una cosa. Nos habían visto antes, pero esperaron pacientemente a que descendiésemos. Además de fuerza, parecían tener inteligencia. Ya no había vuelta atrás. Los guardianes estaban muy relajados mirando arriba. Sabían que su superioridad era infinita. Cuando Asks estuvo a mi altura, nos miramos. Sin pensarlo más, saltamos al terreno de batalla. Me sentía como un gusano que se enfrentaba a una montaña. Asks se colocó a mi lado derecho y el pequeño ser al izquierdo. Las llamas del felino aumentaron. El pequeño ser comenzó a concentrarse. Pronto sus ojos cambiaron en color rojo sangre. A pesar de que mi cuerpo se estremecía, mis manos empezaron a calentarse. Estaba acumulando energía, por sí solo se estaba preparando para la contienda. Sentía cómo el calor nacía dentro de mí. Quizás pudiese deslumbrarles. Con eso ganaríamos tiempo. Lo intenté. Fallé. Todavía no había acumulado la suficiente energía.

Comencé a mirar por todos lados. Quería encontrar algo que me sirviese para enfrentarme a ellos. Había pequeños trozos de roca rota distribuida por varias partes de la estancia. Poco más. El resto de la superficie era lisa. Debería contentarme con eso. Los guardianes no parecían muy rápidos. Quizás si les esquivaba y cansaba, podría conseguir alguna ventaja sobre ellos. En este caso la diferencia de fuerza era demasiado evidente. Apareció un guardián más, detrás de Asks. Eran demasiados. Mis manos habían alcanzado la temperatura adecuada para transformarse. Su característico brillo aparecía poco a poco. Esta vez, una de ellas había adquirido una tonalidad verde musgo. La otra seguía con su característico dorado. Las llamas de Asks habían aumentado de tamaño. Por su parte, el pequeño ser estaba en un semiestado de trance. Los guardianes se estaban acercando poco a poco. Nos estudiaban minuciosamente.

Habían formado un círculo en torno a nosotros. Estaban tan seguros de su superioridad que se podía ver el júbilo en sus ojos. Asks estaba muy intranquilo. No aguantaba aquellos minutos de tensión en los que no sucedía nada. Expulsó fuego por la boca. Era tan fuerte que se expandió por buena parte de la cueva. El empeoramiento del humor del felino era evidente. Aquel fuego hirió a uno de los guardianes. Se enfurecieron. Comenzaron a acercarse. Aumentaron la velocidad. Uno de ellos intentó darme un zarpazo. Logré esquivarlo por pura suerte. Eran de lento caminar, pero movimientos rápidos. No me dio tiempo a recuperar el equilibrio, cuando otro zarpazo me alcanzó. Esta vez no pude esquivarlo. Mi hombro se llevó la peor parte. Cuatro poderosas marcas se quedaron clavadas en él. Intente canalizar el dolor hacia otro lado. No podía darme por vencido tan fácilmente. Cuando un nuevo zarpazo iba dirigido a mi cara, salté hacia un lado. Giré a la izquierda y coloqué unos segundos mi mano dorada en su pierna. Un rayo de energía salió de ella en forma de electricidad. Cayó al suelo del fuerte calambrazo. La luz se expandió por todo el espacio. Gané un poco de tiempo para todos. Las décimas de segundo eran vitales. Me acerqué corriendo hacia una de las rocas caídas. Un segundo guardián me persiguió. Levanté la roca y se la tiré. La esquivó sin problemas. Debía pensar otra cosa rápido. La tensión en el ambiente crecía.

El pequeño ser esquivaba los golpes levitando. Se apresuró a subirse a la cabeza del guardián. No lo consiguió. El monstruo le tiró al suelo. Balder se levantó otra vez. Necesitaba más precisión para llevar a cabo su plan. Un arañazo en su tripa hizo que el suelo se tiñese de rojo escarlata. La furia se hizo eco de ello en mi cuerpo. No podía ayudarle. Me sentía impotente respecto a la situación. El monstruo, por su parte, no tenía ni un rasguño. No se desanimó. Sus movimientos en el aire eran más lentos que antes. Con mucho esfuerzo, el pequeño ser intentó levitar otra vez. La sangre le cubrió entero. No tenía las suficientes fuerzas para poder afrontar una curación y un ataque a la vez. El guardián estaba quieto. Le estudiaba minuciosamente. No parecía exageradamente inteligente, **pero sí acostumbrado** a la lucha. El pequeño ser pensaba. Intentaba poner orden en su cabeza. En sus ideas. Procuraba aprovechar esos momentos para parar su hemorragia. Aunque si no llegaba a mí a tiempo, no podría pararla del todo.

Asks también estaba ocupado. Lanzaba fuego constantemente a su oponente. Era el único que había conseguido algún progreso. Mientras le observaba, esperando que me llegase alguna inspiración para mi propia defensa, el primer guardia se recuperó. Fue a buscarme. Ahora tenía a dos pisándome los talones. Recogí unas cuantas rocas. Mi mano verde empezó a brillar. Empecé a girar la piedra. Me concentré al máximo. Por una vez, el miedo que tenía me ayudó a ello. Tenía que socorrer a mis amigos. Si no me concentraba, perdería mi poder. No podía fallarles. Una vez más, sentí la fuerza recorriendo mis venas. Cuanto más brillaba mi mano, más se pulía la roca, la cual no dejaba de girar en la palma de mi mano. El musgo empezó a crecer en ella. No tenía muy claro lo que estaba pasando. Tampoco tenía mucho más tiempo para analizarlo. El monstruo estaba a poca distancia de mí. La roca estaba casi pulida. En uno de los lados tenía una punta afilada. El resto de los lados estaban cubiertos de musgo. No dejaba de ser extraño. La cogí fuertemente. La lancé con rabia. Durante su trayectoria empezó a girar sobre sí misma. El guardián no tuvo tiempo para reaccionar. Le dio de lleno en el hombro. Se paró irritado. No pareció herirle demasiado, pero sí aumentó su ira. Cuando se quitó la piedra, el musgo se le quedó adherido a la piel. Quitándole importancia siguió avanzando hacia mí. Justo cuando me iba a atacar con un nuevo zarpazo, el musgo se movió de sitio. Se deslizó hacia el cuello y comenzó a extenderse por todo el cuerpo. Su expansión era tan rápida que el guardián no tuvo opción de arrancárselo. Pronto le cubrió todo el cuerpo. Sus movimientos se entorpecieron. Intentó golpearme, pero apenas pudo levantar el brazo. Su compañero acudió a socorrerle. Por un momento, parecía asustado. Era algo totalmente inesperado para ellos. Hizo el amago de tocarle. Vio cómo el musgo se expandía sin dar tregua. Se alejó de él. No quería arriesgarse al contagio. Dado que no podía hacer nada, se giró en mi dirección. Tenía los ojos llenos de cólera. Me asusté. Busqué más rocas a mi alrededor. Ni una encontré. Había utilizado todas las que se encontraban en aquella zona. Un vistazo rápido me bastó para localizar las demás. Estaban todas detrás del monstruo. Tenía que llegar hasta allí de alguna manera.

Miré a Asks. Enseguida comprendió mis intenciones. Comenzó a moverse rápidamente de un lado a otro para confundir a su adversario. El cual acabó tan mareado que cayó al suelo. El pequeño ser seguía con sus ataques en el aire. Eran ataques pequeños, pero efectivos. Cada embestida le cansaba mucho debido a sus heridas, pero no se rendía. Aguantaba valientemente. Con tres saltos más, Asks se situó al lado de mi adversario. Tenía que ser una maniobra muy rápida. Eran momentos de bastante confusión. No tenía mucho tiempo antes de que el segundo guardián se abalanzase sobre el felino. A pesar de que era fuerte, no podía luchar con dos a la vez. Aproveché el momento de despiste. Ágilmente, me deslicé hacia el otro lado. Necesitaba las piedras urgentemente. Caminaba pegado a la pared. En silencio. No podía permitir que se diesen cuenta de la estratagema. Conseguí llegar al lugar en el momento justo. Asks no podía aguantar más. La energía de su fuego estaba disminuyendo. Los ataques de los guardianes estaban durando demasiado tiempo. Se veía que habían sido preparados para la guerra.

Cogí dos rocas y me concentré. Empezaron a girar a mucha velocidad sobre la palma de mi mano. A pesar del cansancio, me sentía lleno de energía. Uno de los monstruos se dio la vuelta. De alguna manera se había dado cuenta del engaño. «Demasiado pronto», pensé. Las piedras todavía no estaban preparadas. Intenté concentrarme aún más. Debía actuar con la mayor prontitud posible. Mi mano verde empezó a brillar con mucha intensidad. Era tanta la energía que tenía acumulada que noté cómo la temperatura de mi cuerpo subía. Incluso el ambiente se había cargado de electricidad. Notaba mis células rebosantes de corriente. Me sentía un canalizador entre el ambiente y la piedra. Le imprimí todas aquellas sensaciones. Me sentía poderoso. Poco a poco, estaba recuperando las fuerzas que había perdido durante la batalla. Cuando las piedras estuvieron casi completamente pulidas, una llama verde se encendió. El fuego se había manifestado directamente en mi mano. Lancé las piedras hacia el guardián. Una de ellas estaba cubierta de musgo y la otra de fuego. Una combinación mortal. Las puntas afiladas se clavaron en cada uno de sus hombros. Un grito desgarrador salió de su garganta. Las llamas se extendieron. Su tamaño adquirió tal magnitud que alcanzó al oponente del pequeño ser. Los dos cayeron fulminados en el acto. Tan solo quedaban dos. Miré hacia al tercero. El musgo se había extendido por todo su cuerpo. Rebosaba electricidad. Le había dejado totalmente inmovilizado. Seguía vivo, pero había dejado de ser peligroso. Pronto el fuego le consumiría también y su existencia entera pasaría al olvido. Ya solo quedaba uno. Asks estaba en sus últimas fuerzas. El pequeño ser yacía en el suelo con la profunda herida torturándole. Muy a mi pesar debía ayudar a Asks. Esperaba fervientemente que Balder tuviese las suficientes fuerzas para aguantar un rato más.

Necesitaba una nueva estrategia. No quedaban más piedras por los alrededores. Esta vez tenía que utilizar mi ingenio. El guardián al ver a sus compañeros calcinados se enfureció aún más. Avanzó directamente hacia mí. Suspiré profundamente. No tenía ningún plan. Miré otra vez a mis compañeros. Su estado era lamentable. Necesitaba centrarme en lo mío. No podía dejarme llevar por las emociones. Me agaché para despejar mi mente. Cuando toqué el suelo, ante mi asombro, mis manos se encendieron otra vez. La mano verde empezó a absorber una energía que no sabía de donde procedía. Me sentí más fuerte. Un canto suave se escuchó en el interior del pequeño pasillo. Mi mano lo absorbió y resplandeció más que nunca. Mi respiración se volvió agitada. **Sentía cómo la** vida crecía dentro de mí. Toqué el suelo. Mi mente se quedó vacía de todo pensamiento. Mis ojos empezaron a dar vueltas. Se quedaron en blanco. Me sentía mareado. Una onda de **energía se expandió por toda la superficie.** Creó una especie de campo electromagnético. Sentí cómo partículas invisibles se movían de un lado hacia otro. Procuré solidificar mis pensamientos. Un denso musgo empezó a crecer a vertiginosa velocidad. Unió todas las partículas entre sí y se expandió. Era un invasor natural. Se apoderó de todo lo que tenía a su alcance. Tan solo respetó el espacio que ocupaba el pequeño ser. A pesar de la sorpresa, el guardián no se dejó atemorizar y avanzó hacia mí con pesados pasos. Levanté mi mano izquierda y la luz dorada le cegó. Una brillante idea nació entre mis pensamientos. La coloqué sobre la mano derecha y me imaginé una tormenta. Aislé la mente de todo y tan solo me centré en aquella imagen. Poco a poco, del musgo comenzaron a salir pequeñas descargas eléctricas. Las piernas del guardián empezaron a temblar. Aumenté la intensidad. Gritos de dolor llegaron a mis oídos. Los obvié. Necesitaba dirigir toda mi atención hacia una sola cosa. Los calambres se expandieron por todo el cuerpo del monstruo. Cuando no pudo soportarlo más, cayó aniquilado. Una vez más se escuchó la melodiosa voz. Todo a mi alrededor estaba en calma. Me relajé. Caí fulminado en un profundo sueño. Viajé lejos de allí. Sentí miedo. Mi alma se despegó. Hacía tiempo que el parásito no había hecho acto de presencia. Tenía temor a despertarle. Había un problema. Estaba demasiado cansado para luchar contra él. Me dejé llevar. De todas maneras, hacía tiempo que no había dado señales de vida. Le sentía dentro de mí. Cómo caminaba lentamente por mi columna. Pero no parecía tener otras intenciones. Me daba la sensación de que estaba invernando. Eso era bueno. Me relajé.

Numerosas hojas comenzaron a azotar mi cara. El aire silbaba en mis oídos. Era una buena sensación. Por un segundo, podía sentir la libertad. Estar bajo tierra había hecho que mi carácter empeorase. El enfado y la agresividad se habían apoderado de mí de manera constante. Disfruté de aquel momento. Me llené de paz. Sabía que un momento así no iba a durar mucho tiempo. Quería saborearlo bien. Ardua tarea. A cada rato venían a mi cabeza momentos pasados. De sufrimiento y miedo. No me permitieron deleitarme con el instante. Todo aquel sometimiento sin sentido había hecho que el mundo que yo conocía fuese cruel. Todos los seres vivos habían temido enfrentarse a la Élite del Mal. Habían huido al calor de sus hogares. Nadie les había plantado cara hasta ahora. Los habitantes más pacíficos del bosque, los duendes, habían conseguido que la élite no reparase en ellos. Gracias a eso habían podido mantenerme a salvo. Yo estaba dispuesto a llegar al final. Sabía que había dos desenlaces posibles: la destrucción de ellos o mi propia desgracia. También sabía que era mucho más probable que se cumpliese la última. No por ello iba a desfallecer. Por lo menos, sería el primero que les hizo frente. Quizás detrás de mí viniesen más. Era la esperanza remota que aguardaba. La que me mantenía vivo.

Seguía flotando por el aire. Las ramas de los árboles se volvían cada vez más livianas y mi espíritu más intrépido. Volví a aquel lugar que tantas veces había visitado en sueños. El árbol flotante. Esta vez no estaba lleno de neblina, ni el frío congelaba sus raíces. Cuando aterricé a su lado, el cielo se oscureció. Una tormenta de rayos estaba a punto de caer. Quizás eran consecuencia de mi ataque a los guardianes. La electricidad fluía por todas partes. El aire se cargó tanto que se hacía complicado hasta respirar. No sabía si era tan solo una ilusión o quizás un mensaje oculto. Cuando toqué la corteza, los rayos y truenos retumbaron por todas partes. Una punzada de miedo invadió mi pensamiento. La tensión eléctrica del ambiente y la tormenta no eran una buena combinación. Me eché para atrás. Mis instintos más básicos actuaron y comencé a correr para atrás. La tormenta se había acumulado en torno al árbol. En el momento justo que empezó la borrasca, el parásito se movió dentro de mí. A pesar del miedo que me daba, esta vez no parecía una amenaza. Simplemente comenzó a caminar por mi columna, inquieto. Al fin y al cabo éramos uno. Podía notar perfectamente su miedo. Otra cosa era que lo comprendiese. Aquella tormenta nos había afectado a los dos. Cuanto más se acentuaba la tormenta, más dolor me producían sus andares. Me encontraba totalmente cargado de electricidad. Ya no solo estaba en el aire que nos rodeaba. Se había proyectado en mí. Me sentía como un canalizador de energía. Temía que se volviese a repetir la misma sensación que tuve durante la lucha contra los guardianes. Esta vez mis células tendrían que resistir la presión. Lo mismo pasaba con el parásito. Debía aguantar. Por mi bien, y por el suyo. De nada me servía que estuviese nervioso. De nada me servía que su caminar me produjese dolor. Con el paso de los días había comprendido que él sin mí no sobreviviría. No al menos que se llevase mi alma. Lo peor de todo es que también había comprendido la otra parte. Aquella que implicaba que mi cuerpo tampoco sobreviviría sin él. Era un pensamiento que me frustraba, pero no tenía otro remedio. No en aquel momento.

El ambiente se cargó aún más. Los rayos aumentaron de tamaño. También había truenos. El estruendo hacía estallar mis tímpanos. Era la mayor tormenta eléctrica que había visto hasta aquel momento. Muchas de las ramas del árbol estaban siendo destrozadas. No sabía su origen, pero suponía que era importante. Yo lo había llamado el árbol de las almas perdidas. Allí fue donde me encontré con ellas la primera vez. Tenía sentido haberle dado ese nombre. Sin embargo, intuía que había algo más detrás de ello. No era el único que presentía algo. El espíritu de la araña de mi interior también. Sabía que este viaje no sería el último que haría hacia allí. Al árbol de las almas perdidas, o al árbol de la vida, o quizás al árbol de la muerte. Todavía no lo tenía claro. Me gustaría llamar a Hamingja. Ella quizás me daría alguna respuesta. Pero recordé sus palabras. Solo podía pronunciar su nombre en una situación muy grave. Si lo utilizaba por otras razones me podía abandonar. Yo no quería que eso pasase. Ella era mi guía hacia la luz. No podía aprovecharme de sus facultades. Si lo hacía, me dejaría para no volver. Había acudido a mí por propia voluntad. Pero la misma facilidad que tenía para venir, la tenía para irse. No quería arriesgarme a perderla. El sonido infernal de los truenos me devolvió a la realidad. Tenía que irme de allí cuanto antes. Me giré para mirar por última vez al árbol. De repente un rayo impactó en el centro de él. Verle atravesado de esta manera me dolió. Algo estaba pasando, tenía que darme prisa. Los malos presentimientos estaban creciendo de manera intensa.

Los párpados empezaron a pesarme. La oscuridad se estaba apoderando de mí otra vez. El parásito se calmó. Yo no. Estaba jadeando. No lograba volver a la calma. Todas aquellas reflexiones eran inquietantes. Cuando conseguí abrir los ojos, me di cuenta de que me había dado un duro golpe en la cabeza. Estaba mareado. Mi visión era borrosa. Me tanteé, y mi mano se llenó de sangre. Me tenía que curar cuanto antes. Apenas tenía fuerzas para levantarme. Invoqué la fuerza a mis manos. Tenía que conseguir que el proceso de curación fuese rápido. Un débil brillo verde apareció. Lo coloqué sobre mi cabeza. Enseguida comencé a sentirme mejor. Mis huracanes mentales habían desaparecido. Poco a poco, me incorporé y miré a mi alrededor. Escuché nuevamente la dulce melodía. Quise seguirla. Era embriagadora. Quería quedarme en aquel estado de ensoñación eterno. Justo en el momento en el que me iba a dejar llevar por todo ello, vi al pequeño ser. Estaba malherido y apenas respiraba. Desperté en el acto. Él era mucho más importante que mi propia sensación de bienestar. Fui corriendo hasta su posición.

Asks estaba tumbado cerca. También estaba débil, pero se recuperaría. En cambio, el pequeño ser necesitaba una cura inmediata. Siguiendo un impulso cerré los ojos y coloqué mis dos manos encima de él. Un cántico muy grave salió de mi garganta. Respiré profundamente. El aire llenó enteramente mis pulmones. Aquel canto llenó toda la estancia y acalló la dulce melodía. Me llenó de energía y positivismo. Aproveché la energía y electricidad acumulada del ambiente. Las deje fluir lentamente dentro de todo mi ser. Mis manos se encendieron. Primero adquirieron su particular tono verde, para después cambiar a rojo. El color se fue oscureciendo hasta adquirir la misma tonalidad que la sangre del pequeño ser. La herida era profunda. Balder sufriría mucho con todo el proceso. Acerqué más aún las manos hacia su cuerpo. Se **podía ver cómo la sangre empezaba a renacer y regenerarse. Parecía un río en pleno nacimiento. Salvaje e indomable. Muchos de los pequeños capilares rotos se empezaron a juntar.** El calor de mis manos estaba realizando la labor de reconstrucción. Mientras tanto, el pequeño ser seguía sin dar señales. El proceso de renacimiento era tedioso. En cierta manera, era bueno que el pequeño ser estuviese inconsciente. Probablemente no habría podido resistir toda la sanación. Los minutos siguientes fueron intensos. A pesar de que pasé mucho tiempo proyectándole mi energía, la herida no quería cerrarse. Había perdido mucha sangre y los brotes de la nueva vida eran complicados.

Cuando el cansancio se comenzó a apoderar de mí, una nueva melodía llegó hasta mis oídos. Era tan suave como una flor y tan dulce como la miel. Capaz de evadirme a los mismísimos confines del planeta. A pesar de que no sabía que había más allá del bosque, tenía fe en que el mundo inexplorado fuese infinito. Todos estos pensamientos fluían en conjunto con las notas de música. Estaban entrelazados de manera sencilla y sincronizada. Moví la cabeza de un lado a otro con furia. Debía volver a la realidad. El pequeño ser seguía convaleciente. No sabía qué podía hacer. Mis energías habían disminuido. Estaba demasiado cansado como para poder continuar con la sanación. Por lo menos, había conseguido restablecer el flujo de su sangre. Esto había ayudado a cerrar sus heridas más internas. No quedaba mucho trabajo; por lo menos ese era mi anhelo. Necesitaba encontrar alguna fuente de energía alternativa. Me levanté despacio. Investigué todo lo que había a nuestro alrededor. Me quedé desilusionado. Todo era roca. Me acerqué al pasillo por el que salieron los guardianes. Quería asegurarme de que ninguno más nos entorpecería el camino. Caminaba con la mayor prudencia posible. Sin hacer ruido. Pegué el oído a la pared, procuré olfatear todo, pero nada. A pesar de ello, no podía relajarme. Volví sobre mis pasos. Cuando me acerqué a mis compañeros, vi que nada había cambiado. El pequeño ser seguía inconsciente. A pesar de la rabia que tenía en mi interior, por el momento no podía hacer nada más. Una vez más, la melodía comenzó a sonar. Miré a los demás, pero ni se habían inmutado. Le pregunté a Asks si lo escuchaba, pero negó con la cabeza. Estaba confuso. ¿Eran voces en mi cabeza? ¿Me estaba volviendo loco? Miré arriba. La rosa de fuego adquirió un tono azul intenso, el color del agua embravecida. La melodía se intensificó.

Regresé al lado del pequeño ser. Tenía miedo por él. No reaccionaba. Me senté a su lado y esperé. Debía encontrar su fuerza interior. Yo ya no podía hacer más por él. Asks también estaba muy débil, debía ir a recargar su energía a la morada de la Dama Blanca, pero estábamos en una especie de ratonera. No sabíamos cómo salir de ahí. Ignoré la melodía todo el tiempo que estuve allí sentado. Me tapaba los oídos, pero aquello no servía de nada. Me distraía demasiado. Nuevamente, coloqué mi mano verde sobre Balder. Debía intentarlo una vez más. Era mi obligación curarle. Cerré los ojos, respiré profundamente. Mi esencia sanadora se depositó en él. Se quedó en la superficie. Esta vez no penetró en su interior. Un polvo verdoso le cubrió entero. Me desesperé. La melodía empezó a sonar con más fuerza. Sentía su llamada. Otra vez estaba poseído por ella. Me llamaba. Empecé a caminar al otro extremo. La melodía procedía de aquella parte del pasillo que no habíamos investigado. Caminé con cautela. Había rastros de comida por el suelo. Comida podrida, pero, al fin y al cabo, alimento. Me adentré en un oscuro pasillo. La melodía se volvió más dulce todavía. Nada iluminaba mi camino. No me importaba. Estaba poseído.

Seguí caminando. Me tropecé varias veces. Había muchas piedras en el camino. Me levanté una y otra vez. Aquella melodía me había entusiasmado. Me sentía eufórico. No me detenía ningún obstáculo.

Cuanto más avanzaba, más sentía el suelo mullido. Era una sensación extraña. Quería saber qué pasaba a mi alrededor. Llamé la energía a mi mano dorada. Me iluminó el camino. Estaba lleno de musgo por todos lados. La humedad en el ambiente era tan grande que se había reproducido con mucha rapidez. Iluminé más lejos todavía, quería ver el fondo del pasillo. Distinguí una imagen extraña. Mis ojos no querían creer lo que veían. El tronco de un árbol había crecido en el interior de aquel paisaje subterráneo. Era de una corteza fina. De color marrón muy claro. Delicado. Estaba recubierto de musgo por todas partes. Tenía una pequeña puerta de madera. Ninguna ventana. Parecía rebosante de vida. Aceleré el paso. Quería saber hacia dónde me llevaría aquello. Me emocioné con el hallazgo. Cuando llegué a la altura de la puerta, la melodía cesó. Me quedé quieto para ver si volvía. De hecho, quería que volviese, era demasiado dulce como para querer abandonarla. Quizás si abría la puerta, volvería a mí. Me había obsesionado con ella. Me resultaba sorprendente tener un sentimiento de dependencia tan grande. Nunca me había pasado. Admiré la puerta. Parecía sacada de un cuento de hadas. Idéntica a algunos dibujos de los libros de mi padre. Me acerqué aún más para abrirla. Me encontraba muy cerca de ella. La inquietud embriagaba toda mi alma. En cuanto la toqué todo lo que había a mi alrededor desapareció. En su lugar, desolación. Piedras duras y frías aparecieron en su lugar. La armonía se rompió. Ante mí ya no estaba aquella puerta fabricada de fantasía y sueños. Ahora, una gran puerta de metal azul ocupaba todo el espacio. Parecía muy pesada y resistente. Intenté abrirla con todas mis fuerzas, pero era imposible. Súbitamente, escuché un débil quejido lastimero. Aquello aceleró mi pulso y sentí la necesidad de llegar al otro lado. Miré la puerta detenidamente, tenía que existir alguna forma para atravesarla. Me alejé para verlo todo **con mayor perspectiva. Pasaron por mi mente varias ideas. Quizás podría calentar la puerta hasta** fundirla, aunque parecía demasiado resistente para ello. La siguiente idea que se me ocurrió fue encontrar algún resquicio donde la puerta fuese más débil. Otro error. Estaba perfectamente incrustada en las rocas. Un par de ideas más rondaron mi mente, pero las deseché todas. Tenía que haber una solución. Estaba convencido de ello. Como no se me ocurría ningún otro plan probé a calentar mis manos. Tal y como había predicho, no sirvió de nada. Apenas se calentó la primera capa y se produjo una pequeña fusión. Necesitaba algo más eficiente. Me senté a pensar otra vez. Procuré aclarar mi mente. Pensé en frío. Pensé en hielo.

Necesitaba calmar mis emociones. Encontrar una solución. Lo que había

detrás de aquella puerta, además de intrigarme, me llamaba. No sabía cómo

explicarlo. Simplemente lo sentía así. Algo me atraía hacia allí. Permanecí

así unos minutos más. Reflexionando. Si aquella puerta había sido

construida, debía de tener algún punto débil. Totalmente centrado me

levanté y volví a estudiarla con detenimiento.

CAPÍTULO 08

Me encontraba palpando cuidadosamente la puerta cuando escuché la melodía. Me estaba envolviendo de nuevo. Esta vez no era tan relajada como antes. Más bien, podía intuir en ella melancolía y dolor. Aquello no me gustó. Tenía la sensación de que el ser que emitía aquellos sonidos estaba agonizando. Clavé las manos y empujé la puerta otra vez. Mis resultados fueron nulos. Decidí trepar por las piedras. Cuando llegué arriba del todo concentré toda mi energía en las manos. Eran movimientos arriesgados. No tenía el equilibrio necesario. La mano dorada se encendió con mucha fuerza. Tenía una fuerte motivación. Conseguí formar un pequeño agujero en una de las piedras. Era más reducido de lo que pensaba. Tenía que bastar por el momento. No podía sostenerme durante más tiempo allí. Me deslicé hasta el suelo. Tenía que idearlo de otra manera. Encendí mi mano verde e intenté crear musgo. Luces verdes salieron de ella. Era buena señal. Liberé mi mente de todo lo demás. Tan solo pensé en millones de partículas de musgo que se unían entre sí para formar un conjunto mayor. Giré la palma de la mano hacia arriba y apareció poblada del **vegetal. Estaba viscoso. Sonreí.**

Justo lo que necesitaba. Me serviría de adhesivo. Subí otra vez. Gracias a mi mano dorada hice más agujeros en la roca. Después de muchos intentos, al fin conseguí que se desprendiese un buen fragmento de roca. Aquello debía de ser suficiente para poder pasar. No me quedaban más fuerzas para seguir embistiendo la pared. La magia me desgastaba mucho. Todavía no había aprendido a controlarla.

Me empecé a deslizar hacia dentro. Era una ardua tarea, pero tenía que solventarla. Me sentí oprimido, pero debía avanzar. Sabía que era capaz. Cuando por fin logré cruzar al otro lado, me caí en el suelo duro. Miré las proximidades, me encontraba en una especie de calabozo. Tenía el mismo aspecto que el árbol verde que había visto anteriormente. Era muy acogedor y por el centro transcurría un río lleno de peces de colores. Para cruzar el río, había un puente. La maleza lo cubría todo. Estaba algo desconcertado con la imagen que tenía enfrente de mí. Me adentré decidido. Cuando di un segundo paso, toda aquella fantasía desapareció al instante. Se transformó en un calabozo frío y húmedo. Apenas estaba iluminado por una antorcha vieja. Enfrente de mí había alguien tumbado en el suelo. Me acerqué corriendo. La náyade descansaba en el suelo casi sin señales de vida. Estaba totalmente desnutrida. Totalmente magullada.

Me acerqué con mucho cuidado. No quería que me tuviese miedo. La cogí en brazos y salimos de allí. Parecía tan frágil y estaba tan pálida que apenas sentía su peso en mis brazos. Me entraba un profundo desconsuelo cada vez que la miraba. Traspasó con mucha facilidad el agujero. Estaba hecha un ovillo. Apenas ocupaba espacio. Su delgadez y fragilidad eran extremas. No abrió los ojos hasta que no estuvimos cerca del pequeño ser y Asks. Balder todavía se encontraba inconsciente. Por lo que pude ver, las heridas se le habían cerrado. Una parte de mí se llenó de tranquilidad. Me acerqué a él y coloqué a la náyade a su lado. Tenía que descansar un poco para poder pensar con claridad cómo salir de allí. Me quedé dormido a su lado. No soñé nada, lo que me llenó de paz interior. Tampoco dormí mucho tiempo, pero sí el necesario para descansar la mente, que era lo que necesitaba en aquellos momentos. Habían sido momentos demasiado intensos. Nada más despertarme, investigué por dónde podíamos salir. Me adentré en el pasillo contrario. Por allí quizás habría una salida. Volví corriendo hacia donde estaban los demás. Me quedé impresionado con la imagen que vi. La náyade, con mucho esfuerzo, procuraba mantenerse derecha. Se había acercado al pequeño ser y le estaba cantando. La melodía le envolvió, y le elevó unos pocos centímetros. El pequeño ser se despertó de repente. Estaba jadeando. En cuanto se incorporó, la náyade se desmayó.

Le había entregado sus fuerzas. Corrí a su lado. Me situé entre los dos. Por

una parte estaba alegre por la recuperación del pequeño ser. Por otra, la

melancolía me invadió otra vez. Aquella pequeña náyade era capaz de

traspasarme sus sentimientos. Eran sensaciones extrañas. Quizás era su

particular manera de comunicarse conmigo. Me agaché para comprobar su

respiración. Justo en ese momento la tierra tembló. Se produjo un gran

estruendo. Muchas de las piedras se desprendieron. Nos quedamos

atrapados.

—¿Qué ha pasado? —escuché la voz del pequeño ser en **mi cabeza**—.

¿Dónde estamos? —Se encontraba confundido—. ¿Dónde están los

guardianes?

—Esta vez hemos ganado la batalla —contesté con un suspiro—, pero

mucho me temo que estamos atrapados —concluí mirando las rocas que me

rodeaban.

—Es una náyade —dijo de repente Balder sorprendido.

—Sí —le miré—. ¿Qué sabes de ellas?

—No mucho. Son seres ancestrales. Su magia es conocida por todos

como una de las más inmaculadas. Cuando se creó el mundo, a las náyades las trenzaron con la magia del agua más pura. De aquella agua bebieron también los unicornios. De ahí vienen algunos rasgos comunes entre las dos especies. Hacer daño a una náyade del agua es algo muy ruin. Su melodía es capaz de traspasar largas distancias cuando están en peligro, ¿tú la escuchaste, verdad?

—Sí —contesté maravillado.

—Te estaba llamando; mucho me temo que ella no es una náyade cualquiera —reflexionó y cortó la conexión. Estaba demasiado cansado para continuar la conversación.

Desde luego, cuanto más sabía de aquel mundo, más impotente me sentía. El pequeño ser apenas se estaba recuperando. Estaba mareado y débil. Sus fuerzas, a duras penas, le dejaban masticar unas raíces para calmar el hambre. La náyade se encontraba en un estado más que lamentable. Tumbada inerte. Su respiración era débil. Asks se mostraba estable, pero sus fuerzas también estaban mermadas. Necesitaba urgentemente recargar sus energías en las profundidades. Los pequeños duendecillos permanecían impasibles. Frustrado, incompetente e inútil. Había entrado en una espiral de autocompasión. Aquello no era normal en mí. Debía alejar aquellos pensamientos y pensar en soluciones. Tenía que optimizar el tiempo, tal y como me había enseñado mi padre. Empecé a mirar detenidamente la cueva. El techo era **demasiado alto. Quizás podía pedir a los duendecillos que conjurasen una enredadera.** ¿Pero de que serviría? Una vez arriba, no tendríamos cómo hacer un agujero hasta la **superficie.** Miré al pequeño ser, quería saber su opinión y sus ideas. Después de nuestra corta conversación había cerrado completamente su mente. Estaba haciendo diversos ejercicios de concentración. Quería recuperar sus facultades cuanto antes. Miré a la náyade, su piel se estaba agrietando. Con mucho esfuerzo pronunció la palabra agua. No tenía nada para darla. La necesitaba con mucha urgencia. Me puse nervioso, no la había salvado para que ahora muriese. Fui corriendo al calabozo. Tenía la esperanza de que hubiese algo húmedo por allí. Al final, lo encontré, un pequeño cuenco de agua. No era suficiente, pero por el momento tendríamos que contentarnos con ello. Cuando volví, bebió como si le fuese la vida en ello. Me di cuenta de que el tiempo para salir de allí con vida se nos estaba acortando. Necesitaba un milagro. Me levanté rápido. Decidido. Volví al calabozo. Quizás allí encontrase una salida. Era una esperanza mínima, pero no se me ocurrían más ideas. Lo estudié a fondo. Se sucedían diferentes zonas, unas más húmedas que otras. De algún lado tenía que venir aquella humedad. Tan solo debía descubrirlo. Me agarré a aquella

mínima creencia. No podía fallarles a los que ya consideraba como mi

familia. Comencé a palpar cada roca. Puse toda mi atención en ello. Estaba

convencido de que algo extraño había allí.

Rebusqué entre las piedras del calabozo. Había algo allí que no me

convencía. En la parte más alejada de la puerta, encontré musgo. Era de un

color azul metalizado. Desde luego no era mío. El que yo era capaz de crear

tenía un color verde intenso. De alguna manera tenía que haber llegado

hasta allí. Quizás, podría encontrar una salida. Toqué aquel musgo con

delicadeza. Su color era magnético. Estaba claro que había sido fabricado

mediante magia. Podía notarlo. Estaba demasiado mullido. Intenté arrancar

un trozo. En cuanto se desprendió, murió. En cambio, el que estaba en el

suelo se empezó a reproducir con facilidad. Estaba maravillado con aquel

espectáculo. Justo en el momento en el que se iba a cerrar del todo, del

hueco vacío, salió una sombra. Era parecida a un fantasma. Me atravesó y

sentí mucho dolor. Fueron tan solo unos segundos, pero tan intensos que

sentí cómo numerosas estacas se me clavaban en el cuerpo. Se proyectó

sobre las piedras y se quedó allí quieta. Al ver que no se movía, arranqué

otro trozo de musgo. Se repitió el mismo proceso. Esta vez, el fantasma que me atravesó me infligió más dolor aún. Empezaron a moverse con mucha violencia de un lado a otro. Se comportaban de una manera muy extraña. Intuía que eran fantasmas humanos. Estaban confundidos y agresivos. Debían de haber estado mucho tiempo encerrados. Se multiplicaron con facilidad. Ahora había seis. Me habían tendido una trampa. Estaba nervioso. No sabía qué esperar de la situación. Tenía ganas de salir corriendo, pero sabía que aquello no me ayudaría. Probablemente ellos fuesen los únicos que supiesen cómo salir de allí.

En un abrir y cerrar de ojos, mientras me abatían mis dudas, toda la estancia se llenó de fantasmas. Algunos eran más oscuros, otros totalmente traslúcidos. Era impresionante la rapidez con la que se habían reproducido. Me apoyé contra la pared. Intentaba no tocarlos para que no me traspasasen su agonía. El musgo azul había dejado de crecer. Un gran agujero se abría a mis pies. Parecía muy profundo. Los fantasmas cada vez se encontraban más cerca de mí. Pensamientos negativos venían a mi cabeza. Momentos de tensión y ansiedad. Tenía que salir de ahí. Ahora sí que no me quedaban dudas. No contestarían a mis preguntas. No tenía nada que hacer allí. Quizás, si salía corriendo, me podría llegar a salvar, era fácil atravesarles. Lo complicado eran las sensaciones que transmitían. Lo más seguro es que no fuese capaz de aguantarlo. Mi cabeza parecía un torbellino de ideas que iban y venían. Ninguna me convencía del todo. Los fantasmas estaban quietos. Me observaban. No tenían prisa. Probablemente, habían esperado una eternidad para llegar a este momento. Era su única manera de expresar el dolor acumulado. Yo tampoco les quitaba ojo. En aquel momento me di cuenta de cuán diferentes eran. Todos, entes no corpóreos, pero poseían sus características particulares. Quizás fuesen las almas perdidas de los que murieron en aquella celda. Mientras estaba navegando en mis pensamientos y conclusiones, noté que los pies se me empezaban a mojar. Miré al suelo desconcertado. Del agujero emanaba agua con bravura. Era agua de un azul oscuro, casi metálico, pero al fin y al cabo agua. Muchos trozos de musgo que había arrancado empezaron a flotar en ella. Se estaban fundiendo poco a poco hasta convertirse en un solo elemento. El agua comenzó a brillar aún más. Era algo extraño. Inexplicable. Estaba aturdido. Miré a los fantasmas, permanecían inalterables. Estaba nervioso. El agua estaba subiendo por momentos. Debía salir de allí inmediatamente.

Era necesario que me enfrentase a mis temores. Me preparé para correr. Rápidamente, estudié la estrategia a seguir. Los huecos que se habían quedado libres entre ellos. Procuré dejar la mente en blanco y me metí de lleno en un mundo de emociones. El primer fantasma que me tocó me heló la piel. Imágenes de almas perdidas y hundidas aparecieron en mi mente.

Barcos encantados llenos de algas negras que se movían de un lado hacia otro invocando una danza. Eran bellas. Peligrosas. Venenosas. Invasoras. De ellas salían voces que cantaban dulcemente. Era un espectáculo arriesgado de ver. Te atrapaba de tal manera que no tenías ganas de alejarte de allí. La magia te envolvía dulcemente hasta que no tenías remedio. Veía viajes de navíos. Navegaban por océanos oscuros llenos de tempestades. Los cuerpos extenuados de los marineros caían en cubierta. Luchaban por salvar su vida, a pesar de que ya no les pertenecía. Eran simples marionetas para las salvajes olas. La sombra del fin se cernía sobre ellos. Gritos suplicantes mientras les arrancaban las almas de sus cuerpos. Me sentía como si fuese uno de aquellos marineros. No podía perderme en el océano, debía avanzar, el agua oscura ya me llegaba **hasta los gemelos. Con** esfuerzo y decisión di un paso más. El siguiente fantasma me llevó hasta el desierto. Arenas movedizas nacían en la lejanía del horizonte. Una caravana de personas y animales aparecía a lo lejos. Las arenas se volvieron mates. **Quería gritarles** que era una trampa, no podía, los sonidos no salían de mi boca. Las risas alegres de los niños llegaron hasta mí. Grité y grité, pero nadie me oía. Las risas se transformaron en sollozos llenos de miedo. Habían caído en el engaño. Las voces infantiles que pedían auxilio se filtraron en la cabeza. La desolación me corrompía. Después silencio. Esa

ausencia de sonido era lo más triste de todo. Significaba que la esencia de la

vida había desaparecido. El calor me abrumaba, pero no me hacía olvidar.

El dolor no era tan fácil de mitigar. La imagen de los niños era imposible de

arrinconar en mi mente. Sentía cómo mis energías vitales se estaban

apagando. Las emociones negativas me habían dejado débil. Cada vez me

costaba más respirar y mis movimientos se estaban ralentizando. Caí de

rodillas. Los fantasmas no se habían movido de su sitio. Procuré mantener

la cabeza erguida. Miré detrás, tan solo había atravesado a dos de ellos.

Todavía me quedaba camino por recorrer. Me arrastré a gatas. Las piernas

me pesaban. Me resbalé. Un golpe fuerte en la cabeza me hizo reaccionar.

Estaba mareado. Volví a tropezar. Tragué agua. Tenía un sabor extraño.

Estaba demasiado amarga. Seguramente estaría contaminada con alguna

sustancia. Empecé a toser con fuerza. Me estaba ahogando. Escupí con

fuerza. Miré adelante. No podía mantener los ojos del todo abiertos. Di un

paso más. Iba a atravesar al tercer fantasma. La cabeza me daba vueltas. La

cueva entera daba vueltas a mi alrededor. Comencé a sentir frío. No sabía

de dónde venía. Tan solo tenía claro que cada vez era más intenso.

Comencé a temblar.

Hielo. Bloques poderosos flotaban en el mar. Ahora viajaba a lugares lejanos. Estaba volando por encima del hielo. Había llegado hasta la madre de todos los icebergs. Era tan grande y consistente que era imposible romperlo. De aquella enorme masa, se iban desprendiendo diminutos trozos que caían al mar violentamente. Era extraordinario estar allí. Me sentía como un pequeño ser entre gigantes. Me encontraba satisfecho. De momento no había sentido dolor, ni angustia de nadie. Quizás tuviese un pequeño espejismo de tranquilidad. Aquella sensación duró poco. Muy cerca había altas paredes heladas. Allí descubrí seres congelados. El lugar era un cementerio de animales, algunos de los que se encontraban allí eran simples crías. Habían sido condenados a ser muertos vivientes. Tan solo podían mover los ojos y la boca. Comenzaron a lanzar aullidos llenos de pesar. Las crías no podían llorar, sus sollozos se habían convertido en hielo. Les miré a los ojos, el suplicio que nadaba en ellos era sobrecogedor. Sentí una empatía con ellos muy grande. Las lágrimas me empezaron a caer como dos cascadas por las mejillas. Una vez más, mis manos estaban atadas. No podía ayudarles. Lo único que tenía permitido era ver su sufrimiento. **Mi alma se había roto en mil pedazos. La esencia de su dolor había penetrado en mi piel y sentía cómo me estaba consumiendo. No entendía el propósito de aquellos viajes. Pude abrir los ojos un momento. El** agua oscura me estaba llegando hasta la barbilla. No sería capaz de salir de allí y atravesar a todos los fantasmas. O bien me ahogaba en aquella condena o en el agua. Mi mente se despejó por un momento. Todavía no había acabado. Duró poco tiempo. El tercer fantasma me quería llevar nuevamente hacia el hielo. Intenté resistirme. Mi cabeza vagaba entre las tinieblas. Era medio consciente de lo que sucedía a mi alrededor. Una puerta se abrió ante mí. Una luz apareció. Alguien me tendió la mano. No sé si la llegué a coger. El agua se estaba adentrando en mi nariz. El agua había subido de nivel. Tampoco podía distinguir si era una mano real o ficticia. Continué divagando, viajando por los confines de los enigmas. Me dejé llevar. La sensación de paz me embriagaba.

Aquella mano seguía en mi campo de visión. Intenté alcanzarla, pero cada vez que me movía escuchaba el aterrador aullido de los seres atrapados en el hielo. Debía llegar hasta el cuarto fantasma. Era mi deber. Alargué la mano. Un tacto frío me congeló. Comencé a viajar en el tiempo. Me esforcé por evitarlo. Cerré la mente. La bloqueé con un muro de hielo. No fue suficiente, me imaginé fuego. Coloqué una serie de trampas mentales para que no llegase a mi esencia. Era complicado, agotador. Me estaba disipando por completo. El hilo de mi vida se escapaba en el infinito.

La mano se estaba dispersando, debía cogerla antes de que fuese demasiado tarde. No podía dejar que se fuese. Toqué algo. Quizás era tan solo mi imaginación, puede que mi desesperación, no lo sabía. Me aferré a ese pensamiento. Mi cuerpo cayó al agua. Tragué mucho líquido. Mis pulmones se llenaron, me estaba ahogando. El fantasma insistía en llevarme a aquel viaje. No quería permitírselo. Oscuridad. Algo de luz, una figura distante. Oscuridad. Abrí los ojos a duras penas. Cogí aquella mano. Oscuridad. Abrí nuevamente los ojos, veía luz al fondo. Era como un túnel cilíndrico, con una luz al final. Quería llegar a aquella luz. Sabía que no era el final. Corrí veloz. Noté cómo mi cuerpo era arrastrado contra las rocas. Algunas se me clavaron en los músculos. No me importó. Anhelaba la luz con todo mi ser. Me obsesioné con ella. Oscuridad otra vez. Me encontraba magullado, mi mente rozaba el límite de la paranoia. Las sensaciones eran inexistentes. Mi umbral del dolor estaba quebrado. Cerré los ojos con fuerza. Quería volver en sí.

Calor, no sabría explicar la sensación. La temperatura era mucho más elevada que las otras veces. No había llamas de fuego por ningún sitio, pero el calor era insoportable. Me recordaba a mi estancia en el tronco del árbol. Comencé a palpar todo lo que me rodeaba. Me entró pánico solo de imaginarme pasar por ello otra vez. No caían perlas de sudor por mi

espalda, era algo más. Mis células se estaban deshidratando por momentos.

La temperatura se incrementaba. Todo estaba oscuro, quizás fuese otra

bilocación. No estaba seguro, la luz había desaparecido. Aquel ansiado

túnel con claridad final no se encontraba en ninguna parte. Tan solo ruidos

extraños. Parecían tambores. El ritmo era frenético. Mi cuerpo se dejó

llevar por él. Mis pies empezaron a bailar como si estuviesen poseídos por

otra persona. Al poco tiempo, mis brazos se movieron al mismo compás.

Eran movimientos circulares. Complicados. Sentí cómo los ojos

desaparecían de mi cara. Era espeluznante. Todo era confuso a mi

alrededor. Empecé a divisar unos seres que no conocía. Su piel tenía

tonalidades rojas. Dientes pequeños. Ojos enormes. Bailaban a mi alrededor

con la melodía apasionada. Repentinamente, sentí que mis pies se

quemaban. Miré al suelo. Estaba bailando encima del fuego. Me sobresalté.

Enseguida salté lejos de allí. Observé mis pies, no estaban quemados.

Simplemente eran diferentes. Mis piernas enteras eran de color rojizo. Todo

mi cuerpo parecía envejecido. Estaba asustado. De repente, me sentí

cansado; mayor. Encontré un espejo cercano. Me miré. Me quedé atónito,

no era yo. En lugar de mi reflejo vi una persona mayor. Anciana, llena de

barba blanca y arrugas. Los ojos eran míos, aunque también habían envejecido. Noté un abismal calor muy cerca. Parecido al que había sentido en el centro de la tierra. Me giré. Dónde antes había simples cenizas, ahora se había formado un fuego de dimensiones descomunales. Me quedé paralizado. En el fuego apareció la imagen de mi pequeña princesa. Estancación. Un dolor agudo en el pecho me estalló en mil pedazos. Era el miedo de perderla. No me lo perdonaría jamás. Debía encontrarla y protegerla con mi vida si era necesario. Estaba muy agobiado. Debía abandonar aquella bilocación. El cuerpo en el que estaba era muy anciano y no resistiría tantas emociones. **Quizás algún día averiguaría más de por qué estaba allí, de quiénes** eran esas personas, pero ahora no era el momento. Debía darme prisa. Agua. Luz. Más agua. Oscuridad. Alivio.

Luz. Angustia. El agua recorría mis pulmones. Todo estaba borroso. Tosí tan violentamente que pensé que no iba a poder contarlo. Las imágenes de la danza del fuego volvían a mi cabeza una y otra vez. Tosí una vez más. Una nueva sacudida me estremeció. La luz brillante se apagó. Las imágenes se iban aclarando. El pequeño ser estaba a mi lado. Nuevamente alivio. De alguna manera, que no pensaba analizar, me había sacado de aquel calabozo. Estaba alterado. Él también lo parecía. En cuanto pude hablar, le conté lo sucedido. Empecé por la danza del fuego. Era lo que realmente me estaba martirizando. Más tarde le relataría lo que pasó en el calabozo. Se quedó preocupado. La tensión se apoderó del ambiente. Definitivamente, había sufrido una bilocación. No sabíamos si había sido real o imaginaria. Si representaba algo o simplemente había presenciado un ritual de alguna tribu lejana. Mi alma se fue acoplando lentamente en mi cuerpo. Sentí cómo el parásito se revolvía. Desde que estábamos bajo tierra había estado bastante tranquilo. No sabía el porqué, pero me alegraba por ello. Quizás por fin hubiese comprendido quién de los dos era el señor. Me imaginé a la pequeña araña que vi en el acantilado. La habían matado a sangre fría. Todavía tenía que adivinar el motivo. Se me estaban acumulando los pensamientos. No conseguía resolver los enigmas, y cada vez aparecían más. Me sentía un náufrago de mi propia vida.

En cuanto me recuperé, fui a la cueva junto con los demás. La náyade cada vez estaba más débil. No teníamos más opción que volver al calabozo. Probablemente, habría una salida. El agua tenía que salir de algún lado, y eso significaba que tenía que haber un agujero que llevaba hacia alguna parte. Era una deducción demasiado fácil para que fuese cierta, pero la única que teníamos. Asks había escuchado la llamada de la Dama Blanca. Estaba intentando coger las máximas fuerzas posibles para reunirse con ella. Mientras estaba mirando la mejor manera de coger a la náyade, una luz blanca apareció en el horizonte. Era la llamada de la Dama. Asks se acercó hacia allí. Inclinó la cabeza y desapareció totalmente.

—La magia empleada es muy **fuerte** —me dijo el pequeño ser—, muy **ancestral**.

—Aún me impresiona cuando hablas **conmigo** —sonreí—. Ahora tenemos que centrarnos en salir de aquí, supongo que Asks se las podrá arreglar, no necesita de nuestra ayuda.

—Debemos ir hacia el agua, luego allí se nos ocurrirá algo —sugirió el pequeño ser y cortó toda la comunicación.

—¿Algún día podremos hablar más? —pregunté al aire. Estaba cansado de tener conversaciones conmigo mismo. Necesitaba alguien con quien intercambiar problemas y soluciones. Si seguía así mucho tiempo, me volvería loco. Tenía demasiada tensión acumulada, como para no compartirla con nadie.

Nos acercamos a la puerta, y nos preparamos para zambullirnos. Cuando entramos en la cueva, los fantasmas habían desaparecido. El **agua** estaba más oscura que nunca. Nos llegaba hasta la cintura. Cuando estuvimos todos dentro, empezaron a salir burbujas. Se hacían más grandes a cada segundo. O se nos ocurría algo pronto o no podríamos aguantar la respiración bajo el agua. Subía de nivel a mucha velocidad.

Las burbujas cada vez eran más violentas. Siempre que explotaban cerca de mi cara, emanaban un ácido que hacía que mi piel se irritase. Procuraba elevar lo máximo a Kaysa, para que el agua no la hiriese. El pequeño ser se subió a mi espalda. Era demasiado bajito para andar solo. Por un momento, se concentró y empezó a hablar un lenguaje extraño. No fueron muchas palabras las que dijo, pero sí parecían muy cortantes. Del agua aparecieron tres burbujas gigantes. Estas, al contrario que las anteriores, no explotaron. Se limitaron a posarse sobre nuestras cabezas. Crecieron de tamaño y empezaron a expandirse alrededor de ellas. Pronto la cabeza entera se nos quedó cubierta por las burbujas. Cuando me di cuenta de que aquello servía para respirar, comencé a sentir cierta molestia en la garganta. La burbuja se había ceñido tanto a ella que me costaba respirar. Me estaba estrangulando. Necesitaba relajarme. El aire cada vez se volvía más pesado. Miré a los demás, les estaba sucediendo lo mismo. Quizás el pequeño ser se hubiese equivocado con su conjuro. No me atrevía a soltar a la náyade, así que no tenía cómo aflojarme la presión. Repentinamente, la burbuja estalló. Esto no alivió mi presión. Unos segundos después, se convirtió en escozor. Después me empezó a quemar. Grité. Una hendidura aparecló en mi cuello. Más tarde otra, y poco después otra más. Miré al pequeño ser aterrado.

—Branquias —su voz retumbó en mi mente, y me miró con mucha quietud, notaba mi miedo e intentaba transmitirme tranquilidad—; ahora métete en el agua antes de que te seques y te quedes sin oxígeno —volvió a sonar la voz del pequeño ser. Sin más dilaciones, metí la cabeza bajo el agua. Los ojos me dejaron de picar. Era una sensación extraordinaria. Miré mis pies, mis dedos se habían juntado, parecían aletas. Una vez más la confusión se apoderó de mí. Me estaba acostumbrando a ese estado. Salí otra vez a la superficie para comprobar el estado de la náyade. A ella también le habían salido diminutas branquias. Mi preocupación se disipó.

Cuando nos sumergimos, pequeñas explosiones de luz se produjeron en el pecho de Kaysa. Sus ojos se abrieron y cerraron rápidamente. Se alejó de mis brazos. Todo su cuerpo se empezó a mover en círculos. Sus brazos se extendieron, y formó una perfecta elipse. Tenía los ojos cerrados, parecía en trance. Un remolino de agua nació a su alrededor. Todo se movía con tal armonía que parecía un melodioso recital. Poco a poco, despertó. Desprendía una energía tan desbordante que nos contagió a todos. Nos sonrió agradecida y enseguida nadó al fondo del **calabozo**. Empezó a buscar algo. La acompañamos, pero nos quedamos parados mirando. No sabíamos qué hacía ni qué debíamos hacer nosotros. Nadaba con la agilidad de un **pez, a pesar de que** parecía tan frágil como una flor. Al fin, llegó al hueco por donde salía el agua. Era muy pequeño, su cara denotaba preocupación. Se quedó pensando unos segundos. Empezó a girar sobre sí misma otra vez. Se acercó al insignificante agujero. Lo tocó despacio con un pie, **mientras seguía girando. Debido** a la presión y al movimiento rápido, el agujero inició su ensanchamiento. Era mágico ver aquello. Cuando hizo un agujero medianamente aceptable, paró de girar. El agua comenzó a salir con más violencia. Se inundó toda la estancia en cuestión de segundos. Cuando el agua dejó de tener espacio para expandirse, se formó un gran torbellino. Los anillos que lo formaban eran poderosos. Nos empezaron a arrastrar hacia ellos. No teníamos dónde sujetarnos. La presión ejercida era demasiado grande. Nos vimos arrastrados con violencia hacia el fondo. Empezamos a girar. Los movimientos eran tan bruscos que la cabeza me dio mil vueltas. Me sentía como si me cayese al precipicio. Me acordé por un momento del centro de la tierra y la lava caliente. Estaba teniendo el **mismo** sentimiento. El mismo miedo al infinito. El torbellino nos succionó hasta que nos adentramos completamente en el agujero.

Cerré los ojos. Parecíamos marionetas en un circo salvaje. Estaba mareado. El torbellino nos había tragado sin piedad. Girábamos tan rápido que sentía que mi estómago bailaba la danza del fuego. Cada vez estábamos más cerca del agujero principal. El pequeño ser fue el primero en pasar por la brecha, la náyade entró poco después. A mí me costó un poco más. Era más grande que los demás y me quedé encajado. Tampoco permanecí mucho tiempo en esta posición, la presión ejercida por el agua hizo estallar unas cuantas rocas. Fragmentos de piedras salieron por todos lados. Uno de ellos me golpeó la cabeza. El dolor me estremeció, pero no lo suficiente como para dejarme inconsciente. Mi cuerpo pasó con mucha dificultad por el agujero. Cuando por fin estuve al otro lado, sentí la libertad plena. Libertad de movimientos e, incluso, libertad de pensamiento. Mis ojos todavía no se habían acostumbrado a la oscuridad, pero sentir el cuerpo tan liviano me llenaba de gozo. Tenía que buscar a los demás. Moví la cabeza de un lado hacia otro. Esperaba recuperar la visión pronto. Después de tres movimientos de cabeza más, mi visión se volvió algo más nítida. Me quedé petrificado ante la imagen que tenía enfrente. Multitud de algas negras se mecían de un lado a otro. Estaban llenas de pequeñas espinas. Se entrelazaban unas con otras formando un complejo laberinto. La tierra de la que nacían era totalmente negra. Estaba formada de arena muy fina. Me acerqué a contemplarla. Me parecía fascinante. En cuanto toqué el suelo, un alga se entrelazó en mi pierna. Me dio una fuerte descarga eléctrica. Tenía que quitármela de encima. Pasaron unos segundos, una nueva descarga se produjo. Esta vez era más fuerte. Mi cuerpo se quedó temblando un buen rato. Otra nueva descarga. Me sentía quemado por todas partes.

Kaysa llegó de repente. No sabía ni de dónde había salido ni en qué momento, pero me alegró verla. Estaba demasiado ocupado vigilando las algas eléctricas como para fijarme en sus movimientos. Cuando la cuarta descarga eléctrica estaba a punto de producirse, una flecha la atravesó. Me quedé atónito. La náyade había disparado una flecha inyectada en fuego. La miré con los ojos bien abiertos. Tenía en sus manos un poderoso arco. Se movía con mucha agilidad. Las demás algas reaccionaron al ataque de su hermana. Empezaron a moverse con rapidez y a agredirnos por todos lados. Eran demasiadas. La pequeña náyade era veloz, pero no tanto como para poder con todas. Yo no podía tocarlas, me daban fuertes calambrazos. Mis poderes estaban mermados, no entendía por qué, pero no podía usarlos. Me moví hacia la derecha, después hacia la izquierda. Nadaba dando vueltas. En el agua, mi agilidad era mayor, incluso tenía más velocidad. El problema radicaba en que no sabía si iba a poder seguir ese ritmo durante mucho tiempo. Me acerqué a la náyade lo máximo que pude. Cuando estaba a tan solo un metro de distancia, las algas se movieron con más furia que nunca. Era demasiado complicado esquivarlas. En un movimiento rápido, Kaysa me tiró su arco. No sabía qué hacer con él, nunca había disparado una flecha. La miré preocupado; ahora, ella se había quedado desprovista de armas. Pocos segundos después, su cuerpo comenzó a brillar y a expulsar un tipo extraño de electricidad, su brazo se alargó y de él nació un nuevo arco. Por su cara deduje que estaba siendo un proceso doloroso. Debía de ser magia muy avanzada. Un nuevo brote de alga se acercaba hacía mí. Quería atacarme. Me preparé. Tensé el arco. De la nada apareció una flecha inyectada en fuego. Me concentré. Las llamas se avivaron. Disparé con rabia. Sentí cómo la sangre me hervía por momentos. Me sentía poderoso. El peligro se había transformado en adrenalina.

Sin darme cuenta por dónde vino, el pequeño ser apareció a mi lado. Levantó las manos hasta alinearlas con su cabeza. Lo hizo todo con un movimiento muy lento. Se estiró lo máximo que pudo. Repentinamente, bajó los brazos y se agachó hasta formar una bola. Una luz se proyectó encima de su cabeza. Adoptó la forma de una perfecta circunferencia.

Empezó a girar sobre sí misma y se precipitó contra las algas. En cuanto tocó la primera, la bola se hizo añicos. Se expandió por toda la superficie y se adentró en el campo de algas. Estas se quedaron inmovilizadas. Parecía como si se hubiesen dormido, y tan solo se dedicasen a flotar en el aire. Se movían a poca intensidad. El alga que quería atacarme volvió a su lugar de origen. Miré a los demás. Se encontraban en buen estado. Kaysa bajó la guardia. El arco que tenía en las manos desapareció. El mío en cambio permaneció en mis manos.

—¿Por qué sigue aquí este arco? —pregunté a la náyade.

—Eres el arquero real —me contestó Kaysa, sorprendida por la pregunta.

—El arquero ¿qué? —inquirí—. No sé utilizarlo, ni tan siquiera sé cómo se sujeta —le contesté indignado—. Todo lo que he hecho hasta ahora ha sido por pura intuición.

—Eso va a ser un problema entonces —parecía preocupada—. Tú fuiste predestinado como el arquero salvador, Erwan, es lo que significa —frunció el ceño—, debemos ir a buscar tus flechas.

—Pues vamos mal entonces —refunfuñe por lo bajo para que no me escuchase.

—Vámonos antes de que el hechizo se evapore, y las algas vuelvan a la vida —dijo simplemente. Para evadirse de aquel contratiempo comenzó a nadar de manera elegante. Parecía molesta. Quizás decepcionada. No lo tenía del todo claro. Nos hizo un gesto para que la siguiésemos. El agua era su medio natural, así que adquirió tal velocidad que apenas parecía un destello. No la había preguntado hacía dónde nadábamos, me imaginé que íbamos a buscar las flechas que nombró justo después del conflicto con las algas. Procuré concentrarme en observar todo lo que nos rodeaba. Nadábamos muy pegados al fondo, con lo cual descubrí todo tipo de vegetación marina. Por desgracia, lo que un día fue colorido y estuvo lleno de vida, ahora era negro o grisáceo. Debido al movimiento de las aguas cuando pasábamos, salieron muchos pequeños animales de sus escondrijos. Eran de color blanco, con grandes ojos rojos. Parecía que nuestra presencia les había decepcionado. Se volvieron a meter en sus escondrijos. Ni siquiera nos miraban cuando pasábamos a su lado y movíamos las plantas marinas, haciendo que saliesen de su hogar. Aquel era un mundo muy extraño, totalmente diferente al mío.

—¿Dónde vamos? —pregunté a la náyade.

—No lejos de aquí —me contestó nerviosa. Estaba demasiado inquieta. Miraba hacia todos lados constantemente—. Las cosas han cambiado mucho por aquí, hace tiempo que no estoy en estas aguas. Estoy preocupada. Las aguas hablan, cuentan historias. Los espíritus buenos de las aguas se han ahogado. Mis hermanas han desaparecido. Puedo notar su esencia, pero es lejana. Parecen estar en alguna otra dimensión. Quizás atrapadas, no sé. Tendré que encontrarlas.

—¿Nos vas a dejar? —pregunté.

—No, mi destino es estar con vosotros —dijo suspirando—, mi familia tendrá que esperar—. Y desvió la mirada. Continuó nadando en soledad.

No le pregunté más. Admiré los pequeños animales blancos. La mayoría tenían muchas patas, parecían crustáceos. Se movían de manera lenta. Todos tenían las mismas características. A pesar de sus grandes ojos rojos, parecía que estaban ciegos. Las grandes antenas que salían de sus cabezas me recordaban a satélites en busca de obstáculos. Estaba totalmente hipnotizado con ellos. Tenía la sensación de que eran no mágicas. Eso me fascinaba, por fin algo de normalidad en mi vida. Avancé un poco más, siempre siguiendo a la náyade y al pequeño ser. Más allá, los colores empezaron a aparecer. Rosas, verdes, anaranjados. Todos los tonos alegres aparecieron ante mí. Me pareció todo muy extraño, miré a mis compañeros. Ellos seguían nadando como si nada. Quise preguntarles, pero no me oirían, estaban demasiado lejos. Nunca había visto algo tan colorido. Me sentí atraído por ello. Ralenticé mis movimientos. Siempre nadábamos en línea recta, así que pensé que no pasaría nada si me retrasaba.

Una sonrisa se dibujó en mi cara. Observar todo aquello era de lo más relajante. La vida tranquila se encontraba ante mis ojos. Cada vez me sentía más relajado. A lo lejos, escuché un canto. La melodía más dulce jamás soñada. Levanté los ojos buscando el origen. Algo se acercaba nadando hacia mí. Algo muy bello y lleno de luz. Me detuve por completo. Anhelaba a aquella criatura. Cuando la pude distinguir del todo, mis ojos no pudieron apartarse de ella. Una muchacha de largos cabellos rojos se encontraba delante de mí. Su sonrisa era tan inocente que parecía la hija de un ser puro, de un dios de la naturaleza. Sus grandes ojos azules claro contrastaban con el azul oscuro del agua. No tenía piernas, tan solo una larga cola de pez. Con unos agudos grititos y rápidos movimientos llamó a más sirenas. Pronto estuve rodeado por ellas. Cada cual más bella. **Debía de ser el humano más afortunado del universo entero.** Con movimientos muy **suaves nadaban** alrededor de mi cuerpo. Eran tan armónicas que hacían que mi sonrisa no se apagase.

Estaba soñando. Totalmente embaucado por aquello que me rodeaba. Nunca en la vida había estado en una situación similar. Imaginaba que era una especie de paraíso. Me estaban llevando hacia otro lado, al lado contrario al que había ido la náyade y el pequeño ser. Me percaté de ello, pero no me suponía ningún problema. Estaba totalmente embrujado. Nadar entre tanta belleza llenaba mi espíritu de alegría. A lo lejos distinguí a la náyade, nadaba hacia mí a mucha velocidad. **Tal vez le había molestado que cambiase sus planes. Me daba igual. En ese momento todo** me parecía armonioso, incluso su supuesto enfado. Cuando estuvo cerca se adentró entre las sirenas. Al principio la dejaron, pero justo cuando iba a llegar a mi lado, la empujaron hacia unas rocas. Ni me inmuté, lo vi de lo más normal.

La náyade se enfureció, **y se levantó rápidamente. Se dirigió otra vez hacia el círculo protector que habían formado en torno** a mí. No la dejaban llegar al centro. Mientras, mi única reacción fue sentarme en el suelo a esperar y dejarme llevar. Viendo que no había manera pacífica de dialogar con ellas, la náyade materializó su arco. Busqué el mío. Me tranquilicé sabiendo que estaba a salvo en mi espalda. Viendo que Kaysa se había puesto a la defensiva, la sirena pelirroja le hizo un gesto a una de sus compañeras. De entre las sombras, salió una espectacular mujer de pelo corto. Con semblante amenazador se colocó delante de las demás y comenzó a mover las manos. Tenía una sonrisa en la boca que me recordaba de manera lejana a Skule. A su alrededor se formaron unas nubes de agua de color rosáceo. Desprendían magia oscura por todos lados. El espacio que se encontraba en las cercanías se llenó de turbulencias. Las aguas estaban agitadas. Los ojos de las sirenas desprendían lujuria de peligro. Estaban emocionadas. Las nubes crecieron aún más. **La sirena las lanzó contra Kaysa. Sucedió todo tan rápido que a la náyade no le dio tiempo** a reaccionar. Se vio envuelta por una masa de electricidad que soltaba pequeños rayos que la electrocutaban todo el tiempo. Aquello la enfureció aún más. Su cuerpo comenzó a convulsionar. Eran movimientos de enfado, de ira. Normalmente era muy tranquila, pero aquella sirena había tocado su fibra sensible.

Estaban en el agua, el medio natural de ambas. Aquello prometía ser un duelo en toda regla. Los nubarrones que habían apresado a la náyade no hacían más que soltarle descargas eléctricas. Al principio aquello había mermado sus fuerzas, pero consiguió de alguna manera canalizar algunos de los chispazos para conseguir su propia potencia. Sin ella saberlo, se estaba produciendo una revolución en su propio cuerpo. Se encontraba mareada, pero se lo achacaba a las nubes. La electricidad la estaba torturando, pero a la vez se sentía poderosa. Era una sensación extraña.

Ambigua. La sirena, a su vez, estaba tranquila. Pensaba que estaba todo

hecho. No le prestó más atención a lo que estaba sucediendo. Se dio la

vuelta para volver con sus compañeras. Grandísimo error. Kaysa cerró los

ojos, la potencia de las descargas se había intensificado. Su largo cabello

negro se estaba poniendo de punta. Una circunferencia brillante se formó a

su alrededor. De sus ojos salían chispas. Era una imagen terrorífica e

inquietante. Rayos de luz salían de sus extremidades, ya no solo de sus

ojos. Su pelo estaba totalmente alborotado. Se produjo una fuerte

detonación. Se removió el agua. Fuertes corrientes arrastraron todo lo que

había en el fondo. Los animales salieron despedidos por todos lados y

muchas algas pequeñas fueron arrancadas. Kaysa se retorció una vez más.

Se podía ver el dolor que le estaban causando aquellos fenómenos. De

repente, se estiró lo máximo que pudo, un dolor intenso en la espalda la

dejó casi inconsciente. Aguantaba con coraje. Algo estaba creciendo en su

espalda. El dolor le subió a la cabeza. En aquel momento las descargas

eléctricas eran el menor de sus problemas. El dolor aumentó hasta que

asomó una lágrima en su mejilla. Cuando aquella lágrima tocó el suelo,

unas magníficas alas aparecieron en su espalda. Estaban compuestas de

agua. Los bordes, inyectados en electricidad, resplandecían con fuerza.

Kaysa se quedó tan sorprendida como las sirenas, pero supo actuar con más rapidez. Enseguida les encontró una utilidad. Comenzó a dar vueltas sobre sí misma. A su alrededor, se formó un torbellino de agua. Las sirenas se echaron atrás para no verse arrastradas por la corriente. Cuando la corriente fue lo suficientemente fuerte como para tener vida propia, las alas de Kaysa dejaron de moverse y, como consecuencia, su cuerpo también. Se quedó quieta mirando a sus oponentes. A pesar de que se encontraba en el centro del ciclón, este no ejercía ningún poder sobre ella. Era un ente invariable en el centro.

Levantó pausadamente el brazo para no interferir con la corriente. Las sirenas la miraban alarmadas, sobre todo su contrincante de pelo corto. Estaba muy confundida y no sabían qué esperar. Cuando el brazo de Kaysa estuvo a suficiente altura, alargó la mano y expandió los dedos de la mano. Según concluyó este último gesto, un saliente de agua nació del centro del torbellino. Se estiró hasta imitar su mano. Con movimientos muy bruscos, el brazo creciente comenzó a emular los gestos que hacía su dueña. Al principio, fueron movimientos inocentes, pero cuanta más seguridad fue cogiendo la náyade, más pesados y peligrosos se hacían sus movimientos. El primero viajó por las aguas a una velocidad nunca vista. Dio de lleno en la sirena de pelo corto. No tuvo tiempo para apartarse, ni siquiera sus nubarrones rosáceos fueron capaces de salvarla. Al impactar contra ella, la electricidad proveniente de las alas de Kaysa se transfirió a su cuerpo. Empezó a temblar. Se estaba electrocutando poco a poco. Las demás sirenas, aunque asustadas, formaron nubarrones de multitud de colores. Querían protegerse. Con ello, consiguieron desestabilizar el brazo de Kaysa. Volvió al torbellino. Su oponente aprovechó el momento para recuperarse. Convocó más nubes de agua. Estas se juntaron entre sí y formaron un poderoso y brillante tridente. Las puntas eran de metal. Aparecieron manchas rojizas en ellas. Parecía sangre seca. Kaysa cerró los ojos por un momento. En ellos apareció el terror. Después, el dolor más puro. Se acordó de algunas de sus hermanas. Las olió en aquel tridente. El odio se estaba apoderando de ella poco a poco. Aquel dolor se convirtió en el desprecio más profundo. La **sirena se mostró** satisfecha; ahora estaban **en igualdad de condiciones. La náyade por su parte no se asustó. Estaba demasiado enfurecida. Esta vez** hizo aparecer dos brazos. No apartaba los ojos de las sirenas. Ni por un momento. Tenía que pensar rápido en cómo salir de aquella situación sin que yo saliese perjudicado. Me había quedado demasiado cerca de la batalla. Yo estaba sentado tranquilo, no reaccionaba ante nada. Me encontraba en la paz más absoluta. La náyade me miró. Parecía enfadada.

La sirena comenzó a hechizar más nubes de colores. Quería estar preparada por si volvía a ser atacada. Sus **rasgos se endurecieron**. Sus ojos se volvieron negros y su piel más clara. Unas grandes ojeras oscuras le dieron un aspecto espeluznante. Kaysa no se acobardó. Como respuesta a ello, empezó a mover las alas más rápido. Su pelo se volvió a elevar con la corriente eléctrica. Se formaron unas corrientes extras que fluían por debajo del torbellino. Con ello, intentaba desestabilizar a su rival. Lanzó un par de embistes contra ella. Todos acabaron en fracaso. El tridente era más poderoso de lo que la náyade esperaba. La sirena se movía con agilidad y conseguía parar todos sus ataques. Aquello la estaba empezando a frustrar. Todavía se encontraba algo débil debido a la falta tan prolongada de agua. No aguantaría mucho más tiempo. Con un esfuerzo sobrenatural hizo crecer un brazo largo por la derecha. Mientras la sirena estaba centrada en repeler el ataque, una pierna de agua creció por la izquierda. Aquello la pilló por sorpresa. Dio una vuelta rápida, arqueó su cuerpo. Giró hacia la izquierda. Por pura suerte consiguió salvarse de los ataques de Kaysa. Visto el peligro, las demás sirenas empezaron a conjurar nubarrones de colores más poderosos. Kaysa tenía que darse prisa en desarmar a su **adversaria de aquel arpón**. Probablemente, no podría con todas a la vez. Agitó sus alas una vez más, esta vez con más fuerza. La furia se había apoderado de ella. Desde tiempos inmemoriales las sirenas eran las peores enemigas de las náyades del agua. La rivalidad entre ellas era innata, la llevaban en los genes. Todo surgió en viejas leyendas que hablaban de la traición de las sirenas. Existía una gran familia compuesta por todos los seres del agua. Las sirenas fueron las primeras en caer en la magia oscura. Su vanidad era infinita. Su ambición de poder era incalculable. Fueron los ingredientes esenciales para que se aliasen con él. Aquel del que todo el mundo hablaba, pero nadie conocía.

Mientras la náyade agitaba sus alas, aparecieron peces en ellas. Eran pequeñitos, en realidad se parecían más bien a pequeñas sanguijuelas. Eran oscuros como el carbón. Se movían con mucha agilidad. Se desplazaron hacia los bordes de las alas, que era donde residía la mayor parte de la energía. Kaysa dio unos aleteos más, y los animales se liberaron en la dirección dónde se encontraban las sirenas. En esta ocasión, ni el tridente las podía ayudar. Los animales cargados de energía y electricidad se pegaron al cuerpo de la sirena, la cual se retorció por las descargas. Sin poder evitarlo uno de los pequeños animales fue volando hacia mí. Rebotó en mi frente y volvió hacia Kaysa. Justo en el momento que tocó sus alas se formó un triángulo de fuerte electricidad entre la náyade, la sirena de pelo corto y mi cuerpo. Todo se empezó a volver oscuro. Mi mente se quedó nublada por unos segundos. Sentía como si me hubiese despertado de un sueño. No tuve tiempo a más. Unas figuras comenzaron a formarse dentro del triángulo. De la nada aparecieron tres personas. La oscuridad se apoderó de todos los confines del lago. El frío se adueñó de ambiente. Me estremecí entero. Sudores glaciares poblaron mi cuerpo. Ansiedad infinita. Miedo. Desesperación. La élite nos había descubierto.

Tenía un nudo inmenso en la garganta. Quería gritar y no podía. Pánico. Quería huir y no podía. Tres individuos de la Élite estaban ante mí. Tan temerosos, tan oscuros. Sus caras no me sonaban. Parecían más poderosos que los otros que habíamos visto en aquella reunión. Eran mucho más delgados. No se asemejaban a guerreros, como los otros. La maldad y la magia negra emanaban por cada poro de su piel. Uno de ellos me miraba constantemente, los otros dos escudriñaban el paisaje. Probablemente estaban tanteando dónde me encontraba. Tenía que huir de allí. De repente, por mi mente cruzaron las imágenes de la náyade y del pequeño ser. Hacía muchas horas que no les veía. Pensé unos segundos. Rebusqué en mi mente. Tan solo recordaba colores llamativos y voces angelicales. Ahora todo era oscuro, como antes. Era extraño. No sabía si había sido un sueño.

O quizás la realidad. Tendría que hablar con mis compañeros.

Una sonrisa se dibujó en los labios del ser más alto, lo que me devolvió a la realidad. Me estremecí entero. Satisfecho por lo descubierto, empezó a desaparecer. Su vil sonrisa se quedó grabada en mi pensamiento. Estaba llena de ideas retorcidas. Justo en el momento que iban a desvanecerse por completo, una figura adolescente apareció en el plano. Se asomó por detrás de ellos. Una chica. El abundante flequillo negro de su frente no tapaba sus grandes ojos esmeraldas. Tampoco los tapaban sus horquillas con forma de hojas. Me estaba observando. Las facciones perfectas de su cara revelaban pensamientos perversos, oscuros y arrogantes. La mujer de la élite se dio la vuelta y gritó algo. Lo hizo con mucha violencia. La muchacha desapareció al instante, no sin antes dejar una huella helada e inolvidable en mi mente y en mi cuerpo. Después de eso, las imágenes desaparecieron. Todo volvió a ser oscuro. La densa agua que me rodeaba, el suelo, los seres microscópicos, todo negro. La náyade se encontraba enfrente, a mi lado unas sirenas impactadas por lo visto. El pequeño ser apareció de la nada. Todo era confuso, **no sabía qué había sucedido.** Tenía una ventana en blanco en mi mente. Con movimientos rápidos la náyade me atrajo hacia ella. Blandió rápidamente sus alas y nos alejamos de allí. Las sirenas no tardaron en reaccionar. Algunas nos empezaron a perseguir, lanzándonos rayos de electricidad. Kaysa formaba remolinos como podía para alejarlas. Ni el pequeño ser ni yo podíamos ayudar. El agua había neutralizado nuestros poderes. Era muy frustrante. Uno de los rayos me alcanzó en la pierna. Las sirenas eran más fuertes cuanto más odio acumulaban. El dolor retumbó en mi cabeza. Tenía que seguir nadando, no podía parar. En aquel momento de angustia, los ojos verdes volvieron a poblar mi mente. Se quedaron grabados en mi retina. Me dieron miedo, pero me impulsaron adelante. Averiguaría quién era la dueña.

—Nada más deprisa —grité a la náyade—, nos van a alcanzar. —Desesperado procuraba mover las piernas lo más rápido que podía.

Pasaron segundos, minutos, quizás horas. No estaba seguro. Tampoco sabía cómo perdimos de vista a las sirenas. Nadábamos como si nos fuese la vida en ello. Pronto nos encontramos en un espacio amplio y descubierto. Kaysa no decía nada. Ni siquiera me dirigía la mirada. Estaba ausente y enfadada. A pesar de que mi memoria fallaba si pensaba en los últimos acontecimientos, en parte, podía comprender su enfado. Parece ser que ella sola se había tenido que enfrentar a todas las sirenas. Tenía demasiadas lagunas en la cabeza. Estaba desconcertado. Llevábamos horas nadando sin parar. Estaba exhausto, pero no me atrevía a decir nada. Nunca la había visto tan enfurecida. No aminoramos el paso hasta que nos acercamos a unas extrañas ruinas. Había columnas destrozadas por todas partes. Todo parecía tranquilo. No había peligros por ningún lado. Por primera vez en horas, Kaysa me observó detenidamente. Su mirada era de hielo.

CAPÍTULO 09

—Quédate aquí, es un lugar sagrado —me ordenó, seca, y haciendo un gesto brusco con la mano me paró. No muy lejos de allí distinguí una cueva. Era subterránea. Cuando Kaysa se adentró, una luz celeste se expandió por toda la llanura. Después de eso, oscuridad y silencio. Miré al pequeño ser, tampoco me había dicho nada. Intenté comunicarme con él, pero su mente estaba cerrada. Estaría enfadado. Intuyendo que el encontrar las flechas iba a suponer **bastante tiempo, cerré los ojos. Me dormí en aquel mismo instante. Estaba exhausto. Soñé con aquellos ojos verdes**, no podía sacármelos de la cabeza. Las imágenes iban acompañadas del dulce canto de las sirenas.

—Ven a mí —escuché una voz—, sabes que me deseas, sabes que me anhelas —prosiguió la voz—, ven a mí. —Me desperté sobresaltado. ¿Acaso me habían hablado aquellos ojos? Estaba acelerado.

—¿Quién es la muchacha de los ojos verdes? —pregunté al pequeño ser una vez calmado.

—No lo sé —me contestó, por fin me había abierto la puerta de su mente. Eso debía significar que ya no estaba enfadado. Me alegré.

—¿Pertenece a la Élite? —volví a insistir.

—Los miembros de la Élite tienen problemas reproductivos, hasta donde yo sé nunca han tenido descendencia, sin embargo viven los siglos de los siglos. Envejecen muy lentamente —me explicó—. Ella tan solo es una muchacha, no tendrá más de diecisiete años. No sé de dónde ha salido, ni por qué apareció en la imagen.

—¿Es peligrosa? —pregunté por último, a lo que el pequeño ser levantó los hombros en señal de indecisión.

—Supongo —respondió.

No hablamos más. Me había acostumbrado a nuestras conversaciones cortas. Intensas. Y nuestros silencios. Largos. Esperamos pacientemente a que saliese Kaysa de aquella cueva. No entendía por qué tardaba tanto. ¿Acaso había corrido algún peligro? Me estaba inquietando. Cuando ya no pude aguantar más, me acerqué a la cueva. El pequeño ser me siguió. Estábamos indecisos. La náyade nos había prohibido el paso; sin embargo, estaba preocupado por ella. No sabíamos qué hacer.

—Vamos a entrar, sé que no debemos, pero nuestra obligación es protegerla —dije con decisión. Debía encontrar mi valentía otra vez. La había perdido hacía tiempo. El primer paso fue el que más me costó. Había una corriente de agua fría que me impedía entrar con normalidad. Venía desde el interior profundo de la cueva. Daba escalofríos.

—¿Estás seguro de lo que estamos haciendo?—escuché retumbar la voz del pequeño ser en mi mente—. Kaysa dijo que era un lugar sagrado.

—¿Qué es lo peor que puede pasarnos? Después de todo lo que hemos vivido, no veo que sea peor que lo anterior —reflexioné.

—Eso lo dices porque todavía no has vivido una maldición —refunfuñó el pequeño ser—, eso es algo serio. Una maldición nos podría mandar a otro plano astral y dejarnos encerrados allí en la nada. Si los seres que han creado esta cueva fueron lo suficientemente poderosos, nos podemos esperar de todo.

Me adentré. Sin vacilaciones. Luché contra la corriente. Solo afectaba a mis pies, así que tendría que ser capaz de avanzar. Estaba todo oscuro. No había ningún tipo de luz. Teníamos que agudizar los sentidos. Tanteé una pared cercana. Estaba llena de agujeros. Salía frío de ellos. Era todo muy inquietante. A lo lejos, se podían distinguir luces grisáceas. Nada más. Todo estaba en calma. Una calma inquietante. Aquella oscuridad me recordaba a cuando apareció la élite. Malos augurios. Con mucho esfuerzo, conseguí adentrarme. Las luces grisáceas se habían movido. Ahora estaban

más cerca. Sentí la presencia próxima del pequeño ser.

—¿Ves algo? —le pregunté, a lo que no me respondió—. Pues nada

sigamos —dije resignado. Di más pasos. Las corrientes frías me seguían

arrastrando. La claridad se aproximaba. La temperatura de la cueva había

bajado. Los dedos de los pies se me estaban congelando. Las luces cada vez

eran más claras. Me estaba temiendo lo peor. La imagen me era conocida.

Noté la mano del pequeño ser a mi lado. Estaba temblando. No le gustaba

el frío. Los movimientos de las luces eran rápidos. Cuanto más se

acercaban, más se enfriaba el ambiente. Pocos segundos después lo vi con

claridad. Ante mí estaban los mismos fantasmas que me habían atacado en

la mazmorra. El miedo se estaba apoderando de mí. Había recuperado las

fuerzas, pero no lo suficiente como para poder enfrentarme a ellos. Tenía

los pies tan entumecidos que me costaba moverme. Ahora se encontraban a

escasos diez metros. Con la luz que se desprendía de ellos, habían

conseguido iluminar todo el espacio. De repente, sentí una fuerte presión en

mi columna vertebral. El parásito se había despertado. Aquello

definitivamente me llenó de pánico. Ya tenía bastantes problemas en el

exterior de mi cuerpo como para encima tenerlos en el interior. Con su despertar, mi adrenalina se elevó al máximo. La sangre me comenzó a circular a velocidad de vértigo. Estaba acelerado. Los pies se me deshelaron. Sentí un choque de sensaciones. Frío por parte de la cueva. Calor en mis adentros.

El espectro del hielo se situó enfrente. Era un alma en pena, rota por el dolor y la desesperación. Estaba buscando desesperadamente una solución a su problema. Me escudriñaba minuciosamente. Pensaba que yo era la llave para su liberación. Estaba equivocado. Yo tan solo era un muchacho. Ellos podían matarme buscando una salida que no podía ofrecerles. El fluir de mis sentimientos se paró. El dolor del caminar del parásito era intenso. Parecía inquieto. No le gustaba el hielo. Con tantas emociones me estaba mareando. El fantasma cada vez estaba más cerca y sus vivencias se volvían a infiltrar en mi cuerpo y en mi mente. Era una embestida demasiado fuerte. Como respuesta a ello, el parásito empezó a crecer. El dolor me subía a la cabeza. Grité desesperado. La adrenalina me hacía no poder parar de gritar y saltar. Estaba acelerado al máximo. El pequeño ser a mi lado me miraba con los ojos muy abiertos. No entendía lo que estaba pasando. El calor de su caminar me estaba abrasando las entrañas. Mis manos comenzaron a lanzar pequeños destellos de luz. Estaba confundido.

Sabía que mis poderes estaban neutralizados. El tono cada vez era más intenso. Mi mano dorada adquirió un brillo nunca visto. Cerré los ojos. Me dañaba la vista. Noté un frío polar repentino. El fantasma se estaba defendiendo. La temperatura general de la cueva bajó. Se comenzaron a formar grandes estalactitas de hielo por todas partes. El ambiente cada vez era más tenso. El parásito no dejaba de caminar. Esto hacía que mi cuerpo se calentase por momentos. Mi corazón estaba desenfrenado. Justo en el momento que pensaba que no lo aguantaría más, se produjo una gran detonación. Las dos temperaturas se fundieron en una y el estallido inundó cada rincón. Salimos despedidos hacia el exterior de la cueva. Los pedazos de roca volaron por todas partes. Por la izquierda, después por la derecha. Acabé golpeado por todos lados. Gotas de sangre corrían por mi frente. Una brecha profunda se había abierto en mi cabeza. Balder estaba a mi lado. Seguía desorientado. Sin apenas darnos tiempo a recuperarnos, algo empezó a cambiar.

Siluetas negras empezaron a surgir de la nada. El agujero de la cueva se transformó en un concierto de sonidos. Estaba angustiado por lo que pudiese pasar a continuación. Si los fantasmas salían a buscarnos no tendríamos escapatoria. Quería ir a buscar a la náyade. Todo se estaba tornando oscuro. Los sonidos eran pesados, penetrantes. Decidí esperar un poco más. En cualquier momento Kaysa aparecería. Justo cuando decidí entrar. La náyade salió disparada. Tenía las alas desgarradas por todos lados. En los brazos multitud de arañazos y sangre seca.

—¡Nadad deprisa! —gritó desesperada, mientras pasaba a nuestro lado veloz. Alargó el brazo y sin más explicaciones empezó a nadar entre las ruinas. Seguí sus pasos. No sabía qué había pasado, pero prefería no arriesgarme a retrasar la escapada. Cuando apenas estábamos en la mitad de aquel conjunto de piedras, una marea negra salió de la cueva. Se movía con agilidad y directa hacia nosotros. El miedo se apoderó de mí. No podía distinguir muy bien qué era aquello. No me importaba. Teníamos que salir de allí cuanto antes. La mancha negra se aproximaba a una velocidad muy superior de lo que yo imaginaba. Tenía que nadar más rápido si quería escapar de ello. Avancé. Nadé con desesperación. La siguiente vez que me di la vuelta, la sangre se me heló. Habían ganado terreno. No estaban muy lejos. Pude distinguirlas perfectamente. Pequeñas serpientes negras nos perseguían. Parecían hambrientas. Un gran escalofrío recorrió mi cuerpo.

Aquellas víboras negras formaron pequeños remolinos. Se movían con gran agilidad. Querían formar una corriente que nos succionase. Así, estaríamos a su disposición y podrían hacer con nosotros lo que quisiesen. Eran listas. No podíamos permitirlo. Procuré nadar más rápido. Llegué a la altura de la náyade. Estaba demasiado cansada. Sus alas se estaban deshaciendo. Los desgarros que tenía en ellas la estaban debilitando. Más que una ayuda eran una carga. A pesar de ello, era más rápida que yo. Procuré mantenerme a su altura. Teníamos que hacer algo. Estábamos sin rumbo. Debíamos encontrar una solución rápido o las serpientes nos alcanzarían. Miré a Kaysa. Me devolvió su mirada. Parecía que había envejecido muchos años. Aparentaba cansancio extremo. Me coloqué a su lado. Puse la mano en su cuerpo. Tenía que transmitirla mi energía de alguna manera. Me concentré. Nada. Cero. Me sentí frustrado. Mientras pensaba qué hacer, sentí una fuerte mordedura. El tobillo me comenzó a arder de dolor. Miré detrás. Una de las serpientes me había alcanzado. Vi su pequeño colmillo incrustado en mi piel. Mi temperatura corporal comenzó a subir. Era un calor desagradable. Nunca había experimentado algo así. Me sentía infectado. Enfermo. El sudor se adueñaba de mi cuerpo. La garganta se me secaba. No era capaz de generar ningún tipo de saliva. Nerviosismo. Tensión. Pánico.

Me quedé rezagado. Me estaba debilitando. A lo lejos vi cómo el pequeño ser se acercaba a Kaysa. Mi visión estaba tan nublada que parecía que vivía en un sueño. Notaba cómo el veneno que me había inyectado la serpiente se expandía poco a poco por todo mi cuerpo. Miré atrás. Aquellos pequeños monstruos no habían cesado en su persecución. Por suerte, si mi intuición no fallaba ya habíamos pasado la mitad de la distancia. Un breve suspiro de esperanza salió de mi alma. La superficie no quedaba muy lejana. Allí, por fin, estaríamos a salvo. Cuando volví a mirar al frente vi cómo el pequeño ser había formado un embudo con sus manos. Apoyó una parte de su brazo en mi pierna. Necesitaba mi esencia. Soplaba sin parar hacia la náyade. Al cabo de unos minutos, comenzó a salir un polvo rojizo. Tenía el mismo color que su sangre. En un primer momento me asusté. Poco a poco, el polvo se fue depositando sobre Kaysa. Donde más se concentró fue en sus dañadas alas. Destellos de luz rojiza empezaron a curar las alas. Cuando ya estuvieron totalmente curadas, comenzaron a empequeñecer. Rápidamente se adentraron en su espalda y desaparecieron. Kaysa había recuperado toda su movilidad. El problema surgió cuando nos dimos cuenta de que debido a este cambio nuestra velocidad había amainado. De esta manera, las serpientes nos alcanzarían enseguida. Mi ilusión de llegar sanos y salvos a la orilla se había evaporado en un segundo.

El veneno seguía fluyendo por mi cuerpo. Las convulsiones empezaron a invadir mis músculos. Eran fuertes y me sacudían entero. Tenía que aislar el dolor en mi mente. No podía dejar que aquello perturbase mi concentración. Si pensaba en ello, mis extremidades se paralizarían. Tenía que seguir nadando. Las alas de Kaysa ya no estaban para ayudarnos. Miré atrás. Me horroricé. Las serpientes habían formado una gran espiral. Ahora todas estaban tan coordinadas que parecían una sola. Una gran y mortal víbora, capaz de despedazar cualquier cosa de un solo bocado. Cuando se dieron cuenta de que les estaba mirando, hicieron que la gran serpiente sonriera. Me estremecí entero. Era una sonrisa de victoria. Sin dejar de moverse abrió la boca. En ella, nació un gran colmillo. Bramé de miedo. Si uno pequeño, estaba teniendo terribles consecuencias sobre mí, no me quería imaginar la tortura que supondría que aquel diente puntiagudo y lleno de veneno penetrase en la carne. Todo ello se traducía en una muerte instantánea. La vista se me estaba empezando a nublar. Miré a Kaysa, dado que su velocidad había descendido, podía alcanzarla. La cogí de una pierna. Se dio la vuelta. Hasta aquel momento, no se había fijado en mi estado. Vi el pánico escrito en sus ojos. El pequeño ser me observó. Miró detrás. El terror que le supuso ver a la serpiente se hizo evidente. Agarró a la náyade de la pierna que tenía libre y empezó a entonar un cántico. Con el movimiento de su boca se formaron pequeños remolinos. Se deslizaron por el agua hasta llegar a Kaysa. Tuve que soltarme de allí. La presión que ejercían sobre sus piernas era fortísima. De la nada, se formó una espléndida cola de sirena azul. Cuando estuvo completamente formada, el pequeño ser dejó de cantar. Las serpientes se enfurecieron. No les dio tiempo a nada. La náyade, consciente de su cambio, nos cogió la mano. Aceleró. En cuanto mi cara tocó la superficie, mis branquias desaparecieron.

—Vamos más rápido —escuché una voz en mi cabeza—, no quiero morir engullido por una serpiente, las odio —prosiguió aquella voz.

—¿Qué está pasando? —grité asustado en medio de aquella confusión—. ¿Quién eres?

—Skar —contestó aquella voz y sentí una vez cómo el parásito empezó a caminar por mi columna vertebral. Sentí un fuerte pinchazo en mi espalda. Había sido él. Me devolvió a la realidad.

—¿Acaso ahora no me vas a torturar? —pregunté mentalmente.

—Ahora mi prioridad es sobrevivir, y por el momento sin ti no soy capaz. Todavía no soy lo suficientemente fuerte. Si tú mueres, yo muero. —Y con un nuevo pinchazo se alejó aquella voz. Aquel penetrante dolor me devolvió a la realidad. Me había despertado por completo. No me sentía cansado. Miré atrás.

Vi cómo las serpientes se acercaban. Podía sentir sus alientos cerca de mi cuerpo. No habían desistido en el intento. La náyade se había convertido en una auténtica sirena. Por suerte, podía nadar más rápido que las víboras. Yo por mi parte me esforzaba al máximo. Pronto estaría otra vez exhausto. El veneno estaba ardiendo por todo mi cuerpo. Se había extendido con facilidad. Mi subconsciente quería rendirse. Ya no tenía fuerzas para seguir escapando. Agarré a la náyade del brazo. Se me escapó. Creo que me cogió. No estaba del todo seguro. Todo era confuso a mi alrededor. El veneno definitivamente había llegado a la parte superior de mi cuerpo. Sentía el movimiento del agua en la cara. Procuraba mantenerme erguido, pero no podía. A pesar de estar ardiendo, tenía frío. Cada vez más y más frío. Ya no sentía el agua. Había perdido la noción de tiempo y espacio. Las fuerzas de mis extremidades desaparecieron. La sensibilidad de mi piel se durmió. Los párpados me pesaban demasiado. Ardor. Oscuridad.

—No te voy a dejar morir —escuché una voz lejana. Quería abrir los ojos, pero no podía. Sentía como dos lápidas los habían cerrado—. Sigue mi voz, déjame entrar en ti— volvió a decir aquella voz. Un sonido desconocido para mí. De repente en mi mente aparecieron aquellos ojos verdes. Me hipnotizaron otra vez. No podía dejar de admirarlos. Intenté hablar. No podía. Mis labios estaban sellados. Estaban llenos de una dulce malicia.

—Te necesito para cumplir mis objetivos —susurró la voz sensual, la mirada se intensificó—, no puedes morir, abre los ojos. —Un escalofrío recorrió mi cuerpo. Su imagen desapareció del todo. Sentí una embriagadora paz en mi interior. Era como el elixir de la salvación.

—Levanta, te vi abrir los ojos hace unos minutos. —Percibí en mi mente la voz del pequeño ser. La escuché con alegría. Dejé que inundase todos mis sentidos. Era de lo más reconfortante. Busqué la luz en sus palabras. Busqué el significado de la vida.

—Aquí estoy —escuché decir a mi propia voz—, no me voy a ningún lado. —A lo que el pequeño ser se acercó aún más a mí y me dio un abrazo. Sentí por primera vez desde que salí de casa, un cariño profundo. Aquel sentimiento me hizo abrir los ojos y poco a poco levantarme.

—Antes te vi abrir los ojos —repitió lentamente el pequeño ser—, fue un momento fugaz, pero no eras tú —bajó la voz. No eran tus ojos. —Se estremeció.

—¿Cómo que no eran mis ojos? —pregunté asustado mirando su expresión.

—Tus ojos están llenos de luz, no hay pensamientos oscuros en ellos —dijo sin dejar de mirarme—, en cambio estos eran sombríos, fríos y calculadores. Diría incluso que más oscuros, casi negros. Era inquietante.

—No entiendo muy bien lo que estás diciendo —dije extrañado—, hace un momento estaba inconsciente. —En aquel momento me acordé súbitamente de la voz. Aquella voz que me había hablado. La que no quería dejarme marchar. Fui cobarde. No se lo confesé al pequeño ser. Miré lo que me rodeaba. Ya no estábamos en el agua. Estábamos escondidos cerca de la orilla. Entre matorrales y piedras. Todavía no estaba lo suficientemente fuerte como para poder caminar sin problemas.

—¿Cómo hemos llegado hasta aquí? —pregunté mientras el pequeño ser intentaba aliviar mis dolores. Aprovechaba mi propia energía regeneradora. Mediante su magia y su canto procuraba acelerar el proceso. Allí dónde me había mordido la vigorosa serpiente, ahora había una gran cicatriz. Me atravesaba la mitad del gemelo derecho. En esa zona la piel se había quedado muerta y helada. Parecía que iba a tener aquella cicatriz de por vida. Me estremecía solo de recordar la mordedura.

—Cuando Kaysa se transformó en sirena, consiguió impulsarnos hasta la superficie con más rapidez. Dejamos atrás a las serpientes —me explicó Balder—, aunque la consecuencia de este encuentro no sabemos cuál será

—concluyó estudiando mi marca. Mi cuerpo se estaba convirtiendo en un cuadro de cicatrices. Mi mano quemada no había recuperado del todo su forma, seguía estando levemente arrugada. La herida que me había infligido Skule con la uña se había curado dejándome una marca en la mejilla y ahora una herida más adornaba mi cuerpo.

La náyade, por su parte, estaba creando minúsculas esferas de cristal. Estaban llenas de agua. Podían resistir mucho tiempo sin estropearse, y servirían a Kaysa para mantenerse húmeda. Balder me confesó que había estado varios días inconsciente. Él se había encargado de mi recuperación, ella ocupaba todo su tiempo con aquellos conjuros. Estaba muy concentrada. Apenas pestañeaba. Trabajaba a un ritmo frenético. Estaba llena de barro. La magia que empleaba era muy antigua y complicada. La dejaba completamente agotada. En sus descansos venía a verme y me contaba leyendas e historias sobre el agua. Ella sí que conoció la época de la luz y los colores. En sus ojos se notaba nostalgia por los tiempos pasados. Me mostró tanta confianza que una vez más me sentí cobarde. Ella me estaba mostrando secretos del agua, y yo los míos me los guardaba. No podía desvelar el misterio de los ojos verdes. Tampoco sabría cómo explicarlo. Cuando ya me sentí un poco mejor, comenzamos a practicar con el arco. Kaysa me proporcionó flechas normales. Las que rescató de la cueva las tenía bien escondidas. No me reveló el porqué. De lo que sí me percaté era de que, a pesar de que estaban escondidas, brillaban. Iba a ser complicado pasar desapercibidos con ellas. Despertaban mi fascinación. Me sentía cautivado por ellas.

Avanzaba muy poco a poco. Mis nociones sobre las estrategias de combate eran escasas, y ello no ayudaba. Me estaba costando mucho. Además, la última cicatriz todavía me mantenía débil. Pasados unos días de tranquilidad, Kaysa decidió proseguir el camino. Había conseguido fabricar las suficientes bolas de agua como para sobrevivir varias semanas. La vuelta a la realidad del camino no fue fácil. Me había acostumbrado al agua y a los pasadizos, que, a pesar de ser oscuros, era menos tétrico. El bosque estaba lleno de maldad, magia negra, y hechizos mal intencionados a medio hacer. No había atisbo de esperanza. Además, allí nuestros enemigos nos podían descubrir con más facilidad. Súbitamente, me acordé de Axel. Tan solo había visto su sombra, pero bastó para que se me helase la sangre. Pensar en sus imponentes alas hacía que todo mi cuerpo se estremeciese de terror. Era demasiado poderoso para nosotros. Su fuerza sobrehumana jugaba a su favor. Seguramente fuese capaz de ganar en combate a cualquier ser, por muy peligroso que fuese. Tenía pánico a encontrarme con él. Todavía no estaba preparado, y no estaba seguro de que algún día lo estuviese.

El terreno que teníamos delante era cenagoso. Debíamos tener cuidado de no caer en ninguna trampa. Habíamos madurado en nuestro viaje. Habíamos aprendidos a no fiarnos de las primeras impresiones. Detrás de muchos caminos fáciles se encontraban trampas mortales. Comenzamos a buscar algún camino alternativo. Los árboles estaban medio hundidos. Aquello era mala señal. No habíamos tenido buenas experiencias con ciénagas. Ante nuestros pies se encontraba nuevamente un terreno pantanoso. Estábamos en el límite entre la tierra firme y el barro traicionero. Hasta aquel momento no me había percatado de nuestro problema. Me había centrado tanto en mis prácticas con el arco que no me había preocupado de lo demás. «Erwan, el arquero real», había escuchado decir a la náyade en alguna ocasión. Cuando le pregunté sobre ello, desvió la mirada y cambió de tema. No sabía qué pensar. Había una parte de la historia que me estaban ocultando tanto la náyade como el pequeño ser. No era muy partidario de aquello, pero por más que había intentado sonsacarles información, no lo había conseguido. Después de mucho recapacitar, había decidido seguir adelante, aun sin saber toda la verdad. Estaba dispuesto a aceptar el destino. No iba a luchar contra él ni iba a perder tiempo pensando en las razones que habían tenido para elegirme. Quizás en otra ocasión volviese a reflexionar sobre ello. Ahora no tenía tiempo.

Recorrimos la mayor parte del camino con muchas dificultades. Dimos muchas vueltas. En ocasiones, tenía la sensación de que andábamos en círculos. Lanzamos algunas piedras para comprobar si se hundían. Para nuestra desgracia, la respuesta era afirmativa. Cada vez teníamos los ánimos más bajos. Apenas parábamos para comer raíces y beber algo de agua que nos proporcionaba Kaysa. Hasta bien entrada la noche no conseguimos encontrar ningún camino alternativo. Cuando por fin apareció una solución, nos quedamos petrificados. Un viejo puente a punto de derrumbarse nos esperaba. Parecía sacado de uno de los cuentos de terror que tanto les gustaba a mis hermanos. Era infinito. No alcanzaba a ver el final. Me acerqué para estudiar su consistencia. Lo único sólido del puente eran las barandillas. El resto de las tablas parecían podridas. Algunas estaban rotas, otras no, pero ninguna me inspiraba confianza. Iba a ser una travesía complicada.

—No nos queda otra opción —dijo la náyade—, es el único camino que hemos encontrado y no podemos perder más tiempo —continuó, y después de un instante de reflexión añadió—; además, siento que nos vigilan, algo malo se acerca. —Y cautelosa comenzó a mirar por todos lados.

—La idea no me entusiasma demasiado, pero estoy de acuerdo contigo —contesté—. Vamos adelante—. Y di el primer paso convencido.

—Sigue avanzando, pequeño —escuché la voz de Skar en mi mente—, que después de darte tanta energía me siento débil y necesito reponer fuerzas.

—¿Por qué no te duermes otra vez y me dejas tranquilo? —repliqué enfadado al notar cómo sus minúsculas patas se clavaban en mi columna mientras daba paseos de un lado a otro. Eran de lo más molestas.

—No puedo dormir si estoy tan débil, necesito tu adrenalina para alimentarme. La deseo para crecer, desarrollarme, quizás invadir todo tu cuerpo. —Y escuché una risa algo tétrica en el interior de mi cabeza.

—Vaya expectativas, no sé cómo lo voy a **hacer, pero** conseguiré expulsarte de mi cuerpo —le dije con tono firme.

—No podrás —me contestó riéndose otra vez—, morirías —me advirtió.

—Por lo menos te haré dormir para siempre —le amenacé yo a él—, y ahora déjame en paz, que tengo cosas más importantes que hacer, como, por ejemplo, sobrevivir y atravesar el puente. —Y dicho esto, la voz del parásito se alejó. Me concentré nuevamente en el puente.

Di un par de pasos más hasta adentrarme entero. El pequeño ser siguió tras de mí y Kaysa cerró la marcha. Tenía que expandir las piernas al máximo y andar apoyando cada pierna en cada una de las barandillas. Era bastante complicado. La náyade tenía los mismos problemas que yo. Teníamos la esperanza de que no fuese un camino muy largo. Por su parte, Balder se encontraba cómodo, sus pequeños pies cabían sin problemas en una de las barandillas laterales. Me pareció gracioso. Una sonrisa nació en mis labios. No recordaba la última vez que eso había pasado. Sin darme más tiempo para disfrutar de aquel momento, un escalofrío recorrió mi cuerpo. Había algo que mis ojos no llegaban a ver, pero mis sentidos sí que notaban. Una sombra lejana apareció en el cielo. A mi cabeza tan solo vino un nombre. Axel. Pánico. Estábamos a bastante distancia de tierra firme. No teníamos dónde escondernos.

—¿Otra vez metiéndote en problemas? —escuché una aterciopelada voz en mi mente. Miré los alrededores, no veía a nadie. El pequeño ser no me había hablado. Skar tampoco. Balder estaba ocupado mirando la sombra que cada vez se aproximaba más a nosotros. Me sentí perturbado. La visión cada vez estaba más cerca y la voz retumbaba en mi cabeza. No sabría decir qué me producía más temor.

—Debo de tener algún problema mental, escuchar voces no es sano —me repetía a mí mismo una y otra vez—, es solo mi imaginación, nada más —mi voz resonó en voz alta.

—Vaya, vaya, no ha pasado tanto tiempo desde nuestra última conversación —continuó hablando aquella voz—, por lo menos no para que te olvides de mí. —Y sus ojos verdes escondidos tras el espeso flequillo aparecieron nuevamente en mi mente.

—¿Qué quieres de mí ahora? —pregunté sarcástico, tenía que encontrar alguna manera para cerrar mi mente a aquellas múltiples intromisiones que estaba teniendo últimamente.

—He trucado los ángulos de visión, no os verá —me explicó en tono suave—, ya te dije que, por el momento, tengo mis motivos para que sigáis con vida.

—¿Puedes hacer eso? —pregunté extrañado ante el hechizo.

—Muchos meses de estudio y de investigación supongo —contestó simplemente—, soy la única que sabe hacerlo —se escuchó un leve tono de superioridad.

Axel pasó de largo. No nos había visto. Suspiré profundamente. Kaysa y Balder se habían quedado totalmente petrificados. No entendían cómo no nos había visto. Tampoco yo sabía cómo reaccionar. La tensión y el miedo que había sentido hicieron que mi adrenalina se disparase a mil por hora. El parásito se removió en mi interior satisfecho. Procuró no caminar demasiado. Hasta que no recuperase sus fuerzas del todo se había propuesto no molestarme demasiado. En el fondo se lo agradecí.

—No te voy a estar salvando siempre —me volvió a repetir aquella voz—; de hecho, puede que esta sea la última vez —y una melodiosa risa se fue apagando en mi cabeza—, así que procura mantenerte con vida para que mi esfuerzo haya servido para algo. —Desapareció por completo.

—Prosigamos, no volverá —respondí de manera agresiva.

Estaba enfadado conmigo mismo por mantener otra conversación en secreto. La náyade me miró extrañada, sabía que estaba escondiendo algo. El pequeño ser ni siquiera me miró, parecía molesto también. Yo volvía a ser un cobarde, pero no sabía cómo explicárselo. No sabía ni por dónde empezar ni cómo argumentar mi negativa a contarlo. Me concentré en el barrizal que teníamos a nuestros pies. Las pequeñas serpientes saltaban de un lado hacia otro del puente. Era bastante incómodo esquivarlas. Teníamos que prestar mucha atención, pero después del susto de Axel parecía un juego de niños. No avanzamos mucho más, cuando de repente, Kaysa se detuvo. La miré sobresaltado. Actitudes tan bruscas no eran habituales en ella. Se puso totalmente pálida. En su rostro se podía ver la tensión. Sus ojos denotaban pavor. Su respiración cada vez era más agitada.

—Escondeos —gritó con todas sus fuerzas—, acercaos a la madera lo máximo que podáis —su voz sonaba con una angustia infinita. Se agarró fuertemente a una tabla de madera de la barandilla—, ¡mimetizaos con el puente! —exhaló en un último intento de llamar nuestra atención. Nunca la había visto tan aterrada. El pequeño ser y yo nos miramos sin comprender nada, pero la hicimos caso lo más rápido posible. Pocos segundos después, el líquido de la ciénaga comenzó a moverse con mucha brusquedad. Una imagen se proyectó por todas las superficies líquidas cercanas. Era Astra. La pude distinguir claramente. El pelo azulado lleno de espigas la delataba. Sus ojos eran destellos de crueldad infinita. Una pequeña media luna plateada en su frente lanzaba pequeños destellos oscuros. Me recordaba a las tormentas que generaba Skule. No tenía ninguna duda. Era Astra en todo su esplendor. El miedo me paralizó.

—Ven hacia mí, Erwan —se escuchó su voz por todo el bosque. Sonaba fría y calculadora. No dijo nada más, tan solo un grito desgarrador la siguió.

Me quedé estancado. Después, el corazón se me rompió en mil pedazos. Las lágrimas se formaron en mis ojos. Reconocería la voz de mi pequeña princesa en cualquier lugar.

La imagen de Astra permaneció en el agua. Tenía una mirada despiadada e implacable que lo vigilaba todo. Parecía que nos estaba buscando. Estábamos bien escondidos. Sospeché que a pesar de nuestras precauciones, podía notar nuestra presencia. Prosiguió unos minutos más, e igual de rápido que había aparecido, desapareció. No reaccioné. Tuvo que venir Kaysa a mi lado para despertarme de mi estado hipnótico. La voz de mi pequeña princesa resonaba una y otra vez en mi cabeza. Se me clavaba en el corazón como aguijones de hielo. Estaba paralizado. No sé cuánto tiempo me quedé así, incrustado en el mismo sitio. El pequeño ser ahuyentaba a las serpientes, la náyade intentaba darme calor. Nada. Había sido un golpe demasiado duro para mí. Kaysa me cogió la cara con las manos. Me miró con serenidad. Mi mente se llenó de océanos en calma. Me llevó a los confines desconocidos del mundo. El sonido de las olas amansó un poco mi dolor. Me puse en pie. Tenía que seguir mi camino. Debíamos salvarla. No sabíamos dónde se encontraba. **No sabíamos qué había tras ese puente. Me daba igual. La rescataría costase lo que costase. Su vida era más** importante que la mía. Tan frágil, tan inocente. Mis pies eran de plomo en aquel momento. Les obligué a avanzar. El dolor fue menguando. En su lugar estaba naciendo otro sentimiento. Una extraña sensibilidad. Mi temperatura corporal estaba subiendo. Mis sentidos se estaban agudizando. Todo lo que me rodeaba empezó a girar lentamente. Algunas maderas podridas se desprendieron del puente. Kaysa se alejó asustada. Sentí que la furia se apoderaba de mi interior. Mis pulsaciones aumentaban. Mi respiración se hacía más fuerte. Me sentía mejor. Más fuerte. Más vivo que nunca.

Las ramas cercanas se comenzaron a mover de un lado a otro. Kaysa y el pequeño ser se me quedaron mirando. Sus caras reflejaban sorpresa a la vez que espanto. No me importaba. En mi mente solo había furia. Era todo lo que mi cuerpo necesitaba. Contrariamente a lo que pensaba, no estaba reaccionando en contra de ella. Era mi aliada. Me sentía más poderoso. La sangre fluía sin cesar y oxigenaba mis músculos. Mis manos comenzaron a brillar. Una nueva energía estaba recorriendo todo mi ser. Las hojas negras de los árboles comenzaron a moverse con más violencia. El viento se originaba fuerte. Era extraño. Su empuje solo me afectaba a mí. Mi mano dorada comenzó a brillar más que de costumbre. Un torbellino de viento se formó en torno a mi cuerpo. Cada vez me sentía más poderoso. Dejé que la furia se apoderase de mí con más intensidad. La fuerza del viento aumentó. Me encontraba en el corazón de una corriente. Me elevé un poco. Mis pies dejaron de tocar la madera podrida del puente. El viento me llenaba por dentro. Me sentía dueño y señor de aquel fenómeno. En medio de aquel prodigio, escuché una voz lejana. Al principio, era contradictoria. Casi solo un susurro. Después apareció nítida. La reconocí. De alguna manera mi pequeña princesa se quería poner en contacto conmigo.

—Han hecho magia negra conmigo, conjuros oscuros —sollozaba—, ya no soy yo, sálvame de este infierno —me suplicaba—, soy humana, ya no soy lo que era. —Y un nuevo sollozo lejano, la voz desapareció. Silencio. La comunicación se había roto. No sabía por qué, pero estaba seguro de que era la primera y la última. No podría restablecerla. Me mandó una última imagen de desesperación. Era verdad, era humana. Sus rasgos de pequeña duende habían desaparecido por completo. Sus ojos verde mar tenían una forma alargada más marcada. Sus labios de color cereza parecían tristes. Su pelo, aunque seguía teniendo grandes rizos, ya no era de color dorado puro, había oscurecido. Era brillante, parecía más abundante y más largo. Me pareció un dato curioso. A los duendes no les solía crecer demasiado. Sus orejas también habían dejado de ser puntiagudas. En definitiva, un cambio brusco y total. No quería ni imaginarme qué estragos podían tener todos estos cambios para ella. Estaba sufriendo. No tendría más remedio que acostumbrarse. Probablemente, no hubiese manera de reparar el mal hecho. Pero ante todo, lo más importante era conseguir salvarla. Otra vez, aparecieron en mi cabeza las palabras sufrimiento y vida. La furia volvió a mi sangre en plena ebullición.

La fuerza seguía apoderándose de mí. Era una sensación nueva. Poderosa. Las imágenes de mi pequeña princesa habían desaparecido por completo. La tenía que encontrar cuanto antes. En aquel momento no tenía miedo a Astra. Sabía que era ella quien la retenía. Sabía que sus dedos estaban manchados con la sangre perpetua. Tenía tantas ejecuciones a sus espaldas, que con cada muerte más, le aparecía una mancha nueva. Era su maldición. Según contaban las leyendas, la consiguieron hechizar unas hadas de alto rango, justo antes de que las asesinase a sangre fría. No me importaba. La adrenalina me había nublado el juicio. Las nubes se juntaron encima de mí. Sentía cómo el calor y la electricidad flotaban en el ambiente e inundaban mi cuerpo. Era una sensación mágica. Una experiencia única, indescriptible. Todo a mi alrededor se veía pequeño e insignificante. La furia no me había abandonado. Era capaz de matar por mi hermana. Los

instintos salvajes se habían apoderado de mí de manera íntegra.

—Poderoso eres —me habló otra vez aquella voz. Me entraron ganas de

gritar, no podía interrumpirme en un momento tan importante. No

comprendía los cambios de mi cuerpo, pero sabía que eran esenciales.

—Márchate —grité.

—No —me respondió. Y aparecieron una vez más los ojos. Aquellos

ojos verdes que me confundían. Los vi mejor que antes, quizás porque mi

cuerpo estaba lleno de energía. ¿Por qué me hipnotizaban tanto? ¿De dónde

venía mi fascinación por ellos? Podía sentir perfectamente que la dueña de

aquellos ojos poseía un alma oscura. Perversa. Traicionera. Más furia. Las

manos me ardían. Electricidad salió de ellas. Los ojos desaparecieron. No

completamente. Tan solo se quedaron en un segundo plano.

Cuando estuve lo suficientemente cargado, los rayos cesaron. La bestia

que había despertado en mí se estaba apaciguando. Sentía cómo una parte

importante de mí se había desarrollado. Me sentía más completo que antes.

Menos perdido. Con menos miedo. Tenía un objetivo claro. No sabía qué

pasaría después. En esos momentos no me importaba. Iba a salvar a mi pequeña princesa. Si luego toda la cólera de la élite se cernía sobre mí, no era la mayor de mis preocupaciones. Tampoco las maldiciones. Tenía la mente despejada para mi objetivo.

—Esto no es bueno —dijo la náyade, haciéndome volver a la realidad.

—¿El qué?—le pregunté extrañado.

—Los rayos se asocian a la maldad. Es así desde la antigüedad. El poder de controlar los fenómenos eléctricos siempre lo han tenido los magos oscuros Erwan —me dijo muy seria—. Skule tiene ese poder —añadió después de una pausa—, mira arriba —me dijo señalándome la pequeña tormenta que se había formado encima de nuestras cabezas.

—Eso no significa que yo tenga un alma oscura —repliqué mirando al pequeño ser.

—Puede —dijo lentamente Kaysa—, pero tampoco es buena señal. — Se quedó reflexionando, intentaba buscar las piezas para encajar aquel rompecabezas.

CAPÍTULO 10

Cuando se me pasó del todo el efecto, seguimos avanzando. Me seguía sintiendo poderoso. Mis manos brillaban. Era un brillo leve, casi imperceptible, pero no habían vuelto a su estado normal. Eso me hacía recordar, una y otra vez, que lo que había sucedido era cierto. Kaysa me miraba con cierto temor. El pequeño ser estaba pensativo. El silencio se había adueñado del ambiente. El puente seguía siendo inestable. Las pequeñas serpientes negras continuaban saltando de un lado hacia otro intentando mordernos. Nada me importaba. Ahora lo veía insignificante. En mi mente solo estaban tres cosas: mi pequeña princesa, aquel nuevo poder extraño que corría por mis venas y la muerte de Astra. Este último pensamiento me producía una sensación agradable. Esta emoción me asustó. Me habían enseñado que nunca debía desear mal a nadie, ni siquiera a los enemigos. Mis principios estaban en entredicho. Las columnas de mis ideas y creencias se estaban derrumbando poco a poco. Por una centésima de segundo me di miedo a mí mismo.

—Mira esto —me dijo el pequeño ser cogiéndome de la mano. Un remolino de imágenes apareció ante mí. Una vez más, había visto algo con su vista panorámica. Me adentré en su cabeza. Me sentía inquieto—. Detrás del puente está la ciudad de Astra —concluyó cuando la imagen se hizo nítida. Miedo. Excitación. Angustia.

—Allí nos podemos encontrar con cualquier cosa —le dije a Balder.

—Sí, jamás estuve allí. Ni siquiera sabía de su existencia. Seguramente esté protegida por un ejército. Deberemos encontrar su punto débil —razonó.

—¿Nos quedará mucho camino por delante? —le pregunté.

—Según mis visiones, detrás del puente hay un pequeño bosque, apenas un par de árboles y poco después se encuentra la ciudad. Está construida en unas montañas, las paredes son de roca firme —me explicó.

—¿Cómo es posible que exista una **montaña? En tal caso la veríamos.** —Cada vez me hallaba más confuso.

—Magia de ocultismo —dijo abstraído en sus propios pensamientos—, pero esto es magia demasiado ancestral y avanzada incluso para Astra. La ciudad fue creada por alguien superior a ella.

—¿El ser que me dijiste que practicaba nigromancia?

—Probablemente —contestó en un suspiro—, el camino es cada vez más complicado y enrevesado. —Y los dos nos quedamos callados mirando hacia adelante. Estábamos totalmente absortos en nuestros pensamientos, hasta que empezamos a escuchar un extraño ruido. Era un quejido muy lastimero que se escuchaba a mis espaldas. Me di la vuelta alarmado.

—¿Qué te pasa? —pregunté a Kaysa. Se estaba retorciendo de dolor. Cerraba los ojos con fuerza. Me acerqué a ella. El pequeño ser se situó a su lado. También estaba preocupado.

—Ya se va —dijo al cabo de un rato. Estaba sudando. Me cogió de la mano. Me la apretó con mucha fuerza. Me puse nervioso. No sabía cómo ayudarla. De su frente caían grandes perlas de sudor. Estaba fría. Cuando abrió los ojos, se veía miedo en ellos.

—¿Has visto algo? —volví a preguntar—. ¿Has tenido alguna visión? —le cogí la otra mano, intentando transmitir algo de seguridad. Las estrujé con fuerza sobre mi pecho.

—Tenemos que ir al oráculo —comenzó—, la mujer del oráculo nos está esperando, hace tiempo que sabía que llegaríamos. Siente el peligro y teme que su vida finalice antes de que pueda vernos. La Élite la está buscando. —Me miró con ojos suplicantes.

—¿La mujer de qué? —aluciné.

—Nos está esperando, tenemos que ir —me suplicó.

—No pienso ir a ningún lado que no sea a la ciudad de Astra, no mientras la tenga a ella como rehén. La abandoné una vez pensando que la dejaba a salvo. No voy a cometer el mismo error dos veces —dije convencido. Kaysa comenzó a llorar en silencio. Algo la estaba atormentando. Había algo que no me contaba. Empezaba a haber demasiados secretos entre nosotros. Eso era preocupante.

—Después deberemos ir a buscar el oráculo sin falta —dijo una vez más Kaysa. Se soltó de mi mano y colocó sus dedos de manera estratégica sobre mi frente. Me mostró a una bellísima mujer blanca como la nieve. En la cabeza tenía un sombrero circular que representaba los doce astros. Estaba sentada delante de una cueva saludando al sol. La siguiente imagen que vi es a la misma mujer degollada—. Si esto sucede, el mundo se convertirá en un caos. Se autodestruirá poco a poco. Tan solo quedarán vivos los hijos de la tormenta y los del mal, todo lo bello se acabará por pudrir —me dijo sollozando.

—¿Los hijos de la tormenta como yo? —pregunté.

—Sí —contestó mirando al suelo; desde que había mostrado mi afinidad con los rayos eléctricos me miraba con cierto temor. Aquello era muy duro para mí. Había perdido una pequeña parte de su confianza. Me sentía muy

afligido.

—No os abandonaré, no tienes que tener miedo. La élite me arrebató a

mi familia, a mi raza. Jamás me uniré a ellos, puedes estar segura —insistí

con seguridad.

—Después debemos ir al oráculo —me repitió otra vez Kaysa—, sin

falta.

—¿De verdad piensas que existirá un después? Queremos asaltar la

ciudad de Astra, ¿crees que saldremos impunes de esta? —le pregunté en un

pequeño arrebato de furia. Ella no contestó. La pregunta se quedó en el aire.

Me arrepentí por haber sido tan duro. Tenía que aprender a controlar mi

genio. Miré arriba, la tormenta no se había disipado del todo. Incluso se

había acentuado debido al pequeño arrebato. Me estaba temiendo lo peor.

Tenía los pilares morales para no convertirme en uno de ellos, pero

tampoco estaba tan seguro de mí mismo. No después de todo lo vivido.

Había aprendido que cada ser tiene su lado débil y oscuro. Tenía esperanza

de que este último no saliese a la luz, que se quedase agazapado en el

rincón donde había estado hasta ahora.

Ya no quedaba mucho para atravesar el puente. Dado que ya había visto, más o menos, la estructura de la ciudad de Astra, mi cabeza trabajaba a una velocidad de vértigo para trazar varios planes. No podían ser definitivos. No sabía exactamente a lo que nos íbamos a enfrentar, pero al menos no iría con la mente totalmente vacía. Ni Kaysa ni Balder decían nada. Debían estar divagando por sus pensamientos. Alcé la cabeza para situarme. Pude ver el extremo del puente. Mi corazón latió más deprisa por la alteración. Al fin, íbamos a dejar aquella etapa atrás. Había sido una parte más del camino y estábamos más que dispuestos a adentrarnos en la siguiente. De repente, escuché una melodía. Un violín lloraba. Un sonido suave y delicado, a la vez que oscuro y siniestro. Se me erizaba el vello con su sonido. Calmaba mis nervios, como si fuese un sedante en estado puro.

—¿Escucháis eso? —pregunté al pequeño ser, el cual me miró extrañado y negó con la cabeza.

—Siento que te gusta mi melodía —me dijo aquella voz. Misteriosa y seductora. Enseguida los ojos verdes vinieron a mi cabeza otra vez—. No me lo niegues. —Vi su sonrisa.

—¿Por qué me estás persiguiendo otra vez? —pregunté angustiado. Su presencia, cada vez me resultaba más incómoda. Me ponía demasiado nervioso.

—Te estoy ayudando, ingrato. —Y escuché una risa en mi cabeza—. Gracias a esta canción he llamado al caballo de fuego y a tu gatito feroz. Ya saben dónde encontrarte. Si estás solo, no sobrevivirás la batalla. Con ellos a tu lado, puede que tengas una mínima oportunidad —me relató aquella voz mientras escuchaba de fondo los llantos del violín. Después de decirme esto, apareció su imagen ante mí. Estaba totalmente fascinado con ella. Era oscura, peligrosa y malvada, pero también enigmática y atrayente. Su piel de porcelana relucía en contraste con el vestido negro de encajes que llevaba. Sabía que no me podría quitar aquella imagen de la cabeza en mucho tiempo. Sus ojos verdes fríamente hechizantes, se quedaron grabados en mi retina.

—¿Por qué me estás ayudando entonces? —quise saber.

—Tengo un plan. Ambicioso y arriesgado —e hizo una pausa midiendo sus palabras—; obviamente no te voy a contar más. Tú quieres derrotar a algunos miembros de la Élite y yo tengo razones personales para aprovecharme de ello. Tengo que hacerlo a través de ti. Si no me descubrirían. Lo único que puedo dejarte son migajas de pan para que tú las recojas y utilices. Llegará el día en el que mis lealtades hacia ti cambien. —

Y con una sonrisa añadió—: Eso si sobrevives, claro.

—¿Solo lo haces por tus intereses? —le pregunté

—Sí —contestó sin dudar. Sentí cómo una espina se clavó en mi pecho. La voz desapareció de mi cabeza. La conexión todavía estaba abierta. Podía escuchar la siniestra melodía del violín. Sin apenas darme cuenta llegué al final del puente. Y al principio del martirio. Puede ser que al principio de mi fin.

—Eres una arpía sin escrúpulos —le dije justo antes de que se cerrase la conexión.

—Tienes razón —sonrió—, creo que alguna de mis antepasadas lo fue, será cosa de herencia. Mi madre se llamaba Electra, igual que mi bisabuela, creo que existen leyendas entre los humanos. Tenemos mala fama, tampoco es para tanto. —Y desapareció por completo.

—Yo había pensado arpía en forma metafórica, no real —grité al viento para mí mismo, ya que ella ya no estaba—. Lo único que me faltaba. —La furia comenzaba a recorrer nuevamente mis células. Cerré los ojos. Debía calmarme por el bien de todos.

Con los nervios más sosegados di el último paso. Estaba al final del puente. Sentí miedo. Sentí responsabilidad. El corazón me latía a mil por hora. La sensación de angustia era mayor que nunca. Me sentía pequeñito en un mundo de gigantes. No estaba preparado para tanta responsabilidad. Probablemente sería una batalla cruel. No sabía qué aspecto tenían los secuaces de Astra. No sabía qué poder tendría ni su fuerza. Nada. Asks y el caballo de fuego todavía no habían aparecido. Esperaba que estuviesen de camino. Todavía no podía sentir su presencia. El pequeño ser y Kaysa estaban a mi lado. Enfrente de nosotros una maraña densa de árboles. Detrás de ellos, la ciudad de Astra. Oscuridad. Era de noche. Niebla. Es lo único que se distinguía a lo lejos. Quería concentrarme. Relajarme. Despejar mis sentidos. Estaba totalmente aterrado. Sentí el poder de las flechas en mi espalda. Parecía que reaccionaban a mis emociones. También se estaban preparando para la batalla. Miré otra vez al frente. Oscuridad.

Pasaron minutos, después horas. Todo estaba en calma. Kaysa salió a inspeccionar los alrededores. Volvió sin novedades. Encontró la ciudad, pero la vio desierta. Nos sentamos a esperar a Asks y al caballo de fuego. Estaban tardando demasiado. Quizás ella me había engañado y no iban a venir. Decidí ir a investigar por mi cuenta. Estaba demasiado nervioso como para estarme quieto. Balder y Kaysa se quedaron para vigilar. También estaban inquietos. Les miré. Apenas habíamos hablado. Me di la vuelta y me adentré entre los árboles. No tuvo que pasar mucho más tiempo hasta que llegué al otro extremo. Ante mí, se encontraba la ciudad que el pequeño ser me había mostrado. Efectivamente, estaba construida en roca y su tamaño era desmesurado. Parecía solitaria. Tan solo tenía una gran entrada. Altos muros llenos de espigas protegían el resto. Ahora ya entendía la poca importancia que había dado Astra a nuestra llegada. Era inviable pasar al otro lado por un camino diferente que no fuese la puerta. Me quedé observando el paisaje hasta que noté la presencia del felino. Abandoné mis pensamientos y me encaminé hacia donde se encontraban los demás.

Pasos rápidos y pequeños me llevaron hasta ellos. Ahora ya estábamos todos. Incluso los pequeños duendecillos habían vuelto. No sabía dónde habían estado todo este tiempo. Tampoco me importaba. Incliné la cabeza en señal de respeto hacia Asks. Después hacia el caballo de fuego. Los dos estaban muy serios. Comprendían perfectamente lo delicado de la situación. Parecían descansados y cargados de energía. Eso jugaría a nuestro favor. Quería explicarles todo lo que nos había sucedido. Necesitaba desahogarme. Hice el amago, pero lo pensé mejor. Había cosas más importantes. Me ceñí a comentarles lo esencial del caso para que supiesen situarse. Me escucharon atentamente.

—Para el caballo de fuego no será complicado. Por la noche puede volar sin problemas hasta el otro lado —dijo Kaysa, a lo que el caballo relinchó suavemente en señal de aprobación.

—¿Tú puedes atravesar el muro? —pregunté al felino, el cual se quedó pensativo y afirmó con la cabeza.

—De acuerdo, ya van dos —habló por primera vez el pequeño ser—, yo puedo ir subido a los lomos de Asks —meditó—, eso si eres capaz de controlar la fuerza y calor de tus llamas. —A lo que el felino se acercó y le lamió la mano en señal de asentimiento.

—Yo me las ingeniaré de alguna manera —la náyade especulaba diversas opciones—, y dado que Astra no se va a tomar la molestia de poner ninguna defensa, creo que podríamos descansar un poco.

Cuando cerré los ojos, miles de imágenes invadieron mi mente. Había momentos felices. Otros no tanto. Repasé mi vida en cuestión de segundos. Mi niñez había sido tranquila; en cambio, mi transición hacia la madurez estaba siendo caótica y problemática. Con estos pensamientos me dejé llevar por el mundo de los sueños. Caí totalmente rendido. Asks se había quedado vigilante, así que pude relajarme. Por primera vez desde hace mucho tiempo, no soñé nada. Mi mente estaba totalmente en blanco. Estaba demasiado cansado. Fueron tan solo un par de horas en las que pude estar así, pero dormí mejor que en todo el viaje. Había perdido la cuenta de cuántos días llevábamos. Quizás semanas. No lo tenía muy claro. Fui el primero en despertarme, así que me dediqué a contarlos. Habían pasado cuatro semanas desde que había salido de casa. Me parecía demasiado poco tiempo para todo lo que había sucedido. En un par de días sería mi cumpleaños. Dieciocho años. Sonreí para mis adentros. Jamás me había imaginado algo así. Ni siquiera tenía la esperanza completa de llegar a cumplirlos.

—Despertad —les dije a mis compañeros suavemente—, es hora de partir a la batalla. Es hora de hacer frente a nuestro destino.

—Cierto —dijo la náyade levantándose con delicadeza—, ya es hora de enfrentarnos a Astra. Pase lo que pase, me alegra haberos conocido. —Y rio la broma, aunque todos sabíamos que en el fondo no lo era.

—¿Ya sabes cómo vas a traspasar el muro? —le pregunté.

—Sí, he estado pensando antes y mira. —Me enseñó sus manos. Estaban llenas de escamas pegajosas.

—Con esto podrás trepar por la pared, pero ¿y las espigas? ¿Cómo piensas atravesarlas? —Estaba muy preocupado por todo el procedimiento.

—Se supone que en las escamas existen unas esporas —me explicó enseñándome más de cerca las manos—. ¡No te acerques tanto! Son tóxicas. El líquido que expulsan es capaz de desintegrar hasta la planta más dura. Lo malo es que no dura mucho tiempo. Así que me tendré que dar prisa. Exactamente tengo tres minutos para atravesar el muro o si no me quedaré en el sitio. —Me miró nerviosa.

—Vayamos, pues —dije y miré a todos mis compañeros intentando infundirles ánimos.

Nos pusimos a caminar lentamente. El muro de la ciudad no estaba a demasiada distancia, pero tardamos mucho tiempo en llegar. Cada uno de nosotros estaba pensando en varios planes que podríamos seguir. Atravesamos el pequeño bosque sin apenas producir ruido. Cuando llegamos al límite, me encontré nuevamente con el enorme muro. Miré a mi alrededor. Asks se estaba preparando, procuraba suavizar y congelar sus llamas al máximo para no quemar al pequeño ser. El caballo de fuego adquirió otra vez el color negro propio de la noche para pasar lo más desapercibido posible. Me senté encima de sus lomos. Estaba preparado. Antes de echar el vuelo, esperamos a ver cómo la náyade pegaba sus manos a la pared. Era relativamente fácil para ella escalar. Procuraba darse la máxima prisa posible. Tenía el tiempo exactamente calculado. Con la tranquilidad de saber que Kaysa estaba avanzando bien, el caballo desplegó las alas. Asks comenzó a formar sus escalones de fuego azul. El pequeño ser se acomodó en su espalda. Los duendecillos estaban a su lado. De alguna manera se habían encariñado del felino.

Comenzamos a volar. Estaba nervioso. No me gustaba despegar los pies del suelo. Pronto estuvimos a la altura de las copas de los árboles. Sin más dificultades pasamos por encima del muro. Las espigas desde aquella altura se veían más amenazantes incluso. Estaban llenas de prominentes espinas. Sin darme apenas cuenta, tenía los ojos clavados en el muro, aterrizamos suavemente. Había sido mucho más fácil de lo que me imaginaba. Eso no era un buen presagio. En el bosque, si algo era fácil, el equivalente que podías esperar era trampa y peligro mortal. Estaba nervioso. Asks estaba descendiendo poco a poco por nuestro lado. Faltaba Kaysa. Se estaba retrasando. Sabía que había sido demasiado bonito. Estaban empezando los problemas. Pronto pasarían los tres minutos establecidos. Cada vez estaba más nervioso. Comencé a dar vueltas. La buscaba por todos los lados, pero no la veía. Tenía miedo a gritar. Tampoco podía llamar tanto la atención armando ruido. Miraba al cielo nervioso. Por fin vi asomar su pelo. Poco después su cara. Estaba angustiada. Las espigas eran más difíciles de atravesar de lo que ella pensaba. Me acerqué al caballo de fuego. Le supliqué que fuese a buscarla. Él se negó. Me acordé en aquel momento de las palabras de Kaysa días antes: «No puedo subir en su lomo, agotaría mis reservas de agua, y me podría producir una muerte lenta, su calor es demasiado fuerte para mí».

Puso una mano en una espina. Eran de metal duro. «Maldita sea», pensó la náyade. Era más difícil de lo que ella había supuesto. Pronto se le agotaría el tiempo. No sabía si iba a conseguir llegar al otro lado. Con cada espina sentía un fuerte pinchazo. Lo peor no era el dolor. Lo peor era que la fuerza se evaporaba como un suspiro en el aire. Lo intentó otra vez. Un pasito más hacia el desenlace. Aun así era difícil. Apenas le quedaba un minuto, y aún tenía la mitad del camino delante. Procuró no desesperarse. Había sobrevivido a demasiados peligros como para no poder enfrentarse a uno más. Los demás la necesitábamos. La calma que nos trasmitía. Todos pertenecíamos a elementos demasiado vivaces. Fuego y tormenta. Incluso los duendecillos respondían con satisfacción a la furia de la naturaleza. Debía utilizar su temple para salir de esta situación. Apenas treinta segundos faltaban para que todas sus esporas desapareciesen. Procuró respirar hondo. No lo conseguiría. Tenía que pedir ayuda.

—Debemos hacer algo —le grité al pequeño ser. Ya me daba igual alertar a los guardias de la ciudad.

—No sé cómo podríamos ayudarla —me contestó con miedo.

—Tengo una idea. —Y pocas esperanzas de que funcionase, pero eso ya me lo callé para mí mismo. Cerré los ojos y comencé a concentrarme. Coloqué en mi mente la imagen de mi pequeña princesa. Después la de Astra. La siguió Skule, y así hasta que comencé a notar la furia corriendo por mis venas. Las batallas cruzaron fugazmente mi pensamiento. Estaba empezando a sentir calor. La electricidad se estaba apropiando de mi cuerpo. La furia fluía con libertad. Me sentí poderoso nuevamente. Mis manos comenzaron a brillar con fuerza. La imagen de mi hermana volvió a mi cerebro. El sentimiento de peligro y cólera se apoderaron de mí. El miedo a perderla fue el detonante. Pequeñas nubes de electricidad se empezaron a formar en torno a mi cabeza. En las puntas de mis dedos se originaron pequeñas chispas. Levanté los brazos y los expandí al máximo. Necesitaba alimentarme de aquellos pequeños rayos que estaban cayendo a mi alrededor. Giré sobre mí mismo. Necesitaba el poder del viento—. ¡Ven a mí! —grité con todas mis fuerzas. Giraba sin parar—. No huyas de mi llamada. —Y en torno a mi cuerpo se formó un pequeño remolino lleno de rayos eléctricos. Paré de girar. Me coloqué enfrente del muro. Cerré los ojos nuevamente. Debía tener el máximo autocontrol sobre mi mente para poder impulsar el remolino hacia la náyade. Apenas le quedaban unos segundos. Debía darme prisa. Me elevé, mis pies ya no tocaban el suelo. Impulsé mis manos. El remolino terminó por ceder a mi deseo. Poco a poco llegó hasta la náyade elevándola por los aires. Pesaba demasiado para mí. Todavía no había desarrollado tanto mis poderes. Perlas de sudor brillaban en mi frente. Estaba descendiendo. Me sentía más cansado. Mi fuerza menguaba. Aguantaba más que antes, pero todavía no lo necesario. Cuando la náyade estaba cerca del suelo la dejé caer. No se hizo demasiado daño. Alguna magulladura solamente.

—No tenías que haberte arriesgado por mí —replicó Kaysa.

—De nada. —Sonreí algo débil.

—¡¡¡¡Mirad!!!! —retumbó la voz del pequeño ser en las mentes de todos—. Astra ya ha descubierto que estamos aquí.

En el cielo se estaba formando una grandísima tormenta. En comparación, la mía era insignificante. Las pocas luces que había se apagaron. El cielo se llenó de nubes negras. Los rayos llenos de electricidad golpeaban con fuerza unos contra otros. Producían un estruendo horripilante. La atmósfera que se encontraba por debajo de las nubes se empezó a teñir de rojo escarlata. De rojo sangre. Era su peculiar manera de darnos la bienvenida. Mis poderes no habían pasado desapercibidos. A pesar de que la furia seguía recorriendo mi sangre, los escalofríos nacían en todo mi cuerpo. Seguí mirando fijamente al horizonte desolador que nos esperaba. Pequeñas motas negras empezaron a aparecer en la franja rojiza. Algo se acercaba volando. Y no era un ente, eran muchos.

—¿Veis lo mismo que yo, verdad? —preguntó Kaysa, sabiendo de antemano la respuesta—. Tenemos que buscar otro lado para aguardar lo que llega, aquí al lado del muro, y con las espigas de su lado, nos masacrarán.

—Adelantémonos, pues —dije empezando la marcha. Lo único que teníamos enfrente eran unas escaleras en forma de caracol. Eran de piedra ancha y azulada. El resto eran muros altos. Salimos del pequeño patio en el que estábamos. Kaysa tenía razón. Necesitábamos un espacio más abierto.

Avanzábamos a la máxima velocidad que nos permitían nuestras piernas. Las escaleras de caracol parecían interminables. Era muy complicado caminar por ellas. Estaban resbaladizas. A medida que daba un paso, resbalaba dos. Estaban cubiertas con una sustancia pegajosa que me recordaba a la baba de caracol. Lo que sí podíamos notar es cómo subíamos de nivel. Miré al horizonte una vez más. Las pequeñas partículas seguían acercándose. No podía distinguir qué era. Iba a ser un factor sorpresa. No podíamos prepararnos del todo. Seguí hacia delante. No nos quedaba mucho. El final de las escaleras estaba cerca. Unos cuantos pasos más y culminaríamos la cima. El pequeño ser y Kaysa me seguían de cerca. El caballo de fuego y Asks cerraban el paso. Los duendecillos saltaban a mi lado, felices. No parecían darse cuenta de lo que estaba sucediendo a su alrededor.

—Ya llegamos —gritó la náyade y se adelantó unos cuantos pasos corriendo.

Cuando llegué a su altura, pude ver nuestro futuro campo de batalla. No teníamos tiempo para buscar otro sitio. Ante mí se encontraba una gran plaza de piedra. Estaba totalmente desierta. Parecía que en aquella ciudad no vivía absolutamente nadie. En el centro de la plaza había una gran guillotina. Nunca había visto ninguna. Tan solo en los libros de mi padre. Alrededor de la plaza había casas vacías. Todas estaban hechas de la misma piedra que el resto de la ciudad. De la plaza salían multitud de calles. Era un entramado de lo más complejo. Podría ser una buena escapatoria. Lo malo es que no sabíamos hacia dónde llevaban. La ciudad entera parecía un laberinto. Probablemente aquella plaza era la única superficie plana que había. Todo lo demás estaba en consonancia con las escarpadas laderas de la montaña.

Los entes voladores se hallaban cada vez más cerca. Sentí cómo Skar se movía en mi interior. Estaba preocupado por su supervivencia. Por lo menos, sus movimientos me mantenían alerta. Estaba cumpliendo de manera estricta su decisión de no molestarme lo más mínimo. Al contrario, procuraba estimular mi columna para que la furia pudiese adueñarse otra vez de mí. Sin ella, sabía que no sería capaz de sobrevivir. Me había entregado completamente a esa fuerza interior en aquel puente viejo, y ahora me poseía. Me alimentaba. También noté las flechas a mis espaldas. Se estaban llenando de energía. Su brillo cada vez era mayor. Los demás, al igual que yo, se estaban preparando para la batalla. Kaysa y Balder estaban con los ojos cerrados, concentrándose. Asks y el caballo de fuego avivaban sus llamas. El caballo ya no tenía el color negro que le había caracterizado los últimos días. Nuevamente, había adquirido el color rojizo y anaranjado con el que le conocí. Cuanto más aumentaban sus llamas, más se calentaba el ambiente. Por el contrario, Asks optó por su fuego frío. Sus ojos denotaban una agresividad hasta entonces nunca vista. Sus llamas celestes habían alcanzado el doble de su tamaño.

—Por cierto, jamás te he comentado el funcionamiento de las flechas.

—La náyade interrumpió mis pensamientos.

—¿Cómo?—la miré desconcertado.

—Están cargadas con ínfimas partes de los espíritus de los árboles caídos hace mil años —comenzó—, por eso brillan tanto. Tu fuerza interior las activa más todavía. Las vuelve vivas —prosiguió—. Estos espíritus son almas puras que se sacrificaron para que existiese el mundo tan colorido y lleno de vida como lo fue en sus orígenes. Son los padres de la creación del bosque. Por eso, cada vez que atravieses el cuerpo de un ser no puro, el alma de este ser quedará atrapada en ella, y se desintegrará poco a poco —me dijo con una media sonrisa—. Su cuerpo morirá al instante. La flecha desaparecerá con él para después volver a aparecer limpia en tu carcaj.

—Impresionante—contesté asombrado.

—Aunque con la élite no sé si funcionará —me dijo preocupada.

—De momento, centrémonos en lo que tenemos delante —le dije, intentando transmitir una confianza que ni yo mismo tenía.

Las pequeñas motas eran cada vez más grandes. Debían de venir de bastante lejos. No podíamos escucharles, solo verles. El sonido de la tormenta resonaba en la plaza. Era inquietante. Los rayos cada vez estaban más cerca. Algunos impactaban sobre las casas cercanas. Las destrozaban por completo. Las piedras saltaban de un lado hacia otro, produciendo innumerables destrozos. Nos desplazamos. No podíamos arriesgarnos a morir atrapados por una piedra. Nos colocamos justo en el centro. Ahora éramos un blanco fácil, pero no teníamos otra opción. Observé con atención todas las salidas. Algunas calles daban hacia la montaña. Estaban en pendiente. Las otras callejuelas eran cuesta abajo y llevaban hacia el muro.

—¿Dónde estás, pequeña? —pregunté mentalmente a mi hermana sin esperar respuesta.

—Arriba en la torre —me contestó una fina voz ante mi sorpresa—. Siempre estoy contigo, aunque mis fuerzas cada vez son menores.

—¿Sabes quiénes son los guardianes de Astra? —le pregunté.

—No, estoy casi siempre encerrada en una habitación, y la comida me la trae directamente Astra; lo siento —se disculpó—, tengo que dejarte, Astra se acerca. Ten cuidado con sus guardianes, no los he visto pero sé que son muy peligrosos y difíciles de matar. —Y la conexión se perdió.

Tensé el arco. Cogí la primera flecha de mi espalda. Se acercaban. Podía sentirlos. Flexioné las rodillas. El pequeño ser estaba en plena concentración. Se había elevado un metro sobre el suelo. Estaba

acumulando poder. Miré a Kaysa, había formado un remolino de agua a su

alrededor. En su espalda estaban creciendo pequeñas alas de mariposa. Esta

vez no parecían tan delicadas como las que vi en el lago. Asks y el caballo

estaban con las llamas a pleno rendimiento. Respiré hondo. Saqué la

primera flecha. Era la primera vez. Noté su vibración en mi mano.

Desprendía calor. Mi mano brilló. La coloqué rozando el arco.

—Tiempos difíciles nos han tocado vivir —les grité a mis

compañeros—, esta es nuestra lucha por la libertad. Por la nuestra, y por la

de nuestros pueblos. Nos queda mucho camino por recorrer, pero esto tan

solo es un escalón más en él. Podremos. Luchad con convicción. Es lo

único que nos queda. En el poder la oscuridad no puede residir nuestro

temor. Luchemos por la luz.

—No tenemos capacidad para repeler su ofensiva —escuché la voz del

pequeño ser en mi cabeza.

—Ten fe, podemos —le dije con convicción. Miré a mis compañeros.

Se habían convertido en mi segunda familia. Lucharía por ellos. Lucharía

por mi pequeña. Lucharía por mí.

Estaban a poca distancia. Poco a poco, se podían distinguir. Eran pequeños. Tensé el arco con toda la fuerza que tenía. Fijé la mirada en uno de ellos. Noté la adrenalina en mi sangre. Disparé. La electricidad salía de mis dedos. Se transformó en potencia y la flecha salió disparada. Como una centella resplandeció. Su velocidad era imparable. Los entes no lo esperaban. La flecha atravesó a uno de ellos. Intentó luchar contra ella. No pudo. Estaba absorbiendo su esencia. Cayó a nuestros pies. Los ojos se me salieron de las órbitas. El cuerpo de aquel ser era idéntico al de un niño pequeño. Tenía los cabellos totalmente blancos. Sus ojos eran negros como dos pozos sin fondo.

—¡No os dejéis engañar! ¡No son niños! —grité rápidamente a los demás en cuanto vi cómo la flecha de la luz se volvía oscura—. ¡Luchad sin piedad! Ellos no la tendrán.

Los demás, al ver cómo su compañero caía, se enfurecieron aún más. Comenzaron a volar con más rapidez. Todos eran iguales al primero. Parecía un ejército de espectros infantiles. Sus alas estaban llenas de pequeñas espinas. En cuanto se posaron sobre el suelo nos rodearon. Eran espíritus oscuros poseídos por Astra.

—Cuidado con las alas —gritó la náyade—. ¡Son Surums! Tienen fuerza sobrehumana, sus alas son mortales.

Preparé mi segunda flecha. La primera no se había consumido aún. No había vuelto a su carcaj. El pequeño ser se elevó aún más sobre el suelo. Empezó a formar corrientes de aire a su alrededor. Sus ojos habían adquirido el color rojo escarlata que siempre tenían durante las batallas. Movía las manos con suavidad. Se había concentrado en un pequeño grupo de monstruos que se acercaban por su derecha. Estaba esperando el momento justo para mandarles una de sus corrientes de aire. Sería fácil engañarles la primera vez. Había que aprovechar el factor sorpresa. No sabían cuáles eran nuestros poderes. Kaysa hacía lo mismo, pero con agua. Tensé nuevamente el arco. En aquel momento justo me acordé de mis padres. El recuerdo de la sonrisa de mi madre llenaría de luz los momentos sombríos que me esperaban. Fue tan solo un instante. Casi imperceptible, pero me llenó de claridad.

Disparé la flecha. Salió rauda inyectada de corriente. Atravesó a otro de los surums. Cayó nuevamente a mis pies. Los demás se comenzaron a abalanzar sobre mí. El primero apareció por la derecha. Eran bajitos, así que era más complicado defenderse. Por lo demás, parecían soldados totalmente humanos. Me temía lo peor. Uno más apareció por la izquierda.

Tenía que agacharme al máximo para poder alcanzarles. Tenían unas pequeñas espadas que sabían utilizar con mucha habilidad. Intentaba moverme con rapidez. El primero de los surums me intentaba clavar la espada en el tobillo. El segundo en la rodilla. Di un gran salto para que no me alcanzasen. Caí mal. Me desequilibré. Mi cuerpo se precipitó al suelo. Por suerte, me había separado de mis dos atacantes. No corría peligro de muerte. Tuve un instante para contemplar cómo estaba el panorama. La náyade se encontraba en apuros. Estaba totalmente rodeada. Por la derecha tenía todo un ejército de pequeños monstruos. No se fiaban de las estrategias de Kaysa con el agua. Se mantenían a cierta distancia. Observando. Desplegaron sus enormes alas. No tenían problema con ello. Gobernaban el espacio infinito de aquella plaza. En sus ojos se podía distinguir poder y malicia. Cuando sus alas estuvieron completamente desplegadas, las púas que tenían incrustadas comenzaron a lanzar destellos. Kaysa también desplegó sus alas. Lanzó el primer chorro de agua. Iba con mucha fuerza. Tiró al suelo a dos de sus oponentes, pero no fue suficiente. Los demás aprovecharon y se abalanzaron sobre ella. Asks corrió en su ayuda. Juntos comenzaron a lanzar agua y fuego. Los surums eran rápidos. Conseguían esquivarlos sin demasiada dificultad.

Tuve que centrarme nuevamente en mis adversarios. En cuestión de segundos se habían multiplicado. Me encontraba rodeado por completo. Estaba en mitad de un círculo que se estrechaba a cada instante. Me estaba agobiando. Sus afilados dientes me inspiraban temor. Pertenecían a carnívoros, capaces de desgarrar la carne más dura. Gotas de sudor corrían por todo mi cuerpo. La furia se estaba empezando a despertar en mi alma. Poco a poco. Mientras tanto, sentía pánico. Cada vez eran más y más. No tenía las suficientes flechas para matar a todos. Saqué la siguiente. Tensé el arco. Disparé con fuerza. Impactó en la alimaña más cercana. La flecha se quedó clavada en su cuerpo. Tardaba demasiado en reaparecer en mi carcaj. No sabía qué iba a hacer. La lucha cuerpo a cuerpo con ellos era demasiado peligrosa. La tercera flecha salió con la misma rapidez y eficacia. Ahora tan solo me quedaban diez. Ellos eran unos quince. Mi corazón se aceleró al momento. No iba a poder con ello. Al final debería luchar contra ellos en las distancias cortas. Ahí donde eran más peligrosos.

El caballo de fuego se había alejado del círculo. Estaba intentando actuar por otro lado. Tenía el cuerpo cubierto totalmente por llamas. El fuego corría por sus venas. Sus relinchar cada vez era más fuerte. Corría de un lado hacia otro intentado evitar los embistes de los surums. Sus espadas ya le habían producido algunos cortes profundos. Necesitaba un pequeño respiro, pero no tenía cómo conseguirlo. Empezó a correr por toda la plaza.

Era veloz. Aquello le había salvado hasta aquel momento. En su huida, se

topó con el pequeño ser. No estaba en mejor situación que él. Los surums

parecían reproducirse constantemente. Había al menos veinte por cada uno

de ellos. Quizás juntos podrían conseguir algo. Empezó a correr para un

lado. Rápidamente cambió de dirección. Dio una vuelta. Un pequeño vuelo.

Tenía que conseguir burlarles y llegar hasta Balder. Era complicado. Los

enemigos eran rápidos, además de astutos. Lo peor a lo que se habían

enfrentado jamás. Cuando dio el último salto, uno de los surums consiguió

morderle. El caballo relinchó de dolor. Le había desgarrado buena parte de

la pierna. Había retrocedido. El pequeño ser gimió de dolor también al

verle. Las llamas de fuego se habían apagado en su pata. El caballo estaba

aturdido. El pequeño comenzó a formar remolinos de viento.

—Aguantad —se escuchó la voz de Balder en todas las mentes—,

tenemos que conseguir llegar a la torre —gritó, mientras seguían naciendo

remolinos a su alrededor.

Lanzó los diferentes remolinos contra los surums que estaban atacando

al caballo. Se quedó desprotegido, pero no le importó. Corrió rápido hasta

donde estaba. Mientras corría, uno de los surums le cogió por la espalda. Le

arañó con una de sus púas de acero. Las lágrimas brotaron de sus ojos granates. Me dolió en el alma. Ahora los dos estaban malheridos. Mi mano verde comenzó a brillar con fuerza. Tenía que llegar hasta ellos. Estaba rodeado. Me levanté con rapidez. Flexioné mis rodillas. Llevé la mano a la espalda. Tan solo me quedaban cinco flechas. No serían suficientes. El rasguño que tenía en la pierna me estaba quemando. Flexioné las rodillas más aún. Tenía que ponerme a su altura. Cogí una flecha. Puse el arco en tensión. La furia recorrió mis brazos. La flecha salió con más fuerza que nunca. Atravesó a dos de las alimañas. No fue suficiente. Había más. Cogí un cuchillo que tenía en mi pantorrilla. El primer monstruo saltó sobre mí. Se pegó a mi espalda. Allí poco podía hacer. El agobio se estaba apoderando de mí mente. Miedo. Tenía que sobrevivir. Me tiré al suelo. Según lo hice aplasté al enemigo. No sin que antes me mordiese con sus poderosos dientes. Grité de dolor. Sus afilados colmillos me habían desgarrado parte del hombro derecho. La carne me estaba quemando. Rápidamente me coloqué mi mano verde sobre la herida. Necesitaba una rápida regeneración. Los demás venían a por mí. No me daba tiempo. No podía luchar con tan solo un brazo. Grité de desesperación. Ardía por dentro.

—Utiliza tu furia —escuché la deliciosamente peligrosa voz en mi interior—, utiliza tu furia —repitió otra vez y aparecieron esos ojos verdes que me hipnotizaban—, lanza tus flechas al cuello, siempre al cuello, así se desintegran más rápidamente. Es su parte débil. Su cuerpo está protegido por duras corazas. Recuerda su parte débil. Y sobre todo tu furia—. Y la voz se evaporó entre las nubes.

Abrí los ojos. El dolor me consumía. El enfado se estaba apoderando de mí. La mano verde me comenzó a brillar con fuerza. La coloqué en mi hombro. Paré la hemorragia. Con eso, debería bastar por el momento. Cogí el arco con la mano derecha. Canalicé todo mi suplicio hacia el arco. La electricidad estaba naciendo en mi interior. Nuevamente me sentía poderoso. La flecha salió como un potente rayo. Relámpagos salían de ella. Fue a parar directa contra el adversario más cercano. Atravesó su garganta. No se quedó allí. Se propagó hacia el resto. Atravesó a otros cuatro más. Apenas tardó unos segundos en volver a aparecer en mi espalda. El dolor seguía latente. Tenía que ignorarlo. Mi energía se estaba agotando. Tenía que recargarla. Agité los brazos con fiereza. Las nubes se comenzaron a formar sobre mi cabeza. Cogí la siguiente flecha. Atravesé a otros dos. Ya no estaba rodeado. Grité con furia. En las nubes comenzaron a aparecer los primeros destellos. Necesitaba más. Sin ellos no podría llegar hasta el pequeño ser. Necesitaban de mi ayuda. Respiré hondo. El dolor intenso había vuelto. La herida se me había abierto otra vez. Tenía los músculos demasiado despedazados. Sentía cómo las tiras que los unían eran cada vez más débiles. Procuré canalizar otra vez el dolor. Ahora era más duro que antes. Di el primer paso. Una nueva flecha atravesó a otro enemigo.

—¡¡Luchad por todo aquello que vuestro corazón ama!! —gritó la náyade a lo lejos—, ¡¡podría ser el fin de nuestra raza, pero no es así, luchad por el bosque, luchad por vosotros, luchad por la luz que queda en vuestras almas!! —gritó con todas sus fuerzas. Sus palabras me devolvieron a la realidad. Pocos pasos me separaban ya de ellos. Lo lograría. La nube grisácea crecía. Algunos rayos potentes salieron de ella. Acribilló algunos más. Los mortificó en el instante. Apenas era consciente de mi fuerza. Todas las imágenes se modificaban a demasiada velocidad delante de mí. No era consciente de la velocidad que había tomado la batalla. Una nueva criatura siniestra se abalanzó sobre mí. Intentaba clavarme su pequeña espada en las rodillas. Tenía que saltar de un lado a otro. Eso hacía que perdiese poder sobre la tormenta que estaba creando.

—¡¡Agua!! —escuché gritar en el otro lado de la plaza. Una pequeña burbuja se materializó a mi lado. Según la cogí se llenó de electricidad. La lancé contra mi oponente. Se electrificó enseguida. Me dejó unos instantes de maniobra. Corrí hacia el caballo y el pequeño ser. Fui veloz. Ignoré como pude el dolor de la pierna. Me sujeté el brazo izquierdo para que las tiras de músculo no se me fragmentasen más aún.

—Aquí estoy —escuché la voz del pequeño ser a mi lado—, juntos lo conseguiremos. —Y se abrazó a mi pierna. Me miró. Sus ojos brillaron con fuerza. Tenían un color como nunca antes había visto. En su interior había pupilas de rojo intenso. Tan intenso como el fuego. Eran brillantes. Parecían estrellas fugaces. Coloqué mi mano dorada sobre él. Le quería regalar energía. Puse mi mano verde sobre la herida del caballo. Kaysa nos había conseguido tiempo. El suficiente para que pudiese curarles. Los surums se estaban replegando. Probablemente estaban maniobrando otra estrategia. Todos se habían colocado en un círculo. Una vez más, nos habían dejado en el centro. Era un nuevo comenzar. Había habido bajas entre ellos. No entre nosotros.

Alcé la vista. Una tormenta negra, más fuerte y más poderosa que la mía se estaba creando sobre nuestras cabezas. Astra se había cansado de mirar. Estaba comenzando a actuar. Eso no jugaba a nuestro favor. Volví a mirar mi curación. El caballo de fuego estaba casi listo. Al pequeño ser también le quedaba poco. Kaysa y Asks se habían unido a nuestro lado. Estábamos todos juntos. Más débiles, pero unidos. Cuando terminé con el caballo, seguí con mi hombro. Necesitaba pensar qué hacer. Mis nubes seguían

creciendo encima de nuestras cabezas. No era suficiente. No podría

competir contra Astra. Todavía no tenía el poder suficiente para controlar

los rayos. Ella tenía años de práctica. Yo apenas unos días. Los surums

seguían en silencio. Nos observaban con detenimiento. Estábamos en el

centro de la plaza. Ahora, teñida de sangre.

—No podemos seguir con esta batalla sin sentido —habló Kaysa—,

cada vez son más, los matamos, pero llegan más y más.

—¿Qué sugieres? —le pregunté.

—Llegar hasta las calles de arriba, y después adentrarnos en la torre —

comenzó a hablar—, sobre todo tú, los demás te cubriremos las espaldas y

los entretendremos.

—¿Cómo he de enfrentarme a Astra? —

—No puedes matarla. Tan solo eres un humano. Las profecías dicen que

ningún hombre podrá matar a nadie de la élite. Intenta por lo menos dejarla

indefensa y rescata a tu hermana—.

—Podemos —grité con vigor. Comencé a concentrarme otra vez al

máximo. Ordené a las nubes que bajasen de altura. Nos rodearon por todas partes. No había conseguido que fuésemos invisibles del todo. Al menos tendrían más problemas de adivinar nuestras intenciones. Comencé a correr.

CAPÍTULO 11

—¡¡Por la libertad!! —grité corriendo hacia el laberinto de calles. Estaba convencido de que llevaban a la torre. Mis amigos se quedarían atrás. Cubriéndome. Ahora mi responsabilidad era aún mayor. Necesitaba actuar rápido. Tensé las cuerdas del arco. Lancé la primera flecha. Notaba la ira en mi interior. Cada flecha salía de mi arco con más convicción que la anterior. No iba a dejar vivo a ningún monstruo que se cruzase en mi camino.

—¡Corre! Sálvala, no te preocupes por nosotros —escuché la lejana voz de la náyade.

El miedo se estaba apoderando de mí una vez más. Corría hacia delante. No me paraba. Las flechas pasaban con mucha rapidez por mis manos. Me había convertido en un autómata. No sentía ningún tipo de remordimiento por aquella aniquilación. Les disparaba a todos al cuello. Así era más fácil. Me sentía más ágil. Era la posible salvación de mi princesa lo que me daba ánimo. Ella era lo único que me hacía recordar que un día había sido un muchacho normal. Al fin llegué al último tramo. Delante de mí se encontraba el laberinto de calles ascendentes. Miré atrás por última vez. Mis amigos estaban en medio de una lucha mortal contra los surums. No me sentía tranquilo al dejarlos así. No tenía más remedio. Asks luchaba junto a la náyade. Balder no se separaba del caballo de fuego. En aquel momento me di cuenta de que los duendecillos habían desaparecido. Tampoco me extrañó demasiado. No entendía del todo sus lealtades. Eran extraños. Con paso firme me adentré en la oscura calle. La tormenta se disipó en aquel mismo momento. Un último vistazo atrás. La culpa me atormentaba profundamente. Recé a los dioses del bosque. Últimamente les había abandonado. En aquellos momentos lo único que me quedaba era fe y esperanza. Sin perder más tiempo me adentré en el laberinto.

Todas las calles eran estrechas. Todas iguales. Los altos muros de piedra azulada le daban un aspecto de lo más tétrico al paisaje. El suelo era resbaladizo. Tenía que tener una concentración extrema para no resbalarme. Caminaba cuesta arriba. No encontré ni un ápice de vida. Era demasiado agobiante estar allí. Lo peor de todo era el silencio. Un silencio profundo. Un silencio de pesadumbre. Cuanto más iba subiendo, menos oxígeno había. Me costaba respirar y me cansaba más rápidamente. No tenía ningún plan. El hecho de que ningún humano fuese capaz de matar a la élite me había dejado sin ideas. Sabía que Astra era más poderosa que yo. Tenía que ganarla en astucia. Era la única manera de tener una posibilidad contra ella.

Seguí caminando. La cuesta cada vez era más empinada. El silencio me ametrallaba el cerebro. La oscuridad era absoluta. Llamé la fuerza a mis manos. Necesitaba que la luz dorada me guiase. Llegué al final de la calle. Otras cinco aparecían ante mí. Todas con el mismo aspecto aterrador. Todas con la misma incertidumbre encerrada en ellas. Elegí la segunda. Era la que me pareció más empinada. La torre estaba en lo más alto de la ciudad. Probablemente fuese la decisión correcta. Cada vez me sentía más lejos de mis compañeros. No podía ni pensar en ellos. Se me encogía el alma. Aquella soledad no era nada buena para la autocompasión. Seguí caminando. Un nuevo final. Nuevas calles. Me sentía un vagabundo. Tenía que sujetarme a las paredes. La inclinación era cada vez más exagerada. Cuando ya pensaba que nada me esperaba, una luz se vislumbró al final de aquella calle. Me sobresalté. La sangre me empezó a circular a gran velocidad. La ansiedad me comía por dentro. Me acerqué con sigilo. La luz seguía quieta. Di unos pasos más. La luz vino volando rápidamente hacia mí. Tenía la imagen de un espectro aterrado. Me aparté por escasos milímetros. Apareció otro espectro más. Era enorme. Me tiré al suelo para no tocarle. Detrás de él, otro más. Estaba muy intranquilo. Procuré avanzar pegado al suelo. Me arrastraba como una serpiente. Las piedras eran totalmente lisas. Me resbalaba constantemente. Procuraba sujetarme con los pies a las paredes. Apoyarme en ellas. Los espectros parecía que no se habían percatado de mi presencia. Quizás solo estuviesen allí como un aviso a los viajeros intrépidos. Seguí reptando. Mi aliento cada vez era más frío. En general, la temperatura había bajado varios grados.

—Estoy cerca, lo sé —me dije a mí mismo—. Aguanta, pequeña; yo estaré bien, si tú lo estás. —Mi voz era tan solo un susurro entre la oscuridad. Era un murmullo de esperanza.

Con mucho esfuerzo llegué al final de la calle. El sudor que caía de mi frente se convertía en diminutos cubitos de hielo al caer al suelo. El vaho de mi aliento se perdía en la oscuridad. Miré al cielo. La oscuridad era total. Las nubes negras estaban poblando todo. Se estaba formando una tormenta tan poderosa como nunca había visto. Astra ya se había dado cuenta de que no estaba con los demás. Tenía que apurarme. Era muy probable que no supiese que estaba tan cerca. No podía desaprovechar aquella pequeña ventaja. Llegué al final de la calle. Los espectros seguían apareciendo uno detrás de otro. Me levanté. El último me atravesó entero. No produjo angustia en mi interior. Tan solo un leve dolor. Levanté la cabeza. Ante mí se encontraba la torre. Nuevamente, unas escaleras de caracol me llevarían hacia mi destino. Respiré profundamente. Llamé a la furia. Tenía que volver a mi sangre para darme energía. Necesitaba adrenalina urgentemente.

—Estoy cansado —escuché la voz de Skar en mi mente—, tú también. Llama a tus rayos para que nos den energía. Ellos son ahora tú, y tú eres ellos —me advirtió—; si tú mueres, yo también, te seguiré ayudando por el momento, hazme caso. —Y comenzó a caminar de un lado a otro de mi columna. Me producía un cosquilleo desagradable. Comprendí enseguida sus intenciones. Pretendía darme calor. Lo necesitaba para solidificar mis pensamientos. Nubes grisáceas se formaron a mi alrededor. Giré las manos de un lado hacia otro. Las nubes adquirieron un color azulado intenso. Pequeños relámpagos aparecieron. Eran inofensivos. No producían grandes descargas de electricidad. Extendí los brazos al máximo.

—Aquí estoy, ante ti —susurré a la pequeña tormenta—, lléname de tu energía, lléname de tu calor —proseguí. Cerré los ojos. Noté cómo cada célula de mi cuerpo se estaba llenando de electricidad. Era lo que necesitaba. Mis fuerzas se iban recuperando. Me estaba recargando. Abrí los ojos. Me sentía lleno de vida otra vez. El miedo y la angustia se habían entremezclado con un extraño sentimiento de amor al peligro. Con un rápido movimiento de brazos, hice desaparecer las nubes. Me adentré en la torre. Con decisión comencé a subir las escaleras. Fuera, la tormenta era cada vez mayor. Astra estaba descargando toda su cólera sobre la ciudad. Se escuchaba desde lejos como las piedras de las construcciones caían pesadamente sobre el suelo. Los rayos eran cada vez más violentos. Subí las escaleras con rapidez. Tenía que rescatar a mi princesa cuanto antes. Tenía que volver junto a mis amigos. No sabía si resistirían mucho tiempo más aquellas envestidas. Encontré una pequeña ventana. Miré al exterior. La ciudad se había convertido en una jungla de polvo y destrucción. Fruncí el ceño. La preocupación se incrementó en mi interior. Mi corazón estaba dominado por el pánico. Mi mente me obligaba a estar sereno. La adrenalina de mi interior me empujaba al peligro. Me sentía como si tuviese múltiples personalidades en una. Dejé la ventana. Seguí subiendo.

Las escaleras eran pequeñas y estrechas. Las paredes ya no eran azules. Se habían quedado ennegrecidas, probablemente por el fuego. Me fijé mejor. Había retazos de sangre seca por todos lados. Me vino la imagen de Astra a la cabeza. Tenía claro que aquello era obra suya. No me quería ni imaginar cuántas muertes tenía a sus espaldas. No me extrañaba que en sus manos tuviese manchas de sangre perpetua. Jamás podría quitárselas. Me di cuenta de que estaba perdiendo el tiempo. Sacudí la cabeza para liberarme de todo pensamiento. Me alejé de la ventana. Seguí subiendo. El camino se me hacía interminable. Estaba nervioso. Seguía sin tener ningún plan. Las escaleras cada vez eran más y más pequeñas. Estaba llegando al final. La luz se iba aclarando. Las paredes adquirían tonos más claros. Ahora su color era naranja, como las crines del caballo de fuego. Al fin llegué. No había nadie. Me encontraba en una pequeña antesala. Mi pulso se aceleraba. El pánico estaba despertando todos mis sentidos. Todas mis alertas estaban afinadas. No había ninguna puerta en la pequeña sala. Mis pasos eran firmes. Me adentré. La respiración que salía de mi pecho era irregular.

—Puedo sentirte —escuché la voz de mi princesa en la cabeza—; acércate, estoy aquí. Ella está en el balcón conjurando las tormentas. Aprovechemos este instante.

Con sigilo corrí hacia la sala contigua. Me adentré en un espacio enorme. Estaba decorado lujosamente. No le faltaba ningún detalle. Todo era de oro y tenía piedras preciosas incrustadas. Eran tesoros robados a los grandes reyes del pasado. Busqué por todos lados. A lo lejos vi una pequeña puerta de madera. De allí era desde donde fluían los pensamientos. Procurando el máximo silencio, me acerqué. No lejos de allí me percaté de la existencia del balcón. Probablemente si no estuviese tan concentrada en el huracán que estaba formando, habría notado mi presencia. Justo cuando llegué a la puerta, empezó a azotar una intensa lluvia. Las tempestades cada vez eran más fuertes. Me centré en la puerta. No sería complicado abrirla. Llamé a la magia. Necesitaba que mi mano dorada desprendiese el máximo calor. Tardaría unos segundos, pero a falta de llave, no tenía otra opción. La cerradura se calentó poco a poco. Estaba hecha con metal duro, pero nada que no pudiese deshacer con mi obstinación. Sentí que la aleación se volvía cada vez más blanda bajo mi mano. Unos segundos más. Cada vez estaba más y más nervioso. La agonía me comía por dentro.

—Ya está, pequeña, aguanta, casi estoy —la susurré. Ella no contestó. Estaba aterrada, igual que yo. Tenía que darme más prisa. Los hechizos de Astra no durarían eternamente. Le impuse más intensidad a mi mano. La puerta se calentó con fuerza. Se abrió poco después. Mi princesa salió disparada hacia mis brazos. Por unos instantes, pude sentir la completa felicidad. La quería con todo mi alma. Era la única vinculación que tenía con mi antigua vida.

—Qué conmovedor —se escuchó la tenebrosa voz de Astra a nuestra espalda—; si no fuese porque las escenas sentimentales me dan asco, me hubiese emocionado —dijo con un tono sarcástico.

—No te saldrás con la tuya —grité en tono acusador.

—¿Qué vas a hacer al respecto? —Se escucharon sus perversas carcajadas por toda la estancia. Levantó los brazos y comenzó a mover los dedos. Delante de nosotros apareció una gran nube. Dentro de ella, los colores se empezaron a entremezclar unos con otros. Cuando se solidificaron apareció una imagen que me era muy conocida. El enterrador. Los escalofríos se comenzaban a apoderar de mi cuerpo. Miles de voces se escucharon en la habitación. Astra se apartó para dejar que la imagen creciese. Justo antes de bajar los brazos, movió los dedos una vez más. Mis piernas se quedaron inmovilizadas.

Las voces cada vez eran más penetrantes. La ansiedad que me producían era de unos límites insostenibles. No podía ni respirar. No podía evitarlo. El sepulturero me miraba fijamente. Detrás de él se encontraba su enorme carruaje. La cúpula estaba más brillante que nunca. El color me atraía. Cantaba una nana para mí. Me quería seducir. Llevarme hasta ella. Mi consciente quería ir. Era algo totalmente fuera de mi alcance. Astra sonreía. Mi hermana tiraba de mi brazo. Yo tan solo podía quedarme parado. Luchando contra mí mismo. Millones de emociones afloraron en mi interior. Odio y amor. Furia y pasión. El medio-hombre sonreía también. Era una sonrisa llamada muerte. Mis pulsaciones se aceleraban. Mis latidos se salían del pecho. Mi cabeza quería responder afirmativamente a la llamada de la carroza. A la llamada del prisma. Tenía un color verde tan hechizante que no podía resistirme. Di un paso hacia adelante. Empecé a escuchar voces. Eran dulces. Melódicas. Me atraían. La muerte seguía sonriendo. Bichos diminutos y repugnantes bailaban en sus costillas. Di otro paso más. Astra se sentó en un diván de oro. Estaba de lo más tranquila. Se quitó los guantes de seda que solía llevar en las manos. A la vista tenía, una vez más, esas manos que daban tanto pavor. La sangre en ellas había aumentado. Eso significaba que las muertes habían aumentado. Me acordé de mis amigos. Miré al exterior. El huracán que había formado, cada vez era más fuerte. Llovía con intensidad. Los rayos nacían en el cielo sin control. El estruendo que producían era ensordecedor. Por un momento volví a ser yo. Pero tan solo fueron unos segundos. Enseguida la dulce melodía me volvía a invadir.

De la carne marchita del medio hombre empezaron a brotar flores. Se expandieron hacia sus costillas. Allí se transformaron en flores marchitas negras. De ahí se propagó hacia sus extremidades. Puso la mano a la altura de mis ojos. Me pareció la flor más bonita que había visto en mi vida. Estaba hechizado. Sonreí. Fui a cogerla. Sentí cómo la pequeña princesa tiraba de mi costado intentando pararme. Mis dedos estaban a punto de tocarla. Lo deseaba. Justo en el momento que mis dedos iban a rozarla, un ruido llamó mi atención. Miré al suelo. Se estaba formando una masa verde.

Crecía a una velocidad de vértigo. Parecían millones de lianas entrelazadas

entre sí. Apareciendo de la nada los dos duendecillos empezaron a corretear

por la habitación. Daban saltos felices de un lado hacia otro. No sabía de

dónde habían aparecido, pero estaban formando una liana protectora en

torno a nosotros. Querían separarnos del enterrador y de Astra.

—¡¡Correeee!! —gritó mi hermana—. ¡Tenía en sus manos la flor del

martirio, si la tocas serás su prisionero para siempre! —Y me cogió del

brazo.

Se escucharon voces al otro lado de la pared vegetal. Había crecido con

tal velocidad, que ya tocaba el techo de la habitación. Corrimos hacia la

puerta. Los duendecillos nos seguían con alegría. Parecían ajenos a todo lo

que estaba pasando. Para ellos todo era un gran juego. Una vez más, me

alegré de que misteriosamente hubiesen aparecido. No llegaba a

comprender del todo su esencia. Por lo menos, ahora estaban de nuestro

lado. Llegamos corriendo a la puerta.

—Está cerrada —dijo entristecida la pequeña—, ¿puedes calentar tus

manos para derretirla?

—Aparta, voy a intentarlo. —Y coloqué mis manos de manera que

ocupasen toda la superficie de la cerradura. Me concentré. Llamé a la luz.

Mis manos se encendieron. Los colores verde y dorado eran intensos. Nada.

No era suficiente. No comprendía por qué no funcionaba en esta ocasión.

—Seguramente Astra haya hechizado la puerta mientras me estabas

rescatando. No nos hemos dado cuenta. Sabía que ibas a venir. Es una

trampa, ¡no tenemos cómo salir de aquí! —Estaba temblando muy asustada.

—Tenemos que pensar en otra cosa —dije—. ¿Escuchas los gritos al

otro lado? La pared no aguantará durante mucho tiempo. —Miré hacia la

derecha. Allí tan solo estaba la puerta cerrada. Al otro lado no había nada—

. Tan solo nos queda el balcón —suspiré.

—Pero el balcón está al otro lado —me recalcó.

—Es la única opción que tenemos —afirmé.

Miré a los duendecillos. Tenía que pensar rápido. Las lianas no

aguantarían mucho más tiempo. Mis ideas estaban congeladas. Mi espíritu

se estaba quebrando y no podía permitirlo. Alocadas ideas comenzaron a

aparecer en mi mente. Cada cual más y más improbable. Los gritos

encolerizados de Astra se escuchaban por toda la habitación. Estaba

consiguiendo romper las barreras. La magia que debía estar empleando era

muy fuerte. De pronto, me acordé de mi primera batalla. Fue con la madre

del pequeño ser. La bestia. Jamás la olvidaría. Fue la primera vez que mi

mano dorada se encendió con toda su fuerza. Quizás podría repetirlo. Cerré los ojos. Coloqué a mi pequeña detrás de mí. Los duendecillos bailaban a mi alrededor. Era relajante. Me ayudaba a concentrarme. Mandé toda mi energía a mis manos. Noté la presencia de mi hermana en las piernas. Se sujetó a ellas como hacía el pequeño ser. Una sonrisa nació en mi boca. Ellos dos sacaban lo mejor de mí. Por un momento, me tranquilicé. A pesar de los miedos que tenía Kaysa respecto a mi poder sobre los rayos, yo estaba seguro de que mi lado luminoso nunca iba a ser aplastado por mi lado oscuro. Por otra parte, también me entró temor. Pánico a perderles. Con eso se despertaron todas mis alertas. Sentí cómo la furia se estaba apoderando de mi sangre. La oleada de calor llenó mis células en un tiempo récord.

—Buen truco, Erwan, pero no te sirve de nada —gritó furiosa. Apenas le quedaba una fina capa para llegar hasta nosotros. Mis manos cada vez se encendían más y más. Tenía que proteger a los míos.

Segundos después, la liana se rompió en mil pedazos. La energía poblaba mi cuerpo por completo. De los dedos me salían pequeños chispazos de electricidad. Eran como diminutos rayos en potencia. Mis manos se estaban calentando. Sentía cómo el fuego ardía en ellas. En el gran agujero que se formó, apareció Astra. Rápidamente, levanté las manos. Un potente cañón de luz dorada salió de ella. Sentí que la rabia se apoderaba poco a poco de mi alma. La dejé fluir. Con ella me sentía más poderoso. Estaba totalmente electrizado. El resto de la liana se iba deshaciendo lentamente. Astra se había quedado indefensa por unos minutos. La habíamos pillado desprevenida. El enterrador desapareció en cuanto la luz impactó en su cuerpo mugriento. Sin dejar de expulsar luz entremezclada con electricidad, empecé a moverme. La pequeña princesa me seguía a cada paso. Los duendecillos habían desaparecido otra vez.

—Creo que solo aparecen en momentos en los que tu vida pende de un hilo. Son espíritus ancestrales del bosque. Escuché a Astra hablar sobre ellos. Te tienen lealtad. Pero van y vienen como ellos quieren. Jamás podrás controlarles. No distinguen entre el bien o el mal. Simplemente siguen sus instintos —me explicó la pequeña, anticipándose a mi pregunta. Había aprendido muchas cosas desde la última vez que la vi.

—Tengo una idea bastante descabellada, pero es la única que hay —le dije sin perder de vista a Astra—; de momento, súbete a mi espalda y agárrate como si te fuese la vida en ello. Que, efectivamente, te va la vida en ello. —Miré al exterior. La tormenta había alcanzado unas proporciones descomunales. Los rayos tenían una fuerza jamás vista. Destrozaban las casas de la ciudad con solo acariciarlas. Estaba nervioso. Inquieto. Tenía miedo. Mi plan solo tenía dos vías posibles. La vida o la muerte. No existían medios caminos—. Voy a cortar el destello, pronto Astra se recuperará. ¡¡Agárrate!! —grité por última vez. Salí corriendo.

El balcón estaba cerca. Aun así no podía perder tiempo. La luz había dejado a Astra ciega. Por desgracia, el efecto se pasaría pronto. Me encontraba un poco pesado con mi hermana a mis espaldas. No tenía otra opción. Me subí al bordillo del balcón. Sentí el terror de ella. Al igual que yo, siempre había tenido miedo a las alturas, pero no teníamos alternativa. Era nuestra única salida. No podía calmarla. Debía superarlo ella sola. Los rayos impactaban lejos de allí. Necesitaba llamarles. Me concentré nuevamente. Escuché los quejidos de Astra a lo lejos. Mis pulsaciones se estaban acelerando. El pánico también se estaba apoderando de mí, no solo de mi hermana. Fuera había oscuridad. Era todo monótono. Tan solo se interrumpía por los destellos de electricidad. La siniestra sinfonía de la destrucción se escuchaba al fondo. Llamé a la furia. Grité su nombre al vacío. Mi energía estaba acumulada al máximo. Sentía cómo mi cuerpo iba a estallar en mil pedazos. Algún rayo se acercó. Era demasiado pequeño. Necesitaba algo más fuerte. Los quejidos de Astra se intensificaban. El pánico se apoderaba de mi pecho, de mi respiración entrecortada. Grité mi nombre. Noté cómo mi hermana se movía detrás. Tenía poco espacio. El carcaj ocupaba la mitad de mi espalda.

—Utiliza tus armas —escuché la voz de Skar en mi cabeza.

Pensé rápido. Tenía razón. Materialicé el arco en mi mano. Cogí la primera flecha. Coloqué la cuerda en la máxima tensión posible. De mis pulmones salió un grito ensordecedor cuando solté la flecha. Empleé toda la fuerza acumulada. La flecha se perdió en el horizonte. Esperé. Estaba demasiado nervioso, pero tenía que procurar mantener la cabeza fría. La voz de Astra cada vez estaba más cerca. El agobio me consumía. De pronto, sentí miedo de que mi plan no surtiese efecto. No tenía otra manera de salir de allí. Miré abajo. La altura era demasiado elevada. Saltar sería el camino del suicidio. Recé a los dioses del bosque. Esperaba que me ayudasen. Fui a la parte extrema del balcón. Miraba atentamente al cielo. De repente, se produjo un destello en el cielo. Un enorme rayo se formó en la atmósfera. Más poderoso incluso que los demás. Un destello de esperanza brilló en mis ojos. Cogí otra fecha. La disparé al cielo. Mi energía interior se estaba desbordando. Otra flecha más. Así, hasta vaciar mi carcaj entero. Rayos dorados fueron apareciendo por todo el firmamento. A partir de allí no cesaron de caer. Eran igual de dañinos que el resto. La ciudad iba a ser devastada completamente. El último cayó justo al lado del balcón.

—¡Respira hondo y sujétate! —grité por última vez a mi hermana. La siguiente vez que el rayó impactó, salté al vacío. La adrenalina poblaba mi cuerpo. Estaba en máximos nunca vistos. El aire me azotaba la cara con violencia. Caía como si fuese un trapo viejo. El rayo desapareció. Necesitaba uno nuevo. No podía pensar precipitándome hacia el suelo. En último momento, un nuevo rayo dorado se formó a mi lado. Lo cogí con fuerza. Me dio una descarga que me puso en tensión todos los músculos. Lo agarré. Primero con la mano derecha. Luego coloqué la izquierda. Me dio otro fuerte calambrazo. Lo aguanté como pude. La pequeña princesa se agarró con firmeza. Estaba totalmente aterrada. Empecé a trepar. Tenía que coger más altura. Debía alcanzar el siguiente rayo. El sudor caía a raudales por mi frente. La fugaz ceguera de Astra estaba a punto de acabar. Tenía que apresurarme. Enredé mis pies en el rayo. Mis manos empezaron a lanzar rayos pequeños para estabilizarlo. Aquel rayo no podía desaparecer hasta que no alcanzase la altura necesaria. En mi cabeza se formó una imagen clara de una tormenta grisácea. Tenía que crearla.

—¡¡No escaparás!! —escuché una lejana voz, Astra ya se encontraba recuperada por completo. Había visto mi idea. Estaba esperando para hacer lo mismo. Quería perseguirme por la tormenta.

—Lo conseguiremos, ¡ten fe! —gritó la pequeña a mis espaldas. No contesté, pero en el fondo agradecí sus ánimos.

Subí lo más aprisa que pude. El siguiente rayo no tardaría en llegar. Me preparé para saltar. Estaba lejos, pero tendría que intentarlo. Respiré hondo. Dejé que otra vez la furia se apoderase por completo de mí. Traté de tranquilizar mis pensamientos. Liberé mis piernas. El tiempo que pasé suspendido en el aire me pareció otra vez eterno. Cuando toqué el siguiente rayo, la electricidad recorrió mi cuerpo de nuevo. Necesitaba subir de nivel. Tomé un gran impulso. Las manos me seguían quemando. Salté al siguiente rayo. Me deslicé a otro más. Astra había conseguido formar una tormenta a su alrededor. Flotaba en ella y se deslizaba con cautela entre los rayos. No parecía preocupada, pero sí colérica. Yo sí estaba preocupado. Necesitaba coger más velocidad. Me alcanzaría pronto. La pequeña princesa temblaba a mi espalda. Llevarla encima me frenaba. Tenía que inventar algo. Salté al siguiente rayo. Después otro más. Debía conseguir segundos extra. Necesitaba concentrarme para formar más energía. Todavía me faltaba la mitad del camino.

—¡¡Rápido!! Los surums están cerca, se acercan algunos volando. —Me pegó un pequeño grito a mis espaldas. Era imposible estar más nervioso de lo que ya estaba. El estrés y el miedo me abrasaban entero. Por un lado tenía a Astra, por el otro a sus secuaces. Estaba rozando el limbo de mi fin. Quería formar una tormenta. Necesitaba avanzar más rápido. No tenía tanto poder. No había tenido tiempo para entrenarme lo suficiente. Cada vez estaba más cerca. Ya podía sentir en mi piel el frío que desprendía Astra. Todos los miembros de la élite provocaban la misma sensación de bajada de temperatura. Noté las lágrimas de la pequeña princesa en mi cuello. Aquello no me ayudaba. Mis músculos estaban tensos. Cada vez estaban más cerca. Pronto podría sentir los alientos putrefactos de los surums. Repentinamente me acordé de la luz.

«Necesito llamarla», pensé para mí mismo. «Me dijo que sus ayudas eran escasas. Ahora no puedo sobrevivir si ella no me ayuda. Es mi luz, debo confiar en que no me haya abandonado», y grité su nombre. Lo grité con todas mis fuerzas. Miré al cielo y le supliqué que apareciese.

—¡¡Hamingja!! —grité otra vez con todas mis fuerzas—. ¡Enséñame el camino!

Una luz apareció. Fue débil, pero sabía que estaba allí. Yo seguía saltando de unos rayos a otros. Su tiempo de vida no era tan largo como para poder quedarme quieto. Cuando aterricé en un rayo suficientemente estable y grande, miré otra vez al cielo. Allí seguía la luz. Miré a los lados, apenas unos instantes me separaban de mis enemigos. Salté al siguiente rayo dorado. La luz se seguía expandiendo poco a poco. Apareció ella. Una presencia etérea. Sin formas definidas. Tal y cómo recordaba de la última vez.

—Sabes que tan solo tienes tres oportunidades para llamarme. Esta es la segunda vez que acudo a ti —escuché la dulce voz de Hamingja.

—Estoy al límite —supliqué—, ayúdame, por favor. —Noté cómo su presencia me rodeaba. La luz se apoderaba de mí. Me sentía más fuerte.

—No podemos derrotarla, pero sí debilitarla, así que vamos a por ello —me dijo rápido. Astra ya estaba en el círculo propicio para atacar. No lo dudó ni un segundo. Aprovechó el momento y me lanzó una fuerte descarga. Fue a parar directa a mi pierna. Grité de dolor. Me abrasó media pierna. Por un momento, el dolor me nubló la visión. Hamingja actuó con rapidez y paró la expansión del dolor. Sentí que una energía renovada llenaba mis sentidos. El dolor seguía recorriendo mi pierna. Tenía que obviarlo si quería conseguir sobrevivir.

—¿Qué hacemos? —grité a la luz.

—¡Siente mi energía! —gritó Hamingja—. ¡Déjala fluir por todo tu cuerpo! ¡Siéntela! —Y la luz comenzó a llenar todas mis células. Sentí cómo este poder resucitaba la furia en mis músculos. Mi cabeza se quedaba libre de todo miedo. Mis manos se llenaron de luminosidad. Mi mano verde estaba regenerando las heridas de mi cuerpo. El calor invadía mis extremidades. Levanté las palmas de las manos. Las tenía inyectadas en electricidad. Una masa enrevesada de rayos diminutos estaba naciendo de la mezcla de nuestras energías. Cada vez me quemaban más y más las manos. Por primera vez, la luz había llegado a mi vida. Me noté más fuerte y poderoso que nunca. Con confianza en mí mismo, levanté las dos manos. Cuando estiré los dedos, miles de microscópicos rayos empezaron a salir hacia el infinito de la noche. Estaba desbordado de energía. La lanzaba para todos lados. Debía centrar mi objetivo. Sentí las manos de mi hermana sujetando las mías. Me ayudó a centralizar la energía en un solo punto. Dejé fluir por completo la fuerza de Hamingja. De mis manos salió un potente haz de luz. Fue a parar a Astra. La pilló desprevenida.

—¡¡Bastardo!! —se escuchó de su boca.

Empezó a formar nubes negras a su alrededor para protegerse. Era tarde. Los rayos de luz y energía habían penetrado en su piel. Le habían producido serias quemaduras. Las nubes que formó ya no eran tan fuertes como antes. Una segunda descarga la dejó aturdida. Aunque no lo suficiente como para dejarla sin energías. Lanzó una nube negra hacía donde estábamos. Aquella nube penetró en mi piel. La luz desapareció enseguida de mí. La oscuridad había vuelto en todo su esplendor. La cicatriz de mi pierna empezó a arder. El dolor se me extendió por todo el cuerpo. Millones de agujas afiladas se clavaban por todo mi cuerpo. La tortura se extendió hacia el resto de mi cuerpo. Los músculos se me retorcían en todos los sentidos. La sangre se me estaba congelando. Cada vez recorría mis venas de manera más lenta. Estaba perdiendo fuerzas.

—¡¡No desfallezcas!! —me gritó la pequeña princesa—. ¡¡Estamos cerca!!

Escuché aquella voz en el fondo de mi subconsciencia. Procuré que aquello fuese mi salvación. Con mucho esfuerzo abrí los ojos. Astra seguía flotando, subida en sus nubes. Era mi oportunidad. No podía dejar que se evaporase. Miré a la luz. Con un esfuerzo sobrenatural, levanté los brazos. Un último chorro de energía salió de mí. Impactó en el pecho de Astra. Justo en aquel momento empecé a sentir cómo los surums me habían rodeado. Uno de ellos se abalanzó sobre mí. Fue a parar a mi pierna magullada. Me mordió con sus dientes afilados. La mancha negra que tenía en la pierna aumentó de tamaño. El calvario se apoderaba de mí una vez más. Mis ojos se cerraron de nuevo. Sentí mi cuerpo liviano. El rayo al que me agarraba estaba a punto de desaparecer. No me importaba. Empecé a caer. Sentí los arañazos de varios surums en mi espalda. Gritos agudos salían de mi garganta. Eran reflejos inconscientes. Mi cuerpo no reaccionaba. Mi mente se estaba apagando. Abrí los ojos. Me pareció ver cómo las nubes alrededor de Astra cada vez eran más oscuras. Algo estaba pasando. Estaba aturdido. Cerré los ojos otra vez. Con mucho esfuerzo los abrí otra vez. Se estaban produciendo explosiones negras en el cielo. Traté de abrir aún más los ojos y centrar mi atención en aquellas detonaciones. Eran los surums. Una minúscula oleada de alegría invadió mi mente. Cerré los ojos. Sentí un fuerte golpe en mi espalda. Oscuridad.

Vagaba por los confines del mundo. Un bosque lleno de luz estaba a mis pies. Los animales correteaban junto con las hadas del bosque. Los árboles estaban llenos de vida. Se movían alegremente al unísono de las melodías de las náyades del río. Estaba tranquilo. La paz había llegado en el momento menos esperado. Disfrutaba de aquellos momentos. Comencé a mover los pies para bajar a la tierra. La hierba que cubría la superficie estaba mullida y suave. El agua del río que tenía enfrente cristalina.

—Despierta —escuché la melodiosa voz, la había echado de menos. Deseaba ver esos ojos verdes una vez más—, despierta de una vez, has descansado lo suficiente —repitió otra vez—. Coge mi mano y volvamos a la ciudad, o a lo que queda de ella.

Sentí el suave tacto de su piel de porcelana. Agarré su mano con fuerza. Abandonaría aquel paraíso sin pensarlo por sentir su caricia. La oscuridad estaba volviendo a mis ojos. Mares de nubes grisáceas y escarlatas volvían a mi campo de visión. La paz iba desapareciendo. El dolor se iba restaurando. La voz desapareció. La mano también. Estaba otra vez solo entre las tinieblas. Me acordé de pronto de mi pequeña princesa. De mi familia. De mis amigos. Tenía que volver por ellos. No podía dejarles abandonados en un mundo tan despiadado. Llamé a la fuerza. Necesitaba abrir los ojos. Nuevamente, sentí el dolor con todo su fulgor. Encontré la fuerza. Respondió a mi llamada. Abrí los ojos. Delante de mí tan solo tenía el cielo oscuro. Me incorporé poco a poco. La pequeña princesa estaba a mi lado. Tenía los ojos bien abiertos y también estaba magullada.

—¿Se acabó? —pregunté con miedo.

—Sí —me contestó la pequeña princesa—, no viste nada porque estabas luchando contra la oscuridad. Hamingja amortiguó nuestra caída. Si no, ahora mismo no existiríamos —rio nerviosa—. Astra y los surums estallaron y se convirtieron en todas esas nubes negras que ves. Hamingja ha dicho que no ha sido destruida, pero sí lo suficientemente debilitada como para que podamos escapar. Así que no perdamos más tiempo y vayamos a buscar a los demás. —A lo que afirmé con la cabeza.

Con mucha dificultad me levanté. La pierna me ardía, pero mis poderes curativos estaban bajo mínimos. No podía utilizarlos. Con mucho esfuerzo empezamos a caminar. Todo a nuestro alrededor estaba destrozado. Las casas que antes aguantaban con orgullo el achaque de los años ahora eran polvo. Caminamos en silencio. Se podía escuchar el sonido de nuestra respiración. El camino se me hizo largo. Tenía miedo por los demás. No sabía nada de ellos. El huracán había cesado, pero había sido tan grande que me temía lo peor. La cuesta abajo cada vez se me hacía más pesada. Según avanzaba, el alma se me hundía más y más en la miseria. Miré a mi princesa. Tampoco tenía mejor cara. Caminamos en silencio. La ciudad era un espejo roto de lo que fue.

—Allí están —grité al llegar a la plaza. Empecé a correr hacia ellos. Parecían abatidos. Formaban un semicírculo alrededor de algo. Ignoré el dolor de mi pierna. Aceleré la carrera. Quería llegar cuanto antes. Cuando me adentré en el semicírculo, me quedé rígido. Un bloque de grueso glaciar paralizó mis extremidades. Asks estaba tumbado en el suelo. Respiraba pesadamente. Tenía en su costado, clavadas dos escamas de surums. Estaban inyectadas en veneno. El gran felino de fuego estaba agonizando. Me acerqué a toda velocidad. Coloqué mis manos sobre él. Tenía que curarle. Todos a mi alrededor sollozaban. Tenían miedo de perderle. Saqué las escamas con cuidado. La hemorragia que tenía era demasiado profunda.

Mi mano verde no podía hacer demasiado por él. Tan solo le cerré la herida. Su respiración cada vez era más lenta.

—Ahora mismo no puedo hacer más, pero no le vamos a dejar aquí. Vámonos antes de que esta ciudad se convierta en un cementerio de piedras —les dije a los demás con lágrimas en los ojos. Asintieron. Todos estaban magullados y con heridas profundas. Habían sobrevivido y eso era lo importante.

Me agaché. Cargué al pesado felino sobre mis hombros. Enterré el dolor de mi cuerpo. El luto era sólido y pesado como una roca. Mi esperanza por sacarle de allí también. Comencé a caminar. Primero un paso. Después otro. Más tarde otro más. Los demás me seguían. Nadie decía nada. Nuestros pasos tan solo eran interrumpidos por los desprendimientos de las rocas a los alrededores. Mi espalda estaba arqueada. El peso del felino era sobrenatural. Mis fuerzas escasas. Mi esperanza infinita. Los demás habían formado una fila detrás de mí. Era complicado caminar entre las ruinas. No me importaba. Mis neuronas trabajaban a velocidad de vértigo. Buscaba una solución. El tiempo jugaba en nuestra contra. Cuando bajamos hasta el muro, vimos que este había caído. La respiración de Asks cada vez era más pesada. Me apresuré cuanto pude. Necesitaba llegar al claro donde habíamos acampado hacía tan poco tiempo.

Me adentré entre los árboles. Eran más tupidos de lo que recordaba. Me costó mucho trabajo pasar con Asks sin golpearle la cabeza. Mis piernas se estaban resintiendo. Mi espalda también. Debido al esfuerzo, la mancha negra de mi pierna se estaba extendiendo. Ya había llegado hasta el muslo. Las lágrimas seguían cayendo por mis mejillas. No sabía si era por el miedo a perder al felino o por el sufrimiento físico. Por fin divisé la última fila de árboles. Caminé con decisión. Mis piernas temblaban con cada pisada. Cuando llegué al claro, me derrumbé. Asks cayó sobre mí. Los demás enseguida corrieron para colocarle al lado. Estaban muy desconcertados con la situación. No sabían qué hacer. La náyade se colocó a mi lado con las manos ensangrentadas. El pequeño ser tenía profundos cortes que dejaban a la vista sus músculos color púrpura. Tenía la cara manchada de negro por todos lados. Algún surum había explotado justo en el momento que iba a atacarle. Me cogió de la mano. Quería darme su consuelo, pero ni eso me ayudó. Toqué a Ask. Su respiración era apenas un minúsculo hilo de vapor. Le íbamos a perder. No estaba preparado para aquello.

Empecé a sentir frío. Levanté la mirada. Una brisa se estaba levantando a nuestro alrededor. Un humo blanco muy denso apareció en el subsuelo. Quería prepararme y ponerme de pie. Mis fuerzas fallaron. Me caí al suelo. Estaba famélico de energías. No aguantaría otro ataque. El suelo comenzó a temblar ligeramente. Aparecieron numerosas grietas en él. El humo blanco se filtró en las fisuras, para luego salir con más fuerza. Esta vez se originó una figura. Mis ojos no se perdían ni un detalle. Pasaron pocos minutos. Se me hicieron eternos. Mi corazón latía desenfrenado. Estaba nervioso. Agobiado. Nadie estaba en condiciones para iniciar un nuevo ataque. Tensión al máximo. Las lágrimas de mis mejillas estaban secas por el estrés que emanaba mi cuerpo. La figura ya se estaba definiendo. Recé a todos los dioses del bosque para que no fuese Skule. Era la primera persona que vino a mi cabeza.

—Tranquilo, Erwan —llegó a mis oídos la dulce melodía de la Dama Blanca justo antes de aparecer por completo—, en el ciclo de la vida no siempre sobrevive quien deseamos.

—Lo siento —fueron las únicas palabras que salieron de mi boca antes de derrumbarme de nuevo. Las lágrimas ahora salían salvajemente de mis ojos.

—Asks se viene conmigo —dijo y apareció junto a ella uno de los druidas—. Nació en el interior de la tierra y allí es donde debe curarse o abandonar este mundo —dijo con calma, aunque su voz denotaba una profunda tristeza. Un druida salió detrás de ella y se acercó con cautela para recoger al felino entre sus brazos. Apenas respiraba. Su hilo de vida era muy débil.

—Sálvale —le rogó la pequeña princesa.

—Gracias, pequeña Odalyn. —La sonrió.

—¿Odalyn? —preguntó ella extrañada—. Ese no es mi nombre.

—Es tu nombre de cuna, el que te fue asignado por los dioses de la tierra. Eres mucho más importante para nosotros de lo que piensas. Debes estar junto a Erwan. Él te cuidará y juntos encontraréis vuestro camino —dijo la Dama Blanca—. Ahora tengo que dejaros, los segundos son oro —concluyó y con la mirada muy triste desapareció junto con el druida y el felino.

Nos quedamos todos con la sangre helada. Sentados en el claro del bosque sin hablar. Nos había afectado mucho. Tan solo deseábamos que sobreviviese. No queríamos que fuese recordado como un mártir.

—¿Qué hacemos ahora? —preguntó Odalyn aún extrañada por la inesperada revelación de la Dama Blanca—. ¿Hacia dónde vamos? ¿Por qué me ha llamado la Dama Blanca con ese nombre?

—No lo sé —le dije con los pensamientos muy lejos de allí. El pequeño ser se acercó a mí. La náyade cogió de la mano a Odalyn y la ayudó a levantarse.

—El oráculo nos dará las respuestas —dijo Kaysa con su melódica voz rota de dolor.

—Allá vamos, pues —dije mirando a los demás.

Me levanté con mucho esfuerzo. Empecé a caminar. Cada paso me dolía. Ante mí estaba el bosque sin luz. El bosque lleno de oscuridad y seres despiadados. El bosque encantado. No sabía qué me deparaba mi futuro, pero no me iba a dar por vencido. Iría en busca del oráculo.

—Estoy contigo —escuché la voz del pequeño ser en mi cabeza. Se colgó de mi pierna como la primera vez que le conocí. Sonreí. Había pasado mucho tiempo desde entonces. A pesar de la tristeza que sentía, un nuevo haz de esperanza me inundó.

www.ingramcontent.com/pod-product-compliance
Lightning Source LLC
Chambersburg PA
CBHW070358260626
47161CB00001B/179